———— 想象，比知识更重要

幻象文库

Ray Bradbury

DEATH IS A
LONELY BUSINESS

死亡是一件
孤独的事

[美]雷·布拉德伯里————著
夜潮音————译

新 星 出 版 社　NEW STAR PRESS

向唐·康登致以深深的敬意，这本书因为你才得以诞生。

本书要献给雷蒙德·钱德勒[1]、达希尔·哈米特[2]、詹姆斯·M.凯恩[3]，以及罗斯·麦克唐纳[4]。

也向我亦师亦友的两位旧识利·布拉克特和埃德蒙德·汉密尔顿致以敬意，以及深切的想念。

---

[1] 传统硬派推理小说家，代表作《漫长的告别》。——本书页下注均为译者注
[2] 硬派推理开创者之一，代表作《马耳他之鹰》。
[3] 硬派推理小说作家和记者，代表作《邮差总按两遍铃》。
[4] 原名肯尼斯·米勒，硬派推理小说家，代表作《地下人》。

加利福尼亚州，威尼斯城[①]，这座小镇在过去常常是伤春悲秋之人的首选去处。几乎每晚都雾气弥漫，采油机械发出的哀鸣回荡在海岸边，运河里的黑水哗啦作响。每当风在空地和无人的走道间呼啸，沙粒就会嘶嘶地刮过房屋的窗玻璃。

那些年，威尼斯码头分崩离析，垂死在海中。你可以在那里找到一头巨型恐龙的骨头，淹没在起伏的潮汐之下，那是过山车的轨道。

在一条长长的运河尽头，你会发现一辆辆东倒西歪的老旧的马戏团大篷车。如果你在午夜时分看向兽笼里面，可以看到一些活的生物——鱼儿和小龙虾——在随着潮汐游动。这是从前的马戏团不知为何遭遇灭顶之灾后，残骸缓缓锈蚀的模样。

午夜，每隔半小时就会有一辆大型红色有轨电车伴随雪崩般的巨响冲向大海，随后猛地驶入弯道，令高处的电线迸出火花，然后伴随着仿佛是死人在睡梦中翻身的呻吟调转方向，就好像那辆电车和车上那位摇摇晃晃的驾驶员知道他们最多只有一年可活——毕竟轨道上满是混凝土和焦油，高处的蛛网状电线也被人成捆地收罗偷走。

那些年的威尼斯城中，大雾永不消散，风的恸哭也永不停歇。正是在那段孤独岁月的某一年某一夜，远处雷声轰鸣，我乘着那辆老旧的红色有轨电车，见到了死神的好友，却浑然

[①]建立于1905年的镇子，1926年并入洛杉矶，位于洛杉矶县的西侧。

不觉。

那是一个雨夜，我坐在电车后部看书。这辆老旧的电车不断发出哀鸣，正从遍地纸屑却空无一人的中转站前往下一站。周围就只有我、破旧的木制车厢，以及在最前方不断敲打黄铜控制台，必要时拉动刹车，放出仿佛来自地狱的蒸汽的驾驶员——

以及沿着过道走来，而我不知为何却毫无察觉的那个人。

终于，我注意到了他，因为他摇摇晃晃地在我身后站了很久，仿佛在犹豫不决——深夜时刻的车厢足有四十个空座位，让人很难决定该选哪一个坐下。但最后，我听到他坐下了来，也知道他坐在了哪儿，因为我能闻到他的气味，就像是越过田野飘来的滩涂地的气息。他身上除了衣服的气味，还有在极短时间内喝了太多酒的味道。

我没有回头看他。因为我早就明白，窥视只会助长好奇心。

我闭上双眼，强行保持扭头的姿势。但这没用。

"噢。"那人呻吟道。

我能感觉到他在座椅里探出身子，感觉到他呼在我脖子上的炽热气息。我扶住双膝，沉下身子。

"噢。"他呻吟道，这次更加响亮。就像是某人在坠崖的途中向人求助，又或者是某人游向远处的风暴中央，只为了引人注目。

此时雨下得更大了。这辆高大的红色电车颠簸着驶过午夜时分的草地。雨滴敲打着车窗，模糊了开阔田野的景致。我们驶过卡尔弗城，却没能看到那座电影制片厂。列车疾驰向前，高大的车厢摇晃起伏，脚下的木板哀鸣连连，无人的座位嘎吱作响，汽笛的声音尖利刺耳。

就在这时，我的身后传来一股可怕的气味。与此同时，我看不见的那个男人喊道:"死亡!"

电车的汽笛声盖过了他的声音,迫使他重新开口。

"死亡——"

汽笛再次鸣响。

"死亡,"我身后那个声音说,"是一件孤独的事。"

我以为他会哭。我目视前方,盯着朝我们拍打而来的闪烁雨滴。电车放慢了速度。那人急不可耐地站起身,仿佛只要我不肯转身听他说话,他就要打我。他希望被人看到。他想用自己的愿望溺死我。我感觉到他伸出双手,至于那是爪子还是拳头,是要抓挠还是捶打我,我猜不到。我抓紧前方的座位。他的嗓音随即炸响。

"噢,死亡!"

电车刹了车。

继续,我心想,快说完!

"是一件孤独的事!"他低声说出这句骇人的话,然后转身离开。

我听到了后门打开的声音。我终于转过身。

车厢里空荡荡的。那个人不见了,带走了他的葬礼仪式。我听到电车外的小路传来踩踏碎石的声响。

车门关上的时候,我看不见的那个男人正在喃喃自语。我仍旧能透过车窗听到他的话语——关于坟墓,关于坟墓,关于孤独。

电车颠簸着向前,呼啸着穿过茂盛的草地与风暴。

我抬起车窗,探出身子,看向后方潮湿的黑暗。

就算那儿有一座城市、有很多人,或者有一个悲痛欲绝的男人,我都没法看到、没法听到。

这辆电车正驶向大海那边。

我有种不祥的预感,觉得它会一头冲进海里。

我猛地关上车窗,坐在那儿瑟瑟发抖。

在剩下的路上,我不得不提醒自己:"你才二十七岁。你平时不喝酒。"可——

我还是去喝了一杯。

在这片大陆不为人知的遥远尽头,在有轨电车和乘客们停下的地方,我找到了一家临近打烊的酒吧,里面空荡荡的,只有个痴迷于深夜播放的《霍帕隆·卡西迪》[①]的酒保。

"请给我一杯双份伏特加。"

我对自己的话声震惊不已。为什么我在喝酒?为了有勇气打电话给我的女友——远在两千英里[②]外的墨西哥城的佩格?为了告诉她我没事?但我也没出什么事,不是吗?

也就是乘了一趟车,赶上一场冷雨,还有个可怕的声音在我身后响起,呼出恐惧的气息。但我害怕回到自己公寓的床上,那儿空空如也,就像俄克拉何马州人在往西去的路上丢弃的冰柜。

比它更空的就只有我那个名叫伟大美国小说家的银行户头,它开设于建造在大海边缘的那家古罗马神殿银行,等到下一次大萧条就会被水冲走。那些出纳员每天早上等在划艇里,而经理却在附近的酒吧当醉死鬼。我很少见到他们。在只能偶尔卖一篇稿子给低俗侦探小说杂志的情况下,我也没什么钱可存。所以——

[①]最早拍摄于1935年的美国系列电影,同名主角是一名牛仔。
[②]1英里约等于1.61千米。

我喝了口伏特加，缩了缩身子。

"耶稣啊，"那酒保说，"你简直就像从来没喝过酒一样！"

"确实没有。"

"你看起来糟透了。"

"我感觉也糟透了。好像有可怕的事要发生，但又不知道是什么——你有过这种感觉吗？"

"这叫神经过敏。"

我又吞下一口伏特加，颤抖不已。

"不，不。我指的是，好像有某种真的很恐怖的东西，在慢慢靠近自己。"

酒保将目光投向我身后，仿佛看到了火车上那个男人的幽灵一般。

"你把他一起带来了？"

"没有。"

"那他就不在这儿。"

"可是，"我说，"他跟我说过话，其中一个复仇之神。"

"复仇之神？"

"我没看到他的脸。上帝啊，我现在感觉更糟了。晚安吧。"

"别再喝了！"

我已经走出了门，四下张望，想要抓住那个正在等我的东西。该走哪条路回家才不会与黑暗撞个满怀？我做出了选择。

然后我就明白自己选错了，只能沿着老旧运河的黑暗边缘匆匆而行，走向那些沉没的马戏团马车。

没人知道那些狮笼是怎么跑进运河里的。这么说来，也似乎没人记得这些运河是怎么出现在这座早已花谢结籽[1]的镇子中央的，那些种子每晚都会连同沙子和碎海藻，以及从1910年起就被人丢弃在海岸边的香烟里的碎烟草一起，摩挲家家户户的门。

但它们就在那儿。在其中一条浮泛油渣的深绿色运河的尽头，能看到那些古老的马戏团马车和兽笼，上面的白色珐琅和金色油彩缓慢剥落，厚实的铁条逐渐锈蚀。

很久很久以前，20世纪初的时候，那些笼子多半就像明亮夏日的风暴那样从旁经过，载着在里面徘徊的动物们。狮子张开嘴巴，呼出热腾腾的肉的气息。成群结队的白马拖着这支华丽的队伍穿过威尼斯，跨越田野。在这之后很久，米高梅才竖起虚假的门面，创造出一种全新的、能在电影胶片上永远存在下去的马戏团。

现在，从前那支华丽队伍的残余部分全都沦落到了这儿。一些装着笼子的马车挺立在运河的深水中，而侧翻的马车被潮汐浸着，在某些黎明浮现，又在某些午夜被淹没。鱼群在栏杆间游进游出。白天的时候，有些小男孩会来到这里，围绕着这些钢铁与木头组成的失落岛屿手舞足蹈，有时还会钻进笼子，摇晃着铁栏大吼大叫。

但在此时此刻，午夜已经过去了很久，最后一辆电车已经沿着空旷的沙滩驶向北方的终点站。运河里翻涌的黑水吮吸着笼子，仿佛一个老妇在吮吸自己的空牙床。

我低头在雨幕中奔跑，但雨突然间就停了。月亮在黑暗的缝隙中破出来，如同一只注视着我的巨大眼睛。我行走在镜面

---

[1] 此处 fall to seed 类似于俗语 go to seed，指衰败、失去活力。下文使用了 seed（种子）的字面意思，故此处直译。

上，那里倒映着同样的月亮和云朵。我行走在脚下的天空上，然后发生了某些事……

在相隔约莫一个街区的某个地方，一道黑色的咸水浪潮涌入了运河的两岸间。某处的沙洲决了堤，放入了海水。而在这儿，黑水汹涌而来。当我来到某座小型跨线桥的中央时，潮水刚好抵达这座桥。

潮水在老旧的狮笼周围嘶嘶作响。

我加快了脚步。随后我抓住了桥的栏杆。

因为就在我正下方的一个笼子内部，有道微弱的磷光正冲撞着铁栏。

笼子里有只手做了个手势。

某位老驯狮人沉睡在那儿，醒来时发现自己身在陌生之地。

在铁栏后面，有条手臂懒洋洋地伸出了笼子。那位驯狮人现在彻底清醒了。

水面重新开始起伏。

有个幽灵紧贴着铁栏。

我将身体探出栏杆，几乎不敢相信。

那道幽灵般的磷光开始成形。不只是一只手、一条手臂，而是一具完整而无力的躯体。它无精打采地做着手势，就像个巨大的提线木偶。

它有一张惨白的脸，空洞的双眼反射着月光，而且面无表情，仿佛一张银白色的面具。

紧接着，潮水收敛退去。那具躯体也消失了。

在我脑海中的某个地方，那辆庞大的电车在生锈的轨道上转了个弯，猛然刹车，火花四溅，在尖利的响声中停下。而同时在另一个地方，有个隐形的男人跑着、跳着、猛冲着，嘴里迸出那句话——

"死亡——是一件孤独的——事。"

不。

潮水再次涨起。那姿态就像是记忆里发生在某个夜晚的一场降神会。

然后那个幽灵般的身形在笼子里再次站起。

那是个想要出来的死人。

有人发出一声骇人的号叫。

等到十几盏灯在黑暗运河两旁的那些小房子里亮起时,我才明白那号叫声是我自己发出来的。

"好了,退后,退后!"

又是几辆车赶来,又是几个警察出现,又有几盏灯亮起,又有一群人穿着浴袍溜达出屋子。后者睡意浓浓,但等来到我身旁的时候,震惊之情便盖过了他们的睡意。我们看起来就像一帮悲惨的小丑,被遗弃在桥上,俯瞰着我们沉入水中的马戏团。

我站在那儿,打着哆嗦紧盯那只笼子,思索着,为什么我那时没有回头?为什么我没敢看那个对下面这辆马车里的家伙了如指掌的人?

上帝啊,我心想,万一正是电车上的那个人把死者推进笼子的呢?

证据?没有。我只知道在午夜后一个小时的夜班列车上不断重复的九个字。我只知道滴落在高处电线上的雨水在不断重复那些字眼。我只知道冰冷的潮水像死亡那样沿着河道涌来,冲刷兽笼,退去的时候又比来时更加冰冷。

更多陌生的小丑从那些老旧的小屋走了出来。

"行了,乡亲们,现在可是凌晨3点。都散了吧!"

雨又开始下了,那些警察来的时候都看着我,就好像在说:"你干吗要多管闲事?等到早上再打电话匿名报警不行吗?"

其中一个警察站在运河边上,身穿黑色泳裤,厌恶地看着河水。他的身体呈现出长时间缺乏日晒的白皙。他站在那里,看着潮水涌进笼子,托起那个沉睡的人——那人仿佛在向他招手。有张脸出现在笼子的铁栏后面。那张脸显得那么遥远,写满了悲伤。我的胸中突然一阵绞痛。我只能向后退开,因为我听到自己的喉咙发出了带着悲伤和颤抖的咳嗽声。

紧接着,那名警察的白色躯体分开了水面。他沉了下去。

我以为他也淹死了。雨点落在运河泛油的表面上。

但那个警察随即出现在笼子里,脸靠近栏杆,气喘吁吁。

我吓了一大跳,我以为是那个死人前来吸最后一口气。

过了一会儿,我看到那个游泳的警察设法钻出了笼子的另一侧,拖着一具幽灵般的细长身躯,像是拖着一条用白色海藻编成的葬礼饰带。

有人在啜泣。上帝啊,那不可能是我!

这时候,他们已经把尸体拖到了运河的岸上,而下水的警察正用毛巾擦拭身体。警车里的灯不断闪烁。三个警察拿着手电筒,朝着尸体俯下身,低声交谈。

"……要我说,已经有24小时了。"

"……验尸官在哪儿?"

"……刚打过电话。汤姆去接他了。"

"有没有钱包或者身份证件?"

"什么都没有。恐怕是流动人口。"

他们把他的衣袋挨个翻了个底朝天。

"不，他不是流动人口。"我说到一半，又住了口。

其中一个警察将手电筒照向我的脸。他一脸狐疑地看着我的眼睛，随后听到了埋藏在我喉咙深处的声音。

"你认识他？"

"不。"

"那你为什么……？"

"为什么我这么难受？因为，他死了，彻底死了。基督啊。而且是我发现了他。"

我的思绪飘到了别处。

几年前的一个阳光明媚的夏日，我绕过某个转角，发现有个人躺在一辆车下。那司机跳下了车，站在尸体旁边。我走上前去，然后停下。

有个粉红色的东西躺在人行道上，就在我的鞋子旁边。

我在高中时的实验室器皿里见到过它。那是一块孤零零的大脑组织。

有个陌生的女人从旁边经过。她停了下来，盯着车下那具尸体看了很久。接下来，她做出了自己都没料到的冲动之举。她在尸体旁缓缓跪了下来，轻拍他的肩膀，温柔地抚摸他，好像在说"别怕，别怕，别怕，哦，哦，没事了"。

"他是被杀的吗？"我听到自己这么说。

那警察转过身，问："为什么这么说？"

"如果，我是说，如果没人把他塞进去，他怎么可能出现在水下的笼子里？"

那只手电筒再次打开，光芒抚过我的脸，就像医生的手在寻找病征。

"你是那个打电话报警的人？"

"不,"我颤抖起来,"我是那个尖叫着让所有灯都亮起来的人。"

"嘿。"有人低声道。

一个又矮又秃的便衣警探跪在尸体旁边,把尸体身上外套的口袋翻了出来。里面有一团团一块块像是潮湿雪花的东西,那是纸浆。

"这是啥鬼玩意儿?"有人说。

我知道,我心想,但我什么也没说。

我在警探的身旁弯下腰,用颤抖的手拿起了一些湿纸团。他正忙着翻出其他口袋里的垃圾。我把湿纸团攥进手心,在起身的时候放进我的口袋里。这时候,警探抬头看了看我。

"你都湿透了,"他说,"把你的姓名和地址告诉那边的警官,然后就回家吧。好好擦干一下。"

雨又下了起来,我仍然不住颤抖。我转过身,给警察留下了我的姓名和地址,然后匆忙朝我的公寓走去。

我小跑了大约一个街区时,有辆车停在了我身边。车门打开,那个秃头的矮个子警探坐在里面,朝我眨了眨眼睛。

"天哪,你看起来糟透了。"他说。

"另一个人也这么跟我说过,就在一个钟头前。"

"上车。"

"我就住在下下个街区……"

"上车!"

我爬上车,浑身发抖。他开车穿过两个街区,把我送回了我那间 30 美元月租金、飘着馊味的狭小公寓。我下车的时候差点儿摔倒,颤抖不止,全身无力。

"我叫克拉姆利,"警探说,"埃尔莫·克拉姆利。等你弄清楚自己塞进口袋里的那些废纸是什么，就打电话给我。"

我吓了一跳，同时感到内疚。我的手伸向那只口袋。我点点头，说："我会的。"

"也别再担心难过了，"克拉姆利说，"他不是什么重要人物……"他顿了顿，为自己的话感到愧疚。然后他点点头，准备再次开口。

"为什么我会觉得他很重要？"我说，"等我想起他是谁，会打电话给你的。"

我僵立在那儿。我担心更加可怕的东西正等在我背后。当我打开公寓门的时候，黑色运河的水会不会翻涌而出？

"赶紧！"埃尔莫·克拉姆利用力关上了车门。

在迫使我眯起眼睛的倾盆大雨中，他的车只剩下逐渐远去的两盏红灯。

我看了眼街道对面加油站的公用电话亭。我把那儿当成办公室，从那儿打电话给编辑，只是他们从没回过电话。我在口袋里翻找零钱，思忖着：我应该打电话到墨西哥城叫醒佩格，对方付费的那种，告诉她那个兽笼、那个男人的事，然后，天啊，把她吓个半死！

还是听警探的话吧，我心想。

赶紧。

我抖得那么厉害，连钥匙都插不进锁孔了。

雨水跟着我飘进了门里。

在门里，等待我的是……

这套400平方英尺①的单间公寓中,有一张坏掉的沙发、一个有十四本书和很多空间的书柜、一把从善念机构②买来的安乐椅、一台西尔斯罗巴克百货公司出品的未上漆的松木办公桌。办公桌上面放着一台没上油的1934年产的安德伍德标准打字机。那机子就像自动钢琴那么大,又像木鞋踩在没铺地毯的地板上那么吵。

打字机里有一张充满期待的白纸。一侧的那个木盒子里放着我的全部文学作品,堆成一叠。它们是《10美分侦探》《侦探故事》和《黑面具》③,上面刊登的每个故事都让我拿到了30到40美元不等的报酬。另一侧还有个木盒子,正等待着有人用手稿装满它。里面只有一本拒绝开始的书的唯一一页。

未命名小说。

下面写着我的名字,还有日期——1949年7月1日。

那是三个月前的日期了。

我打了个寒战,脱下衣服,用毛巾擦干身子,穿上浴袍,回来继续站在那儿,盯着我的书桌。

我抚摸着那台打字机,想知道它更像一位失去的朋友,还是一个男人,又或是一个自私的情妇。

大概几周前,它发出过和灵感女神依稀相似的声响。而现在,我经常呆坐在这台该死的机器面前,仿佛被什么人齐腕切断了双手。我每天有三四次坐在这里,遭受创作冲动的折磨。但灵感并未到来。又或者它来了,却出现在地板上,藏在我每晚都会打扫干净的那些毛团里。我就像是在穿过一座望不见尽

---

① 1平方英尺约等于0.09平方米。
② 美国非营利机构,主要通过销售捐赠物品来做慈善。
③ 均为美国20世纪二三十年代的低俗侦探小说杂志。

头的沙漠，它的名字叫亚利桑那的干旱期。

这在很大程度上是因为佩格远在墨西哥那些地下墓穴里的木乃伊之间，我很孤独，而且威尼斯三个月来都看不到太阳，只有薄雾、大雾，然后下雨，再然后是大雾，最后又回到薄雾。我每天午夜都会用冰冷的棉絮裹紧自己，在黎明时打着哆嗦爬下床。我的枕头每天早晨都是潮湿的，但我不知道自己梦到了什么，才会给它增添那么多盐分。

我看向窗外的电话亭。我每天的整个白天都会留意它的动静，而它却从未响起，提出要资助我那部本该在去年写完的非同凡响的小说。

我看着自己的手指在打字机的按键上移动，显得那么笨拙。我觉得它们就像那个笼子里的陌生死者的手，在水里晃荡，就像一对海葵，就像列车上坐在我身后那个男人看不见的双手。

那两人都比画了某种手势。

我缓缓地，缓缓地坐了下来。

某种东西冲撞着我的胸腔内部，就像有人在冲撞一只废弃笼子的铁栏。

有人在朝我的脖子呼气……

我必须让他们两个离开。我必须设法让他们安静下来，这样我才能睡着。

我的喉咙里传来了像是要呕吐的声音。但我没有吐出来。

我的手指反而开始打字，在"未命名小说"这几个字上打上字母X，直到将它们彻底覆盖。

然后我空了一行，看着那些文字突然出现在纸上："死亡"，然后是"是一件"，再然后是"孤独的"，以及最后的"事"。

看着这标题，我的脸剧烈扭曲。我喘息不止，一整个钟头都打不出字来，直到我让那辆伴随风暴与闪电的列车在雨中驶离，又打开装满黑色海水的狮笼，还那个死人以自由……

不断向下，穿过我的双臂，沿着我的双手，从我冰冷的指尖钻出，来到那张纸上。

在洪水里，黑暗到来。

我大笑起来，为它的抵达而喜悦——

然后倒在了床上。

我试图入睡，却只是悲惨地躺在那儿，打了一个又一个喷嚏，用完了一整盒面巾纸，觉得寒冷永远不会结束。

在那个晚上，雾气变得更浓，而在远处海湾里某个被人遗忘的深处，雾角声一次又一次响起。听起来就像一头死去已久的海中巨兽，正在从岸边游向自己的坟墓，一路上哀恸不止，却无人在意或是跟随。

在那天晚上，一阵风吹进我公寓的窗子，吹动了桌上我那本小说打好的几页。我听到了纸页的低语，就像运河里的水，像脖子上吹过的气息，最后沉沉睡去。

我在旭日当空时醒来。我打着喷嚏走到门口，猛地推开门，走了出去，迎接阳光的痛殴。那种感觉如此强烈，甚至让我想永远地活下去。我有些羞愧，因为我曾经想像亚哈[①]那样去攻击太阳。我很快穿好了衣服。昨晚的衣服还是湿的。我穿上一条网球短裤和一件夹克，然后从潮湿的大衣口袋里翻出几小时前从死人的西装里找到的纸团。

我用指甲碰了碰那些碎纸，呼了口气。我知道这是什么，

[①] 赫尔曼·麦尔维尔《白鲸》中的主角，他曾说："如果太阳侮辱我，我也要戳穿它。"

但我还没准备好面对它。

我不擅长奔跑，但我还是迈步飞奔……

远离那些运河、那只笼子、那辆电车上讲述黑暗的声音，远离我的房间和那些等待阅读的纸页——它们开始诉说一切，但我现在还不想读。我就这么在海滩上盲目地朝南方跑去——

一直跑到失落世界的国度。

我终于放慢脚步，盯着那些在上午进食的陌生机械巨兽。

油井。油泵。

我曾对朋友们说，这些巨大的翼龙在本世纪初飞来了这儿，滑翔于深夜时分的天空，建造自己的巢穴。岸上的人们蓦然醒来，听到那种充斥饥饿感的油泵响声，惊愕不已。人们在床上惊醒，听到嘎吱声和沙沙声，看到仿佛骸骨的轮廓在颤动，感受到地面的起伏。没有羽毛的翅膀扬起，又像凌晨3点的粗重呼吸那样落下。它们的气味就像时间的气味，沿岸飘来，来自那个没有山洞也没有躲藏其中的人类的时代。丛林的气味坠落入土，又成熟为石油。

我穿过这片雷龙森林，想象着三角龙，以及长着尖桩栅栏的剑龙，它们陷在焦油里，如同踩着黑色的糖浆。恐龙们从岸边传来的恸哭四处回荡，而海浪则抛回了古老的雷鸣声。

我从一幢幢白色小屋旁边跑过，它们在那些怪物到来之后建起，提供遮风避雨之所，而运河就是在那时被开挖出来引水，以映照1910年的明亮天空。在那时，白色的贡多拉船行驶在清澈的潮水上，而挂着萤火虫灯泡的桥梁许诺着未来的舞会——它来时就像只会逗留一夜的芭蕾舞团，第二天就这么消失不见，直到战争结束后也没有回来。而那些黑色的野兽只是继续吮吸沙子。贡多拉船沉入水底，带走了某场聚会上最后的欢笑。

当然了，有些人留了下来。他们躲进简陋的小屋，又或是把自己关在那些象征着对建筑学的讽刺的地中海风格别墅里。

在奔跑中，我猛然停下了脚步。我必须马上回去找到那团纸，然后去寻找它失落而死去的主人的名字。

但现在，其中一座地中海宫殿就耸立在我面前的沙滩上，仿佛满月那样洁白。

"康斯坦丝·拉蒂根，"我轻声说，"你能出来玩吗？"

实际上，这宫殿是一座白得耀眼的摩尔式堡垒，面朝大海，丝毫无惧涌来此处、试图将它冲垮的海潮。它有尖塔和角楼，蓝色与白色的瓦片摇摇欲坠地搭在砂石组成的陆架上。就在不到100英尺[①]远的地方，好奇的海浪正向它鞠躬致敬。海鸥盘旋而下，寻找窥探的机会，而我就站在那里，仿佛脚下生了根。

"康斯坦丝·拉蒂根。"

没有人出来。

在这片雷霆蜥蜴的领土上，这座孤单而特别的宫殿守卫着那位特别的电影女王。

塔楼的一扇窗户里亮着一盏日夜通明的灯。我从没见它熄灭过。她在那儿吗？

她在！

因为那个最快的身影掠过窗户，仿佛是有人盯着我看了看就离开了，宛如一只飞蛾。

我站在那里，回忆起来。

康斯坦丝·拉蒂根在二十出头的时候迎来了转折的一年，

[①] 1英尺约等于0.3米。

从矿井来到了堪称天差地别的摄影棚。按照旧报纸上的说法，她的导演发现她跟制片厂的美发师上了床，于是用一把刀子割断了她的腿部肌肉，让她再也无法以他喜爱的方式走路。然后他逃进海里，径直游向西面的中国。康斯坦丝·拉蒂根从此消失在了人们的视野里。没人知道她还能不能走路。

上帝啊，我听到自己轻声说。

我能感觉到，她曾在深夜时分闯进我的世界，认识了我认识的那些人。我们曾经好几次擦肩而过。

去吧，我心想，敲响靠岸那边的门上的铜狮门环。

不。我摇了摇头。恐怕来应门的只会是个黑白电影里的出窍魂灵。

我并不是真的想遇见什么特别的爱情，只是想梦到某个夜晚，她外出散步，留在沙滩上的脚印被随后到来的风彻底抹去，而她走到我的公寓房间外，敲敲我的窗子，走进门里，将她的灵魂之光以长长影片的方式呈现在我的天花板上。

康斯坦丝，亲爱的拉蒂根，我心想，快出来吧！跳进那辆停在沙滩上，宽大、明亮又耀眼的白色杜森博格汽车，发动引擎，挥挥手，然后带我行驶在阳光明媚的海岸上，去南方的科罗拉多！

没有人发动引擎，没有人挥手，没有人带我去南方的太阳下，远离那埋藏在海里的雾角声。

我退后几步，惊讶地发现盐水刚才没过了我的网球鞋。我转过身，朝着受困笼中的冰冷雨幕走去。它是世界上最伟大的作家，但没人知道这点，除了我。

我把潮湿的纸团放进夹克口袋里，朝我必须前往的那个地方走去。

那里是老年人聚集的地方。

那是一间狭小昏暗、面朝铁轨的商店，售卖糖果、香烟和杂志，还有从洛杉矶开往海边的红色有轨电车的车票。

一对满身尼古丁渍的兄弟打理着这个弥漫着烟草棚气味的地方。他们总是哭哭啼啼、互相争吵，就像一对老姑娘。在店铺一侧的长椅上，每时每刻都聚集着一群吹嘘着自己年纪的老人。他们对兄弟俩的争吵声充耳不闻，就像一场不够精彩的网球比赛的观众。其中一个说他八十二了。另一个夸口说他九十了，第三个说九十四。他们的话每周都会变，谁都记不住自己上个月的谎言。

当钢铁列车隆隆驶过的时候，如果你仔细听，就能听到那些老人的骨头洒下锈蚀的碎屑，听到雪花在他们的血液中流淌，在他们垂死的目光里短暂地闪烁，而他们处在聊天之内的漫长沉默里，试图回忆从正午开始、也许会在午夜终结的话题。因为那个时候，两兄弟就会争吵着关店离开，哭泣着爬上他们各自的床。

至于这些老人住在哪儿，没有人知道。每天晚上，等兄弟俩满怀怨气地消失在夜色里以后，这些老人就会像海风中的风滚草那样四散而去。

我走进那个永远被暮色笼罩的地方，站在那儿，看着老人们有史以来就一直坐着的那张长椅。

老人之间有个空位置。平时他们总是四个人，但现在只有三个。我能从他们的表情看出来，有哪里不对劲。

我看着他们的脚，周围散落的不只是烟灰，还有雪花般缓缓落下的奇怪纸屑。那是数百张电车票检票打孔时落下的碎屑，呈现出各式各样的 L、X 和 M 的形状。

我把手从口袋里抽了出来,把那团几乎干透的纸和地上的"雪花"比较了一下。我弯下腰,抓起一小把,让它从我的指缝间溜走,仿佛一张穿过空气的字母表。

我看着长椅上的空位。

"那位老先生去了……?"我住了口。

因为那些老人都在瞪着我,仿佛我朝他们的寂静开了一枪。此外,他们的表情在说,我这身行头不适合参加葬礼。

最老的那位点着了烟斗,良久后吐了口烟,咕哝道:"他会来的。他从不缺席。"

但另外两人不自在地挪动了身子,脸色阴沉。

"他,"我鼓起勇气问,"平时住哪儿?"

老人停止了吞云吐雾,说:"谁想知道这事?"

"我,"我说,"你认识我的。我来这儿好几年了。"

老人们交换了目光,显得很紧张。

"我有急事。"我说。

那老人挪了挪身子。

"金丝雀。"年纪最大的老人嘟囔道。

"什么?"

"金丝雀女士那儿。"他的烟斗已经熄灭。他重新点燃了它,眼神透露出不安,接着道:"但别去打扰他。他没事的。他没生病。他会来的。"

他抗议得太多了点儿,这让其他两个老人在长椅上偷偷地扭动身子。

"他的名字是……?"我问。

我不该问的。竟然不知道他的名字!上帝啊,所有人都知道他的名字！那些老人怒视着我。

我红着脸退开了。

"金丝雀女士。"我说着，跑出了门，在离店门口30英尺的地方差点被一辆抵达威尼斯的短途列车撞死。

"蠢货！"列车司机大喊着，探出身体，挥动拳头。

"金丝雀女士！"我发出愚蠢的喊声，也摇晃拳头，表示自己还活着。

我从她窗户上的招牌知道了她的地址。

出售金丝雀。

无论过去或现在，威尼斯都充斥着这样的失落之地。人们会在这里出售自己灵魂磨损不堪的最后碎片，却希望没人会买下。

几乎每栋配有肮脏窗帘的老房子都在窗户上挂着一块招牌。

1927年产纳什①。价格公道。在后面。

或是——

铜床。几乎没用过。便宜。在楼上。

走着走着，你不禁思索这张床的哪一边用过，两边同时用了多久，而另一边又有多久再也没人用过了——二十年，还是三十年？

又或是——

小提琴、吉他、曼陀林。

窗户里那件古老乐器的弦不是金属丝或者肠线，而是蜘蛛网。里面有个老人蹲在工作台前刨削木头，脸始终背着光线，双手忙碌不停。有人在多年前把几条贡多拉船拖上了岸，放到

---

①美国汽车品牌，于1957年停产。

那些后院里充当花圃。

他在这儿出售小提琴和吉他多久了?

敲敲门,再敲敲窗子。那个老人继续切割木头,用砂纸打磨。他的脸、他的肩膀都在颤抖。他是不是在笑?因为你在敲门和窗子,而他假装没听到?

你从挂着最后一块招牌的窗户旁边经过。

能看到好风景的房间。

那个房间可以俯瞰大海,但已经十年没人上去过了。大海也许都不存在了。

我拐过最后一个转角,我要找的东西就在那儿。

它就挂在被太阳晒黑的窗户上。那些历经风雨的脆弱文字用铅笔写下,淡得就像干透后自我抹去的柠檬汁,而且上帝啊,那起码有五十个年头了!

出售金丝雀。

是的,有人在半个世纪前舔了舔笔尖,在这块硬纸板上写下这些,把它挂了起来,用捕蝇纸胶带粘好,然后就去楼上的房间喝茶了。在那儿,灰尘像清漆那样覆盖栏杆,又彻底笼罩了灯泡,让它们的光线仿佛灯笼。枕头是一团团棉绒,而阴影悬挂在壁橱的空衣架上。

出售金丝雀。

我没有敲门。好几年前,出于愚蠢的好奇心,我敲过这扇门,但随后觉得自己很傻,于是离开了。

我转动老旧的门把手。门轻轻地开了。一楼空荡荡的,所有房间都没有家具。我朝夹着飘扬灰尘的阳光喊了一声——

"有人在家吗?"

我觉得自己听到了阁楼那边的低语声：

"……没人。"

死苍蝇躺在窗户上。死于1929年夏天的几只飞蛾在纱窗上掸了掸翅膀。

在上方某处，垂垂老矣、没了头发的长发公主在自己的塔里迷了路。有根羽毛落下，碰到了空气。

"……什么事？"

有只老鼠在昏暗的房梁上叹了一声。

"……进来。"

我将里间的门推得更开。它发出刺耳的尖鸣。我感觉它是特意没有上油的，为的就是让任何不告而来的人被生锈的铰链暴露行踪。

一只蛾子扑打着楼上走廊里的一颗坏灯泡。

"……上来……"

我爬上楼梯，走向正午时分的暮色，经过面朝墙壁的一面面镜子。不会有玻璃映出我的到来，不会有玻璃映出我的离开……

"……什么事？"一声低语。

我在楼梯顶端的房门那里犹豫不前。或许我觉得自己会看到一只巨大的金丝雀躺在布满尘灰的地板上，不再歌唱，除用心脏杂音对话以外什么都做不了。

我走了进去。

我听到了一声喘息。

空荡荡的房间正中放着一张床，床上躺着一位双眼紧闭、只能用嘴巴微弱呼吸的老妇人。

始祖鸟，我心想。

是的。我真是这么想的。

我在博物馆里见过始祖鸟的骨架。这种已然灭绝的鸟类有着脆弱的爬行动物的翅膀,其形状出现在一块蚀刻着图案的砂岩上,恐怕是某位埃及祭司的手笔。

这张床以及床上的东西仿佛一条快要干涸的河里的淤泥。在平静的水流里,剩下的只有稻草人留下的谷物皮壳,以及一具瘦削的骸骨。

她平躺在那儿,姿势那么优雅,让我觉得她并非活物,而是一块在永恒的践踏下毫不动摇的化石。

"什么事?"从被单下露出来的小小黄色脑袋睁开了眼睛。小小的亮光朝我闪烁了一下。

"金丝雀呢?"我听到自己在说,"你窗户上的招牌?鸟儿呢?"

"噢,"老妇人叹了口气,"……亲爱的。"

她已经忘了。或许她已经很多年没有下楼了。而我或许是第一个,是几千天以来第一个上楼来的人。

"噢,"她轻声说,"那是很久以前的事了。金丝雀,是啊,我养过一些可爱的金丝雀。"

"1920年,"又是一阵轻语,"1930、1931……"她的声音越来越轻。年份的计算停下了。

在另一个清晨,另一个正午。

"它们经常歌唱。在我的地盘,它们唱得很动听。但根本没人来买。为什么?我一只也没有卖出去。"

我环顾四周。房间最北边的角落里有个鸟笼,还有两个半掩在壁橱里。

"抱歉,"她轻声说,"我一定是忘记摘掉窗户上的招牌了……"

我朝那些鸟笼走去。我的预感是对的。

我在第一个笼子的底部看到了《洛杉矶时报》的碎片，日期是 1926 年 12 月 25 日。

裕仁天皇即位。
这位年轻的君主，二十七岁，在今天下午……

我走向下一个鸟笼，眨了眨眼睛。来自中学时代的记忆伴随着恐惧吞没了我。

亚的斯亚贝巴[①]遭到轰炸。
墨索里尼宣布胜利。海尔·塞拉西一世[②]提出抗议……

我闭上双眼，不再回忆那段失落的岁月。因为在很久以前，羽毛就停止了沙沙作响，鸟儿的鸣啭声也停止了。我站在床和那些废弃物旁边。我听到自己在说：

"您听过周日早上的《落基山脉金丝雀草籽时刻》吗……？"

"有位风琴手负责演奏，还有一整个录音棚的金丝雀伴唱！"老妇人的叫声中带着喜悦，这让她的身体恢复了活力，头也抬了起来。她的目光像碎玻璃那样闪烁。"'当落基山脉的春天到来'！"

"'甜心苏。''我的蓝色天堂。'"我说。

"噢，那些鸟儿到底是从哪里找来的？"

[①] 埃塞俄比亚首都。
[②] 埃塞俄比亚当时的皇帝。

"是啊。"我当时九岁,试图弄清那些鸟儿为什么能和音乐声如此合拍,"我曾和我妈妈说,那些鸟笼里肯定摆满了廉价商店的乐谱。"

"你听起来是个心思细腻的孩子。"老妇人低下头,筋疲力尽地闭上了眼睛,"他们早就不这么做了。"

从来就没这么做过,我心想。

"可是,"她轻声说,"你该不会是为了金丝雀来找我……?"

"不是,"我承认,"是为了那个租您房子住的老人……"

"他死了。"

没等我开口,她就说了下去,语气平静。"从昨天早上起,我就再也没听到过他在楼下厨房里的声音了。昨晚的寂静给了我答案。你刚才打开楼下的门的时候,我就知道有人要来告诉我坏消息了。"

"很抱歉。"

"不用抱歉。除了圣诞节,我根本见不着他。隔壁的女士一直在照顾我,每天来看我两次,为我安排起居,带吃的东西过来。所以他死了,对吧?你和他熟吗?他会不会有葬礼?写字台上有50美分。给他买一小束花吧。"

写字台上并没有什么钱。根本就没有什么写字台。我假装有,并把不存在的钱放进了口袋。

"你可以六个月后再回来,"她轻声说,"我会好起来的。金丝雀也会重新开始出售,而且……你一直盯着门看!你有事要离开吗?"

"是啊。"我内疚地说,"我想提醒您,您的前门没锁。"

"嘿,谁又会想对我这样的老家伙做什么呢?"她最后一次抬起头。

她的双眼闪烁。她的脸在抽痛,就好像有什么东西在她的皮肉下敲打,试图逃脱。

"不会再有人走进这栋房子,爬上楼梯了。"她哭出了声。

她的声音逐渐消失,就像山那边的无线电台。随着眼睑慢慢垂下,她缓缓回到了自己的世界里。

上帝啊,我心想,她希望有人上来这儿,帮她那个可怕的忙!

我可不会!我心想。

她的双眼忽地睁大。是我把自己的想法说出口了吗?

"不,"她盯着我的脸说,"你不是他。"

"谁?"

"那个站在我门边的人。他每晚都会来。"她叹了口气,"但他从来不会进门。为什么他不进来?"

她的话声像钟表那样戛然而止。她仍在呼吸,却在等我离开。

我回头看去。

风吹起门口的尘土,仿佛一团薄雾,又仿佛一个等待着的人。那个东西,那个男人,无论他是什么,每晚都会过来,然后站在走廊里。

我碍事了。

"再见。"我说。

一阵沉默。

我应该留下来,喝一杯茶,吃一顿晚餐,和她共进早餐。但你不可能在所有时间的所有地方保护所有人,不是吗?

我在门口等待了片刻。

再见。

她的梦呓里有过这句话吗？我只知道她的呼吸声在催促我离开。

下楼的时候，我意识到自己还是不知道那个淹死在狮笼里、每个口袋都装着一把车票打孔碎屑的老人的名字。

我找到了他的房间，但这于事无补。

他的名字不会在那儿，正如他本人。

事物开始的时候总是美好的。但在人类的历史上，无论小镇还是大城市都很少有美好的结局。

然后，一切分崩离析，一切变得臃肿，一切散乱地蔓延。时间变得混乱。牛奶发酸。夜晚时分的高大电线杆上，电线在几乎凝成水滴的薄雾里讲述邪恶的故事。运河的水面满是浮渣。敲打火石，却没有迸出火花。触摸女人，却没有感到温暖。

夏季突然间结束了。

冬季的雪钻进了你的骨髓。

是时候去找那面墙了。

那面墙就在某个小房间里。在那儿，高大的红色电车经过时的震颤就像噩梦，让你在"不那么高贵的失落金丝雀公寓"的地下室的冰冷钢床上辗转反侧。在那儿，前柱廊的门牌号早已脱落，而街角原本指着北方的路标被人转向东面。如果有人来找你，他们永远会转上错误的林荫道。

但与此同时，床边的那面墙能让你透过含泪的双眼看到，或者伸出手却无法触及——它太遥远、太深邃，也太空洞了。

我知道，只要我找到那个老人的房间，就会找到那面墙。

我找到了。

那扇门就像这栋房子里其他的每一扇门那样,没有上锁,等待着风或雾,或是某个苍白的陌生人闯入。

我走了进去,然后犹豫起来。也许我指望自己能在那个老人空荡荡的床上找到一张他的X光片。他的房间和楼上的金丝雀女士一样,看起来像是进行过一场样样5美分或10美分的旧物出售,所有的东西都被搬空了。

地板上甚至连一把牙刷、一块肥皂、一条毛巾都没有。那个老人一定是每天都在海里洗澡,中午用海藻刷牙,在海潮里清洗他唯一的衬衫。如果有太阳,就铺在沙滩上晾干。

我向前走去,动作就像个深海潜水员。当你知道有人死去的时候,他留下的空气会拖慢你的每个动作,甚至是你的呼吸。

我倒吸一口凉气。

我猜错了。

因为他的名字就在那儿,在那面墙上。我弯下腰眯眼打量,几乎趴倒下去。

他的名字潦草地刻在他那张小床另一边的灰泥墙面上。名字重复了一次又一次,仿佛他担心自己衰老或是被人遗忘,唯恐在某天早晨醒来,发现自己失去了名字,于是用沾染尼古丁渍的指甲一次又一次刻下这些字眼。

威廉。然后是威利。再然后是威尔。在这三个名字下面是比尔。

然后重复了一次、两次、三次。

史密斯。史密斯。史密斯。史密斯。

再下面是,威廉·史密斯。

还有，史密斯，W①。

他那张由自己名字组成的"乘法表"涌入又离开我的视线。在许多个夜晚里，我也曾害怕看到自己未来的黑暗岁月。我，1999年，独自一人，我的指尖在灰泥上乱写乱画，发出老鼠那样窸窸窣窣的声音……

"上帝啊，"我轻声说，"等等！"

小床发出尖叫，就像在睡梦中被人碰到的猫儿。我跪倒在床上，用手指摸索灰泥。墙上还有些别的字——是信息，是提示，还是线索？

我想起了儿时的某种"魔法"：让小伙伴在便签本上写下一句名人名言，然后再撕下那一页。但你可以拿着便签本离开房间，用软芯铅笔涂抹留在空白纸页上的隐秘凹痕，让那些文字重新浮现。

现在的我就是这么做的。我摸出铅笔，用磨钝的笔头轻轻摩擦墙面。指甲的刮痕自行呈现：这里是一张嘴，那里是一只眼睛；轮廓，形状，某位老人半梦半醒间的零星记录：

凌晨4点，睡不着。

下面是一句让人背脊发凉的恳求：

拜托，上帝，让我睡着吧！

以及破晓时的绝望：

天啊。

但在最后，某种东西让我双膝发软，将身子俯得更低。因为那里有一行字：

他又站在走廊里了。

---

① "威廉"的首字母。

但那就是我，我心想，5分钟前站在那个老妇人房间外面的人就是我。片刻前站在这个空房间外面的人也是我。还有……

昨天晚上，在黑色的雨里，在那辆列车上。庞大的有轨电车绕过弯道，车身的木板发出呻吟，生锈的铜壳颤抖不止。有个看不见的人在我身后的过道里摇摇晃晃，为这场葬礼列车之旅而哀悼。

他又站在走廊里了。

他曾站在列车的过道上。

不，不。这太可怕了！

站在列车的过道上呻吟，又或者站在这个走廊里，只是看着房门，沉默地向某位老人宣示你的存在——这些算不上什么犯罪，不是吗？

是啊，但如果某天晚上，那个人进了房间呢？

如果他带来了那件孤独的事呢？

我看着那些涂鸦。它们模糊褪色，就像外面那扇窗子上挂着的"出售金丝雀"的招牌。我后退几步，和那句孤独又绝望的可怕话语拉开距离。

回到走廊里，我站在那儿感受着空气，猜想另一个人是否曾在过去数月里一次又一次地站在我站的位置，脸庞透出皮肤下的骨头。

我很想转身朝楼上大喊："耶稣啊！如果那家伙回来，就打电话给我！"令那些空鸟笼咔嗒作响。

怎么打？我看到附近有个空电话架，下面还有一本从1933年起的电话号码簿。

那就在窗边大喊！

可谁会听到她像是旧钥匙在生锈的锁里转动的声音？

我会来这里站岗,我心想。为什么?

因为那个死去的海底木乃伊,那个包着裹尸布躺在那儿的老妇人,正在祈祷一股冷风能吹上楼梯。

把门都锁上!我心想。

但当我试图关上正门的时候,它却不肯合拢。

我仍旧能听到飒飒的冷风声。

我跑了一段路,随后放缓脚步,停了下来,朝警察局走去。

因为那些死去的金丝雀开始在我耳后拍打干燥的翅膀,发出沙沙的声音。

它们想出去。只有我能救它们。

也因为我能感觉到,在我的周围,平静的水流正从尼罗河的淤泥里涌出,要把法老两千岁的女儿尼可托里斯彻底冲走。

只有我能阻止黑暗的尼罗河把她冲到下游。

我跑向我的安德伍德标准打字机。

我打字救了那些鸟儿。我打字救了那堆老旧干枯的骨头。

内疚但又得意,得意但又内疚,我把它们从压纸的卷轴里抽出,平放在我的鸟笼/砂岩河床/小说盒底部。在那儿,只有你读出那些字眼的时候,它们才会歌唱。只有你翻动那些书页的时候,它们才会低语。

就这样,我怀着拯救他人的愉悦感离开了。

我朝警察局走去,满脑子宏大的幻想、疯狂的念头、惊人的线索、潜在的谜团和明显的解决方法。

快到那儿的时候,我觉得自己是最优秀的杂技演员,正在最大的气球吊着的最高的秋千上表演。

我没有意识到埃尔莫·克拉姆利探长配备了长针和气枪。

我来到警察局的时候,他刚好从正门出来。我的表情肯定在警告他,我要把我的那些念头、幻想、概念和线索都朝他身上丢过去。他提前做了个擦脸的动作,差点儿躲回里面,随后警惕地沿着人行道走来,仿佛在接近一枚地雷。

"你来这儿干什么?"

"如果市民能解决一桩谋杀案,难道不该现身吗?"

"你在哪里看到了谋杀案?"克拉姆利四下打量,确信自己什么都没有看到,"还有什么事吗?"

"你不想听听我想说什么?"

"我听过很多次了,"克拉姆利挤过我身边,走向他停在路肩上的车,"在威尼斯,每次有人心脏病猝死或是被自己的鞋带绊倒而死,第二天十有八九都会有人来告诉我,该怎么解决已经停跳的心脏,又或者怎么重新系好鞋带。你现在脸上就是那种'心脏病鞋带'的表情,而我昨晚根本没睡。"

他脚步不停,而我奔跑在后,因为他正以哈里·杜鲁门[①]每分钟120步的速度前进。

他听到我跟上来,回头大喊:"你要知道,年轻的海明威老爹——"

"知道我是靠什么维持生计的吗?"

"威尼斯的每个人都知道。每次你写的故事登上《10美分侦探》或是《弗林的侦探》,整个镇子的人都能听到你在酒品店的报刊架前,指着那些杂志大叫。"

"噢。"我说,最后一缕热气从我的气球里溜走了。我回到

[①]美国第33任总统。

了地面，站在克拉姆利的车子对面，咬着下唇。

克拉姆利注意到了我的变化，眼神带上了父亲般的负疚。

"耶稣那什么基督。"他叹了口气。

"什么？"

"你知道业余侦探最让我头疼的地方是什么吗？"克拉姆利问。

"我不是业余侦探，我是个直觉敏锐的专业作家！"

"所以你是只会打字的蚂蚱，"克拉姆利说着，等待我脸部的抽搐停止，"但如果你像我这样在威尼斯、在我的办公室和停尸间待上这么多年，你就会知道，每个路过的流浪汉或者你碰巧撞见的醉鬼都满肚子理论、证据和启示，足够填满一本《圣经》，压沉一条浸信会周日郊游的野餐小船。如果我们听信监狱里每一个满口胡言的传教士，那么半个世界的人都有嫌疑，三分之一的人会被捕，其余的人会上电椅或者绞架。既然如此，我为什么要听信一个甚至还没在文学史上留名的年轻写手的话？"我的脸再次抽搐起来，而他又等了等，"他只是发现了一个装着意外溺死者的狮笼，就以为自己撞见了《罪与罚》，以为自己是拉斯柯尔尼科夫①的儿子。我说完了。该你回答了。"

"你知道拉斯柯尔尼科夫？"我惊讶地问。

"恐怕在你出生前就知道了，但这不重要。该你为自己辩护了。"

"我是个作家，我比你更了解感情。"

"胡扯。我是个警探，我比你更了解事实。你会害怕被事实迷惑吗？"

---

① 《罪与罚》的主角。

"我——"

"告诉我吧,兄弟。你这辈子遇到过什么事?"

"什么事都可以说?"

"是的,什么事都可以。大事、小事、一般的事——任何事。比如病痛、强奸、死亡、战争、革命、谋杀。"

"我父母都死了——"

"安详的那种?"

"对。但我有个叔叔遇到持枪抢劫的时候中过枪……"

"你亲眼看到他中枪的吗?"

"没有,但——"

"噢,这可不能算,你得亲眼看到。我是说,你从前遇到过像狮笼里有个死人的情况吗?"

"没。"最后,我承认。

"好吧,这就对了。你还惊魂未定。你不清楚人生是怎样的。我是在停尸间出生长大的。这是你第一次真正体验到墓碑的触感。所以你干吗不闭嘴走开呢?"

他发觉自己的嗓门抬得太高了点儿,于是摇摇头说:"不,我干吗不闭嘴走开呢?"

他做了。他打开车门,钻了进去,没等我的气球重新充气,他就离开了。

我咒骂着闯进一间电话亭,往投币口丢下一枚10美分,打电话给5英里外的洛杉矶。有人接起电话的时候,我听到另一头的收音机播放摩擦舞曲①的声音、沉重的关门声,以及厕所的

---

① 摩擦舞(La Raspa)是一种起源于墨西哥的民间舞蹈。

冲水声，但我能感觉到自己渴望的阳光就等在那儿。

那位女士——她住在坦普尔街与菲格罗亚街口的一栋廉价公寓里——紧张地握住电话听筒，终于清清嗓子，开了口：

"喂？①"

"古铁雷斯夫人！"我喊道。我顿了顿，重新开口说："古铁雷斯夫人，我是疯子。"

"噢！"她倒吸一口凉气，然后大笑起来，"你好，你好！② 你想和范妮说话吗？"

"不，不，喊几声就够了。能麻烦您朝楼下喊一声吗，古铁雷斯夫人？"

"我这就去。"

我听到她走动的声音。我听着整栋破旧不堪的廉价公寓摇摇欲坠的声音。如果有只黑鸟在某天落在房顶上，那栋房子就会轰然倒塌。我听到一只小吉娃娃在她身后的油毡上跳着踢踏舞，体格就像一只大黄蜂，而且吠叫不止。

我听到公寓的外走廊门打开的声音，与此同时，古铁雷斯夫人的脚步踏上了三楼的地板，然后探出身子，透过二楼的阳光向下大喊起来。

"哎，范妮！哎！疯子找你。"

我也喊了起来："告诉她，我想过来一趟！"

古铁雷斯夫人等了一会儿。我听到二楼的走廊发出咯吱咯吱的响声，像是有个壮硕的船长走到甲板上环顾世界。

"哎，范妮，疯子想过来一趟！"

长长的沉默。有个动听的声音透过后院上方的空气传来。

---

① 原文为西班牙语。
② 原文为西班牙语。

我听不清那个声音说了些什么。

"告诉她,我需要听《托斯卡》[①]!"

"《托斯卡》!"古铁雷斯夫人朝下方的院子大喊。

长长的沉默。

整栋廉价公寓再次倾斜,这次是朝另一个方向,仿佛地球在午睡中翻了个身。

《托斯卡》第一幕的曲调传到了楼上的古铁雷斯夫人那儿。她开了口。

"范妮说——"

"我听到音乐声了,古铁雷斯夫人。那代表'好'!"

我挂了电话。在同一瞬间,十万吨盐水拍打在几码[②]之外的海岸上,时机刚刚好。我为上帝的精准点点头。

我确认口袋里还有 20 美分,然后跑去赶下一辆电车。

她身躯庞大。

她的真名叫作科拉·史密斯,但她自称为范妮·弗洛里娜,没人会用别的方式称呼她。我是在几年前住在那栋廉价公寓的时候认识她的,而在搬到海边以后,我依旧和她保持联系。

范妮太高大了,从来没有躺着睡过觉。无论日夜,她都会坐在那张固定在廉价公寓地板上的大号船长椅上,她夸张的体重在地板的油毡上留下了擦痕和凹陷。她会尽可能减少移动,而当她走向房门,挤出去穿过走廊,再朝狭窄的洗手间走去(她担心自己总有一天会被困在那儿)的时候,呼吸就会在肺和喉咙里翻腾。"上帝啊,"她经常说,"如果非得让消防员把我

[①]贾科莫·普契尼的三幕歌剧。
[②]1 码约等于 0.92 米。

从那里面撬出来，那就太可怕了。"然后她会回到她的椅子、收音机和留声机那边，而她伸手可及之处还有个冰箱，里面是多得要命的冰激凌、黄油、蛋黄酱和其他一切不健康的食物。她总是在吃，总是在听。冰箱旁边有几个书架，上面没有书，只有上千张卡鲁索、加利-库尔奇和斯沃索特[①]等人的唱片。到了午夜时分，等最后一首歌唱完，最后一张唱片伴随嘶嘶声停止转动时，范妮就会瘫倒下来，仿佛一头在黑暗中被射杀的大象。她粗大的骨头埋在她宽阔的肉体里。她的圆脸仿佛一轮圆月，俯瞰着由她的肉体构成的辽阔领地。在枕头的支撑下，她的气息呼出又吸回，随后再次呼出，唯恐遭遇可能发生的雪崩——如果她躺得太过靠后，她的体重就会闷死她，她的血肉会吞没和挤碎她的肺，彻底扼杀她的声音和光明。她从来没有提起过这些，只是有一次，有人问起她的房间为什么没有床，而她的眼中浮现了恐惧的神色，从此再也没有人提起床的事了。肥胖就像一名杀手，始终陪伴在她左右。她睡在自己的高山上，满心恐惧。早上醒来的时候，她会为自己又平安度过了一夜而喜悦。

公寓楼下的巷子里放着个钢琴箱。

"那是我的。"范妮说，"等我死的那天，把这个钢琴箱搬上来，把我塞进去，然后再用绳子吊着放下去。是我的。噢，说到这个，做个好心人，把那罐蛋黄酱和那个大汤匙递给我吧。"

我站在廉价公寓的正门口，侧耳倾听。

她悦耳的嗓音顺着走廊传来，开始时纯净得仿佛一条清洌的山泉，从二楼倾泻到一楼，又顺着走廊流淌而来。在我听来，

[①] 均为著名歌唱家。

她无比清澈的歌声就像美酒。

范妮。

我开始爬上一楼的台阶时,她用颤音唱了几句《茶花女》。来到二楼的时候,我暂时停下脚步,闭上眼睛,静静聆听蝴蝶夫人以歌声欢迎港口里那条闪闪发亮的船,以及那位身着白衣的上尉。

那是春日的午后,一位苗条的日本少女站在小山上唱歌的声音。在面朝二楼走廊的那扇窗边的一张桌子上,放着一张她十七岁时的相片。那位少女最多 120 磅[①],但那是很久以前的事情了。她的嗓音带着我穿过老旧的楼梯间,仿佛一句"光明即将到来"的承诺。

我知道当我走到门边的时候,歌声就会停止。

"范妮,"我会说,"我刚刚听到有人在这儿唱歌。"

"是吗?"

"是《蝴蝶夫人》里的一段。"

"真奇怪。会是谁唱的呢?"

这个游戏我们玩了很多年。我们聊音乐,讨论交响乐、芭蕾舞、歌剧,听收音机里放的曲子,用她那台老式爱迪生留声机播放唱片。但在那三千天里,当我待在范妮的房间时,我一次也没有听她唱过歌。

但今天不一样。

我来到二楼的时候,她的歌声停止了。但她肯定在思索、在盘算。或许她先前看向窗外,发现我正沿街走来。或许她透过我的皮囊看穿了我的骨头。或许在打电话过来的时候,我的

[①] 1 磅约等于 0.45 千克。

声音带来了夜晚的悲伤和雨水（虽然这不可能）。无论如何，某种强烈的直觉占据了范妮·弗洛里娜夏日的庞大身躯。她已经做好迎接惊喜的准备了。

我站在她的门旁，静静听着。

那阵嘎吱声就像是一艘巨轮在乘风破浪。那是一颗巨大的良心在那里挪动。

还有个柔和的嘶嘶声——是留声机！

我轻轻敲门。

"范妮，"我说，"疯子来了。"

她打开了门，雷鸣般的音乐声扑面而来。了不起的女士，她把削过的木针放在嘶嘶作响的唱片上，然后冲到门口，握着门把手，等待着。指挥棒一落下，她就猛地拉开了门。普契尼的曲子奔涌而出，聚在一起，把我拖了进去。范妮·弗洛里娜也帮了把手。

这是《托斯卡》的第一面。范妮把我按在一把快散架的椅子上，抬起我空无一物的爪子，往里面塞了一杯上好的红酒。"我不喝酒，范妮。"

"胡扯。瞧瞧你的脸色。喝吧！"她从旁边冲过，仿佛《幻想曲》[①]里舞步轻盈如芳草花的神奇河马。然后她就像一张格外奇怪的大床，压在了她无助的椅子上。

唱片放到最后的时候，我哭了出来。

"好了，好了，"范妮轻声说着，给我的杯子又倒满了酒，"好了，好了。"

"我听普契尼总会哭，范妮。"

[①] 1940 年首映的迪士尼动画电影。

"是啊,亲爱的,不过别这么激动。"

"别这么激动,说得对。"我把第二杯酒喝下了一半。这是上好的葡萄园出产的1938年圣埃米利永,是范妮那些有钱朋友之一带过来并留下的。他们从镇子另一边来到这里,谈笑风生,回忆彼此的美好时光,不介意谁的收入更高。某天晚上,我看到过托斯卡尼尼①的亲戚走上楼梯,等在那里。我也看到过劳伦斯·蒂贝特②走下楼梯,我们擦身而过的时候互相点了点头。他们来聊天的时候总是带着最好的酒,离开的时候总是面带微笑。世界的中心可以是任何地方。而在这里,它就在洛杉矶不够美好的那一面的某栋廉价公寓的二楼。

我用夹克的袖口擦了擦眼泪。

"说吧。"这位又高又胖的女士说。

"我发现了一个死人,范妮。但没人愿意听我说这些!"

"上帝啊,"她张开嘴巴,让她的圆脸显得更圆了,眼睛先是睁大,随后又带上了怜悯的柔和眼神,"可怜的孩子。是谁?"

"他是坐在威尼斯短途电车售票厅里的那些好心老头子之一,从比利·森戴③抨击《圣经》,威廉·詹宁斯·布赖恩④做他的'金十字架'演讲的时候起,他们就坐在那儿了。我小时候就在那里见过他们。一共四个老头子。你觉得他们会永远在那里,像是粘了木头长椅上。我从没见到过他们起身走动的模样。他们整天、整周、整年都待在那里,抽着烟斗或是雪茄,喋喋不休地谈论政治,探讨该如何治理这个国家。我十五岁的

---

①即阿图罗·托斯卡尼尼,意大利著名指挥家。
②美国著名歌唱家和电影演员。
③原名威廉·阿什利·森戴,19世纪末美国著名棒球运动员,后成为知名福音传道者。
④美国政治家,民主党和平民党领袖。

时候，他们之中的一个人看着我说：'你会长大成人，把世界变得更加美好，对吧孩子？'我说：'是的，先生！'他说：'他会做到的，对吧，绅士们？'他们齐声说：'没错。'然后看着我微笑。问我话的那个老头子，就是我昨晚在狮笼里发现的那个人。"

"狮笼里？"

"在运河的河水下面。"

"这下该放《托斯卡》的另一面了。"

范妮起身的时候如同一场雪崩。然后她像一片海潮涌向唱片机，用一股巨力摇动发条曲柄，再以上帝耳语声般的轻柔将唱针放在了新的表面上。

乐声响起的同时，她也回到椅子这边，仿佛一艘幽灵船，庄严而苍白，安静而关切。

"我知道你反应这么大的一个原因，"她说，"佩格。她还在墨西哥做研究，对吧？"

"她去了三个月，感觉就像是三年。"我说，"基督啊，我好孤独。"

"而且脆弱。"范妮说，"你是不是该打个电话给她？"

"基督啊，范妮，我没有钱。而且我不想让接听方付费。我只能期待她这几天打电话给我。"

"可怜的孩子。因爱而病。"

"因死而病。最可怕的是，范妮，我甚至不知道那个老头子的名字！这太让人羞愧了，不是吗？"

《托斯卡》的另一面的确很合适。我坐在那儿，低着头，眼泪不住地顺着鼻尖滴落到红酒里。

"你那杯圣埃米利永都给糟蹋了。"唱片播放完毕的时候，范妮柔声说。

"这下我疯了。"我说。

"为什么?"范妮站在唱片机旁,仿佛一颗巨大的石榴。她重新削了根唱针,找出一张比较欢快的唱片,又问了一遍:"为什么?"

"他是被人杀死的,范妮。有人把他塞进了那个笼子。否则他不可能进到那个笼子里去。"

"噢,天啊。"她轻声说。

"我十二岁那年,有个住在东部的叔叔在一次夜间抢劫中被人枪杀,就在他自己的车里。在他的葬礼上,我和我哥哥发誓要找到凶手,然后干掉他。但那凶手仍然逍遥法外。而且那件事发生在另一座城市的很久以前。这一次,事情就发生在这儿。那个溺死老人的凶手就住在威尼斯,离我只有几个街区。等我找到他……"

"你就会把他交给警察。"范妮前倾身体,做了个幅度很大却不失温柔的手势,"好好睡上一觉,你会感觉好很多的。"

然后她看懂了我的表情。

"不,"她的口气像是在出席我的葬礼,"睡一觉你也不会好起来。好吧,你继续。男人都是傻瓜。上帝啊,我们女人过的都是什么日子,看着这些傻瓜自相残杀,杀人者被人杀死,而我们在场外大声阻止,却没人肯听。你就不能听我的吗,亲爱的?"

她放上另一张唱片,将唱针放到凹槽上,动作就像是充满爱意的吻。然后她冲到我面前,用她粉红色菊花花瓣似的大手指抚摸我的脸颊。

"哦,拜托,小心点。我不喜欢威尼斯。这里的路灯不够多。还有那些该死的油井,整夜整夜、无休无止地抽着油,还伴随着呻吟。"

"威尼斯伤害不了我,范妮,那个在威尼斯游荡的东西——无论它是什么——也伤害不了我。"

它站在走廊里等待,我心想,等待在老男人和老女人的门外。

范妮仿佛一座耸立在我面前的巨大冰山。

她肯定又看到了我的脸,它泄露了我心中的所有想法,全无隐藏。她本能地看向自己的房门,仿佛有一个影子从门外经过。她的直觉令我震惊。

"不管你要做什么,"她的声音消失在好几百磅突然忧心忡忡的血肉深处,"别把它带来这儿。"

"死亡可不是你能带在身边的东西,范妮。"

"哦,它是。来到楼下前记得刮干净鞋底。你有干洗那套西装的钱吗?我给你一些。擦干净鞋子,再刷刷牙。别回头看。眼睛是可以杀人的。如果你盯着别人看,他们看出你在寻死,就会跟上你。我很欢迎你来,好孩子,但你得先做好洗漱,并且直视前方。"

"你这是梦话,范妮,是胡言乱语。这么做没法赶走死亡,而且你很清楚。无论如何,我不会把任何东西带来你这里,除了我自己。我们都认识这么多年了,范妮。我们交情深厚。"

这话融化了喜马拉雅山上的冰雪。

她以旋转木马的动作缓缓转身。突然间,我们都听到了早就开始播放的那张嘶嘶作响的唱片上的音乐。

《卡门》。

范妮·弗洛里娜把手指伸进怀里,抽出一把黑色的蕾丝扇子,展开成一朵满开的花,在她那双突然透出弗拉明戈风情的眼前摆动，又端庄地合拢睫毛，任由她失落的嗓音重新涌现，像冷冽的山泉那样清新，又像我上周感觉到的那样青春。

她唱起了歌。而且随着歌声，她动了起来。

那感觉就像是看着一块沉重的幕布在大都会歌剧院中优雅地升起，挂在直布罗陀巨岩布景上，并随着一名疯狂指挥家的手势旋转。这名指挥家知道怎么鼓舞大象跳芭蕾，也知道如何呼唤如精灵般喷水[①]的白鲸从深海浮起。

第一支歌结束的时候，我又哭了起来。

这一次带着笑声。

直到后来，我才自顾想道：上帝啊，这可是头一次，在她的房间里，听到她唱歌。

为我而唱！

下楼的时候，已经是下午了。

我站在阳光明媚的街道上，摇晃着身体，享受着红酒的余味，同时抬起头来，看着这座廉价公寓的二楼。

告别的歌声响了起来——那是蝴蝶夫人在向那位身着白衣的年轻上尉道别，他将要扬帆远航。

范妮出现在门廊上，低头看着我。她玫瑰花苞一般的小嘴悲伤地笑着。那个困在她那张满月般脸蛋里的年轻女孩，正让她身后的音乐诉说着我们的友谊与我此时的离去。

看到她站在那里，我想起了被关在海边那座摩尔式城堡里的康斯坦丝·拉蒂根。我很想高声询问她们的相似之处，但范妮挥挥手，我也只能挥手回应。

[①] 原文为 spirit-spout，这一表达可能出自赫尔曼·麦尔维尔的著作《白鲸》。

在这样的晴朗天气里，我做好了去威尼斯的准备。

我心想：埃尔莫·克拉姆利，看起来不像警探的小个子光头男，我来了！

但我所做的就只是在威尼斯警察局前面晃悠，感觉自己像是个胆小的天才。

我不确定里面的克拉姆利是"美女"还是"野兽"。

迟疑不决让我在人行道上备受煎熬，直到有个像是克拉姆利的人从楼上监狱的窗户里看了我一眼。

我选择了逃跑。

想到他张开嘴，像喷灯一样烧焦我脸颊上桃子似的绒毛，我的心就像李子那样掉了下去。

基督啊，我心想，我什么时候才能最终面对他，把那些聚集在我的手稿盒里、仿佛墓碑上的灰尘的黑暗奇闻向他倾吐？什么时候？

就快了。

那天晚上，那件事发生了。

凌晨2点左右，我的公寓门前下了一场小型暴雨。

真蠢！我这么想着，在床上侧耳聆听。小型暴雨？多小？3英尺宽，6英尺高，全都下在同一个位置？雨水只浇湿了我的门垫，没落在别的任何地方，然后就迅速消失了！

见鬼！

我跳下床，猛地推开门。

天空上一朵云都没有。群星闪耀，没有雾气。这种天气根本不可能下雨。

但门口确实有一摊水。

还有一串朝我这边走来的脚印，而另一组赤足的脚印是离我远去的。

我起码在那儿站了整整10秒钟，然后大吼道："等等，别走！"

有人湿淋淋地在门口站了半分钟，想要敲门，但又不知道我是否醒着，然后就朝海边走去。

不。我眨了眨眼睛。不是海边。海在我的右手边，也就是西方。

而这些赤足的脚印去的是我的左边——东方。

我跟了上去。

我跑了起来，仿佛这样就能追上那场小型风暴。

最后，我来到了运河那里。

那串脚印消失在河边。

耶稣啊！

我低头看着油腻的河水。

我能看出那个人是从哪里爬出河水，沿着午夜的街道走向我的住处，然后又折返回来，步子更大，接着……

跳进了河里？

上帝啊，谁会在这么肮脏的水里游泳？

某个不在乎也不用担心会生病的人？某个喜爱夜间拜访并悄无声息地离开，只为寻求刺激、乐趣或是死亡的人？

我沿着河堤走着，让双眼适应黑暗，留意着是否有什么东西钻出黑暗的水面。

潮水退了又来，涌过一道生锈打开的水闸。一群小海豹从旁漂过，再细看，原来那只是一团无处可去的海藻而已。

"你还在吗？"我轻声问，"你来做什么的？为什么要来我家？"

我吸了口气，没有吐出。

因为在一座摇摇欲坠的桥梁的彼端，在小小的水泥库下面，有个中空的混凝土隐蔽处……

我先是看到了一绺油腻的头发，然后是沾了油的眉毛。一双眼睛回应着我的目光。那可能是一只海獭、一条狗或是一只黑色的鼠海豚，不知为何游荡到了运河里，又迷了路。

那颗脑袋半露出水面，就这么停留了很久。

我记得自己还是孩子的时候，在关于非洲的小说里读到过一个故事。刚果河岸的地下洞穴里栖息着大量的鳄鱼。这些野兽会沉到河底，不再浮起。它们潜在水里，悄无声息地游动，藏在隐秘的浅滩中，等待某个蠢人游过。然后这些爬行动物就会扭动着身体从水下的巢穴里爬出来，大快朵颐。

我注视着的是否也是类似的动物？它喜欢夜晚的海潮，躲藏在河堤下的隐蔽处，不时起身行走，脚步轻柔，所到之处都会留下"雨水"。

我望着水里那颗黑色的脑袋。它也望着我，眼睛闪闪发亮。

不。那不可能是人类！

我颤抖起来。我跳向前去，就像人们会跳向恐怖的东西，好让它消失，好吓跑蜘蛛、老鼠，还有蛇一样。促使我跺脚的不是勇气，而是恐惧。

黑色的脑袋沉了下去。水面泛起涟漪。

那颗脑袋没有再浮起。

我沿着通往我家门口的深色雨水脚印折返回去，一路上颤抖不已。

门口的那一小摊水还在。

我弯下腰,从那摊水的中央捡起了一小团海藻。

直到那时,我才发现自己跑去运河边又回来,身上却只穿了一条紧身短裤。

我倒吸一口凉气,匆忙环顾四周。街上空无一人。我冲进房间,重重关上了门。

明天,我心想,我会向埃尔莫·克拉姆利挥舞我的拳头。

我的右拳会抓着电车车票的碎屑。

我的左拳会抓着一团潮湿的海藻。

但不能在警察局!

监狱,就像医院那样,会让我不支跪倒。

克拉姆利的家就在某个地方。

我会挥舞拳头。我会找到它的。

在威尼斯,一年中有大约一百五十天,太阳整个上午都不会从雾气里现身。

一年中大约有六十天,太阳直到下午四五点钟即将西沉的时候,才会钻出迷雾。

而有四十天,根本看不到什么太阳。

其余的时间里,如果运气够好,太阳就会像洛杉矶和加利福尼亚的其余地方那样,在早上 5 点 30 或 6 点的时候升起,停留整个白天。

这是每四十天到六十天一次的循环,它让灵魂得到滋润,也给了火枪手们擦拭枪支的时间。老妇人们会在没有太阳的第十二天购买老鼠药。但到了第十三天,她们正想给自己的早茶里下毒的时候,太阳升了起来,为人们的心烦意乱而惊讶。于是她们把老鼠药喂给运河边的老鼠，然后靠回椅背，享用起白兰地来。

在这四十天的循环里，不知从海湾何处传来的雾角声会一次次地响起，永不停息，直到你感觉到本地墓地里的死者开始蠢蠢欲动。又或者，当雾角在深夜响起的时候，某种两栖类动物会从你的自我中浮现，游向陆地。它会朝渴望的某个地方游去，或许是游向太阳。所有聪明的动物都去了南方。你却被困在一座寒冷的沙丘上，身边只有一台空无一物的打字机、一个无人问津的银行账户和一张略带余温的床。你觉得那头会潜水的动物会在某个夜晚，趁着你沉入梦乡之时浮出水面。为了摆脱他，你在凌晨3点起床，写一个关于他的故事，但多年来都没有投稿给任何杂志，因为你害怕。托马斯·曼[①]不应该写《威尼斯之死》，而应该写《威尼斯之拒稿》。

无论这些是事实还是想象，聪明的人都生活在尽量远离海边的地方。威尼斯警察的管辖权就只到林肯大道，雾气也在此地停下脚步。

在那里，在官方领土和坏天气领土的交界处，有一座花园。我只见过它一两次。

就算那座花园里有房子，也没人能看到。它被灌木丛、乔木、热带矮树、棕榈叶、灯芯草和纸莎草所包围，想进去的话必须用收割机开出一条路来。那儿没有步行通道，只有一条被踩出来的小路。好吧，那儿确实有一栋小屋，陷在一片无人修剪、高及下颌的草地里。但它离街道太过遥远，看起来就像一头倒在焦油坑里的大象，很快就要彻底沉下去。小屋前面没有

[①] 德国著名小说家，创作有《威尼斯之死》（又译为《魂断威尼斯》）。

信箱。邮差肯定是直接把邮件丢进花园，然后转身就跑，免得有东西从这片丛林里跳出来抓住他。

时令的橘子和杏子的气味从这片绿意盎然之地飘来。但散发这香味的不是橘子也不是杏子，而是仙人掌、昙花或者夜间绽放的茉莉。这里从来没有过割草机的声音，也没有镰刀的低语。雾气从不会染指这里。在威尼斯潮湿的永恒暮色的边界，这栋小屋伫立在柠檬树之间。树上的柠檬闪闪发亮，宛如整个冬天都在圣诞树上闪耀的彩灯。

偶尔路过的时候，你会觉得自己听到了羱狉狓①在塞伦盖蒂平原上奔跑践踏的声音，又或是仿佛大片晚霞般的火烈鸟群受惊飞起，在纯净的火焰中盘旋的声音。

在那个地方，住着一个约莫四十岁的男人，秃顶而嗓音沙哑。他了解天气，致力于保护他那被晒伤的灵魂。当他走向大海、呼吸雾气的时候，他的工作就是应对伤风败俗、违法乱纪，以及偶尔可能涉及谋杀的死亡。

埃尔莫·克拉姆利。

我找到了他和他的房子，因为好些人在听过我的询问后点点头，为我指明了方向。

每个人都知道，每天接近傍晚的时候，那位矮个子警探会慢悠悠地走入那片绿色丛林的区域，消失在河马浮起和火烈鸟降落的声音里。

我该做什么？我思忖着，站在他的荒野国度的边缘，大喊他的名字？

---

① 一种生活在非洲东部的鹿。

但克拉姆利率先喊出了声。

"耶稣基督啊,是你吗?"

我走到正门那边的时候,他正好沿着草地上的小径,走出他的丛林围场。

"是我。"

警探在无人修剪的草地上开辟道路的时候,我听到了每次经过时都会想象的那些声音:汤氏瞪羚一跃而起,条纹纵横的斑马在不远处惊慌失措,风中还有金黄色尿液的气味——那是狮子的尿液。

"我觉得,"克拉姆利抱怨道,"我们昨天演过这幕戏了。你是来道歉的?你有更重要也更有趣的事要说吗?"

"如果你愿意停下来仔细听的话。"我说。

"要我说,你的嗓门够响的了。在离你发现尸体三个街区远的地方,有位我认识的女士说,因为你那晚的叫声,她的猫儿们到现在还没有回家。好吧,我就站在这儿了。你想说什么?"

他每说一个字,我都会把拳头往运动夹克的口袋里塞得更深。不知为何,我没法抽出双手。我低下头,目光闪躲,试着平复自己的呼吸。

克拉姆利看了眼手表。

"那天夜里的电车上,有个男人站在我身后,"我突然喊出了声,"就是他把那位老绅士塞进狮笼里的。"

"小声点儿。你是怎么知道的?"

我的拳头在口袋里转动,攥得更紧了。"我能感觉到他在我背后伸出了双手。我能感觉到他的手指在动,在恳求。他想让我转身看他!每个杀手都希望被人发现,不是吗?"

"那是10美分书店里的心理学书上写的东西。为什么你没有看他的样子?"

"你也不会和酒鬼眼神接触的。他们会坐过来朝你呼气。"

"也对。"克拉姆利放任自己透露出了一丝好奇。他拿出烟袋和纸,开始卷烟,故意没有看我。"然后呢?"他问道。

"你真应该听听他的声音。如果你听到就会相信了。上帝啊,那声音就像哈姆雷特父亲的幽灵在坟墓最深处哭喊着'记住我!'还有'看看我,记住我,来抓我!'。"

克拉姆利点着了烟,透过烟雾看着我。

"他的声音在几秒钟之内让我老了十岁,"我说,"我这辈子从来没有如此确信过自己的感觉!"

"这世上每个人都有自己的感觉。"克拉姆利打量着自己的烟卷,似乎他也不确定是否喜欢那味道,"每个人的祖母都会写下惠帝斯麦片的歌谣,然后哼唱,唱得你想把那个老太婆身体里的大麦芽都给踢出来。每个该死的傻瓜都觉得自己是流行歌曲作家、诗人兼业余侦探。你知道你让我想起了什么吗,孩子?那群对亚历山大·蒲柏①趋之若鹜的白痴。他们挥舞着自己的诗歌、小说和散文,向蒲柏寻求建议,最后气得他发狂,写下了他的《批评论》。"

"你知道亚历山大·蒲柏?"

克拉姆利愤愤不平地叹了口气,把烟丢到地上,踩了一脚。

"你觉得所有的侦探都是两耳之间塞满胶水的胶鞋②吗?是的,看在上帝的分儿上,我知道蒲柏。我都是深夜在被子里读他的东西,免得家里人觉得我是个怪人。好了,让开吧。"

---

①18世纪的著名英国诗人,著有长篇讽刺诗《夺发记》等。
②原文为gumshoes,在美国俚语中又指侦探。

"你的意思是这一切毫无意义,"我大喊,"你不打算想办法去救那个老人吗?"

我听着自己的话,不禁涨红了脸。

"我的意思是——"

"我明白你的意思。"克拉姆利耐心地说。

他沿着街道看过去,仿佛能越过这段距离,看到我的公寓、我的书桌和那台打字机。

"你明白了一件大事,或者说你以为自己明白了。于是你陷入了狂热。你想在某个夜晚坐上那辆红色有轨电车,回到那里,遇到那个酒鬼并且抓住他。但就算你那么做了,他也不会出现在那儿,或者即使他出现在那儿,也不会是同一个人,又或者你根本不会认出他。所以现在,你的指甲因为打字而鲜血淋漓,而你'文思如泉涌',就像海明威常说的那样,你的直觉也长出了长长的触须,变得格外敏感。这些话就跟猪蹄一样,连就着泡菜吃都不配!"

他迅速绕过自己车子的前方,仿佛要重演昨天那场灾难。

"不,你不能这样!"我喊道,"别再这样了。你知道你这是怎么了吗?是嫉妒!"

克拉姆利猛地转过身,脑袋差点儿脱离肩膀。

"我什么?"

我几乎看到他的手指伸向了并不存在的枪。

"而且,而且,而且……"我挣扎着说,"你……你根本不可能成功!"

我的傲慢让他大吃一惊。他转过头来,目光越过车顶,紧盯着我。

"什么成功?"他问。

"不管你想做什么,你都……不会……成……功。"

我彻底住了口,震惊不已。在我的印象里,我从没像这样对别人大吼大叫过。在学校里,我是块不折不扣的蛋挞。每次有老师对我一通训话,我都会掉一层皮。但现在……

"除非你学会,"我结结巴巴地说,感觉自己涨红了脸,"学会,呃,听从你的直觉而不是脑袋。"

"'诺曼·罗克韦尔给一意孤行的探子们的哲学建议'。"克拉姆利靠在自己的车上,仿佛那是全世界唯一能撑起他的东西。他的口中爆发出一阵笑声,但他随即以手掩口,用含糊的声音说:"你继续。"

"你根本不想听。"

"孩子,我很久没这么笑过了。"

我闭紧嘴巴,也闭上了眼睛。

"继续啊。"克拉姆利温柔地说。

"只是,"我缓缓开口说道,"我在多年前就发现,我思考得越卖力,写出来的东西越差。每个人都觉得你每天都必须不断思考。不,我只会不断感知,写下来,再次感知,然后再次写下,然后在一天结束的时候开始思考。思考是放在后面的事。"

克拉姆利的脸上浮现出好奇的神色。他歪头看我,又把头歪向另一边,就像动物园里的猴子正透过栅栏窥探,想知道外头的到底是什么野兽。

随后,他没有说话,也没有大笑或者微笑,就那么钻进车里,坐到前座上,平静地点火,轻踩油门,然后缓缓地、缓缓地开走了。

沿路驶出差不多20码以后,他刹住车,思索片刻,又倒车回来,探出身子,看着我大喊:

"耶稣那什么基督啊！证据！该死的。给我证据。"

这话让我猛地从夹克口袋里抽出右手，动作快得险些扯破衣服。

我伸出拳头，展开颤抖的手指。

"看！"我说，"你知道这些是什么吗？不。我知道这些是什么吗？是的。我知道那个老人是谁吗？是的。你知道他的名字吗？不！"

克拉姆利将双臂交叠在方向盘上，下巴靠了上去。他叹了口气，说："好吧，你说说看。"

"这些，"我盯着自己掌心里的垃圾，"是小小的 A、B 和 C。字母表，字母，电车的纸质车票打孔后落下来的那种。因为你平时开车，肯定很多年没见过这种东西了。因为自从脱掉溜冰鞋以来，我每天不是步行就是坐火车，见过的这种纸屑堆起来都快有我高了！"

克拉姆利抬起头来，动作缓慢，以免显出好奇或者急切。

我说："这位老人在电车站下车的时候，总会把这些东西塞进口袋。他会在除夕向别人抛撒这些彩色纸屑，有时会在 7 月，同时还会大喊独立日快乐！当我看到你翻出那个可怜老家伙的口袋时，我就知道肯定是他。现在你怎么说？"

久久的沉默。

"该死。"克拉姆利似乎在祈祷。他紧闭双眼，就像几分钟前的我那样。"上帝保佑。上车。"

"什么？"

"上车啊，该死的。你得证明自己刚刚说过的话。你以为我是白痴？"

"是。我是说，不。"我拉开车门，一边努力掏出塞在左边口袋里的左手,"我还拿到了这东西,海藻,昨晚留在我门口,而且——"

"闭上嘴,拿好地图。"

车子猛地驶向前方。

我及时跳进车里,刚好享受到了甩鞭效应[①]。

我和埃尔莫·克拉姆利走进了那家终日弥漫着烟草气味的店铺。

那些老人像风干的柳条椅那样靠在一起,而克拉姆利盯着他们之间的空位。

克拉姆利走向前去,伸出手,把那些结团的字母纸屑给他们看。

那些老人有整整两天时间去思考他们之间那张空座位是怎么回事。

"狗——娘——养——的。"其中一个轻声说道。

"如果哪个条子,"其中一个嘟囔着,朝克拉姆利掌心里的纸团眨眨眼,"给我看这种东西,那它就肯定是从威利口袋里拿出来的。你想让我去指认他的身份?"

另外两个老人转动身子,和说话的那个拉开距离,仿佛他说了什么特别肮脏的话。

克拉姆利点了点头。

老人把手杖塞到颤抖的双手下面,抬起身子。克拉姆利想要扶他,但老人凶狠的目光吓退了他。

"靠边站!"

[①]指车辆猛然前冲时,乘坐者的头部快速向后甩动的情况。

老人用手杖狠狠敲打实木地板，仿佛是在因为坏消息而惩罚它，随后便出了门。

我们跟着他走进南加州威尼斯的雾气与雨幕，就连上帝之光也无法照进这里。

我们和一位八十二岁的老人走进停尸间，但等我们出来的时候，他变成了一百一十岁，连挥舞手杖的力气都没有了。他眼里的火焰消失了。当我们把他扶到车上的时候，他甚至没有赶我们走，只是一遍又一遍地哀叹道："上帝啊，谁给他剪的那么丑的发型？什么时候的事？"他喋喋不休，因为他需要说些废话，"是你干的吗？"他漫无目标地喊道，"谁干的？谁？"

我知道，我想着，但没有说话。我们扶着他下了车，让他回到那张冰冷长椅上属于他的位置。其他老人等在那里，假装没有注意到我们。他们的眼睛盯着天花板或地板，打算等我们离开之后再做决定：是离这个回来以后就变成陌生人的老朋友远点儿，还是靠近他帮他取暖。

我和克拉姆利开车回到空荡荡的"出售金丝雀"的房子，全程沉默不语。

我站在门外，克拉姆利走了进去，看看那个老男人房间里空白的几面墙壁，又看看那些名字、名字，还有名字。威廉、威利、威尔、比尔，史密斯、史密斯、史密斯——那些用指甲刻在灰泥里，好让自己获得不朽的名字。

克拉姆利走了出来，然后回望那个空得可怕的房间，眨眨眼睛。"基督啊。"他轻声道。

"你看到墙上那些字了吗？"

"都看到了。"克拉姆利环顾四周，惊愕地发现自己已经站在门外了，"'他站在走廊里。'谁站在这儿？"克拉姆利转过身打量我,"是你吗?"

"你知道不是的。"我说着退到了一旁。

"我觉得,我可以用私闯民宅的罪名逮捕你。"

"你不会这么做的,"我紧张地说,"那扇门,所有的门,已经这么敞开好几年了。任何人都可以进去。已经有人进去过了。"

克拉姆利回头瞥了眼那个寂静的房间。

"我怎么知道墙上那些字不是你为了让我相信你那套荒谬的理论,用你该死的指甲划上去的?"

"墙上的字歪歪扭扭的,显然是个老人的涂鸦。"

"也许是你事先想到了这点,所以模仿了老人的涂鸦。"

"我是可以那么做,但我没有。上帝啊,我要怎么才能说服你?"

"让我多起点儿鸡皮疙瘩,我就信你的话。"

"那么,"我说着,又把手放回口袋里,攥紧了拳头,那团海藻还在,"楼上还有。你上去看看,然后再下来,告诉我你看到了什么。"

克拉姆利歪过脑袋,投来那种猴子看人的眼神,然后叹了口气上了楼,活像个两手分别提了个铁鞋撑的老鞋贩子。

他在楼梯顶端伫立良久,宛如守候在图坦卡蒙墓前的卡那封伯爵。然后他进了门。我觉得自己听到了鸟儿的幽灵发出的沙沙和啁啾。我觉得自己听到某个木乃伊的低语声从河底泥沙间传来。但那只是我脑海里的灵感女神在渴望惊人的事物。

我听到那些,其实是因为克拉姆利踩过了那个老妇人地板上的芳草花粉末,他的脚步声因此模糊不清。有只鸟笼发出金属般的钟鸣声,他摸了摸它。接着听到的是他弯下了腰,侧耳倾听从干渴疼痛的口中呼出的时间之风。

我最后听到的声音是有人在低声念出墙上的那个名字，一次、两次、三次，就好像那位金丝雀老妇人在读埃及象形文字，一个符号接着一个符号。

等克拉姆利回到楼下的时候，他就像把铁鞋撑装进了胃里，脸色也透出疲惫。

"这事我不管了。"他说。

我等了等。

"裕仁天皇即位。"他复述了刚刚在鸟笼底部看到的旧报纸上的内容。

"亚的斯亚贝巴？"我说。

"真的是那么久之前的事情了？"

"现在你都看到了，"我说，"你的结论是？"

"我该得出什么结论？"

"你在她的脸上看不出来吗？你没发现吗？"

"什么？"

"她是下一个。"

"什么？"

"全都在那儿，在她的眼睛里。她认识那个站在走廊里的男人。他也去过她的房间门口，但没有进门。她是在等待，在祈祷他会来。我现在全身冰冷，怎么也暖和不起来。"

"就因为你说对了电车票打孔碎屑的事，又找到了那个男人的住处，并且确认了他的身份，并不代表你是本周的塔罗牌冠军。你全身冰冷？我才是全身冰冷。你的直觉和我的寒意都一钱不值，连给死狗买狗粮都不够格。"

"如果你不在这儿安排一个警卫，她两天内就会死。"

"如果我们给每个两天内就会死的人都安排警卫，那我们就没有警察可用了。你想让我叫警监怎么安排他的手下？他会把我丢到楼下，然后把我的警徽也丢下来。听着，她不是什么大人物。我不想这么说，但这就是法律的运作方式。如果她是大人物，也许我们会安排——"

"那我就自己来。"

"好好想想你刚才说了什么。你需要时间吃饭和睡觉。你不可能一直守在这儿，你心里清楚。等你跑去买个热狗的那一刻，他——无论是什么人，假使他真的存在——就会走进房间，让她打个喷嚏，然后她就没了。根本没人来过这儿。那只是个晚上被风吹过的陈年毛团而已。那老头儿先听到了，金丝雀女士后来也听到了。"

克拉姆利抬起头来，凝视着昏暗的长长楼梯。它所通之处没有鸟儿的鸣啭，没有落基山的春天，也没有蹩脚的风琴手在失落的岁月里为他黄色的小小朋友演奏。

"给我考虑的时间，孩子。"他说。

"也让你成为谋杀案的帮凶？"

"你又来了！"克拉姆利猛地拉开正门，令铰链发出刺耳的噪声，"为什么你能在一半的时间几乎讨人喜欢，另一半时间里却又气得人发疯？"

"这是我的错吗？"我说。

但他已经离开了。

克拉姆利整整24小时没有联系我了。

我咬牙切齿地准备好我那台安德伍德打字机，狠狠地打出"克拉姆利"几个字。

"说话啊!"我敲着字。

"为什么,"克拉姆利答复的文字从我那台神奇机器内部的某处传来,"你能在一半的时间几乎讨人喜欢,另一半时间里却又气得人发疯?"

然后机器打出了这行字:"等金丝雀老妇人死去的那天,我会给你打电话的。"

多年以前,我在这台安德伍德打字机上面贴过两个显眼的标签。一个写着:官方认证占卜板。另一个用大字写着:不要思考。

我没在思考。我只是在任由这块占卜板咔嗒作响而已。

"我们什么时候才能共同解决这个问题?"

"你,"我指尖下的克拉姆利回答,"才是问题!"

"你会成为我小说里的角色之一吗?"

"我已经是了。"

"那就帮帮我。"

"没门儿。"

"该死!"

我从打字机里扯出那一页。

紧接着,我的私人电话响了起来。

这段路仿佛有10英里那么远,而我一路飞奔,心里想着:"佩格!"

我生命中所有的女人都是图书管理员、教师、作家或书商。佩格至少占了其中三样,但她现在离我那么远,让我害怕。

她整个夏天都待在墨西哥,完成西班牙文学专业的学习、学习语言,又四处旅行——和卑贱的苦力们一起乘坐火车,或是和快乐的懒汉们一起乘坐公交车。她从塔马孙查莱写给我满怀爱意的书信，又从阿卡普尔科写来透出厌烦的信件。阿卡普尔科的阳光明媚过了头，舞男却不够明媚；至少对她——亨利·詹姆斯[①]的友人，伏尔泰和本杰明·富兰克林的顾问——来说不够明媚。她无论走到哪儿都带着个装满书本的午餐篮。我经常觉得她会津津有味地品尝龚古尔兄弟的书，就像在傍晚吃作为茶点的三明治那样。

佩格。

每周，她都会从某个偏僻的教会城镇或是大城市打来电话，不是刚刚走出瓜纳华托[②]的木乃伊陵墓，就是正气喘吁吁地爬下特奥蒂瓦坎古城，而我们会花上短短3分钟的时间聆听彼此的心跳，又向彼此一次次重复同样的蠢话。这样的唠叨无论有多长，又有多频繁，都会显得十分顺耳。

每周，当她打来电话的时候，阳光都会照耀那座电话亭。

每周，当聊天结束的时候，阳光会消散，迷雾随之升起。我很想拉过被子，罩在自己头上。但我只是用打字机敲出蹩脚的诗歌，或是写下这么一个故事：有个火星人的妻子陷入了单相思，幻想某个地球男人会从天而降来接她，却因此遭到射杀。

佩格。

在某些时期，尽管我很穷，我们会玩那个古老的电话花招。

接线员会从墨西哥城打来电话，然后说出我的名字。

"谁？"我会说，"你刚才说什么来着，接线员？大声点。"

然后我会听到佩格在远方叹气。我说的废话越多，留在线路里的时间就越久。

[①] 美国小说家、文学批评家、剧作家和散文家。
[②] 墨西哥中部城市。

"等一下,接线员,麻烦再跟我说一遍。"

接线员重复了我的名字。

"等等,让我看看他在不在这里。谁找我?"

然后佩格的声音迅速从两千英里外传来。"告诉他是佩格!佩格。"

我会假装离开,然后回来。

"他不在。一小时后再打过来。"

"一小时……"佩格重复道。

然后是咔嗒,嗡嗡,呜,她离开了。

佩格。

我冲进电话亭,猛地摘下听筒。

"喂?"我大喊。

但那不是佩格。

沉默。

"你是谁?"我问。

沉默。但那边有人,不在两千英里外,而是很近的地方。而且那边话筒的接收效果好得出奇,我能听到对面那个安静的家伙鼻孔和嘴巴出气的声音。

"喂?"我说。沉默,还有电话线路里那种代表等待的声音。另一边那个人张着嘴巴,靠近听筒。

沙沙。沙沙。

耶稣上帝啊,我心想,总不可能有个呼吸粗重的家伙打到电话亭里来找我吧。没人会打电话给电话亭!没人知道这是我的私人办公室。

沉默。呼吸声。沉默。呼吸声。

我敢发誓,那股冰凉的空气透过听筒传来,冻住了我的耳朵。

"不用了,谢谢。"我说。

然后,我挂上了电话。

我闭着双眼快步穿过街道。在半路上,我听到电话铃声再次响起。

我站在街道中央,回头看着电话,害怕去触碰它,害怕那个呼吸声。

但我冒着被车撞倒的危险在那儿站得越久,那铃声就越像是从墓地打来、好通知我坏消息的。我必须过去拿起听筒。

"她还活着。"有个声音说。

"佩格?"我喊道。

"别紧张。"埃尔莫·克拉姆利说。

我靠向电话亭侧面,大口喘息,心里释然却愤怒。

"刚才是你打的电话?"我喘息着说,"你怎么知道这个号码的?"

"整个镇子的人都听到过那台电话在响,也看到过你扑过去的样子。"

"谁还活着?"

"金丝雀女士。昨天晚上我去看过她——"

"那是昨天晚上了。"

"我打电话来不是为了这个,见鬼。今天下午晚些时候到我家来。我真该扒了你的皮。"

"为什么?"

"凌晨3点的时候,你站在我的房子外面做什么?"

"我!"

"看在上帝的分儿上,你最好有个像样的不在场证明。我可不喜欢被人吓唬。我会在5点左右回家。如果你早点坦白，可能还能喝杯啤酒。如果你装傻，我就踢你屁股。"

"克拉姆利！"我喊道。

"等你。"然后他挂了电话。

我缓缓朝自己公寓的门口走去。

电话又响了起来。

佩格！

还是那个呼吸冰冷的男人？

或者是克拉姆利在整我？

我猛地拉开门，冲了进去，又用力关上门，然后格外耐心地将一张关于埃尔莫·克拉姆利的白纸塞到我的安德伍德打字机里，强迫他对我只说好话。

一万吨雾气朝威尼斯倾泻下来，触碰我的窗户，又钻进门下面的缝隙。

每当潮湿沉闷的11月钻进我的灵魂，我就知道是时候再次离开大海，让人给我修剪头发了。

剪发这件事带着某种魔力，能够冷却热血、平复心跳、让神经恢复平静。

除此以外，我仿佛在脑海深处听到那个老人跌跌撞撞地走出停尸间，哀号着："上帝啊，谁给他剪的那么丑的发型？"

那么糟糕的手艺当然是卡尔的杰作。于是我有了好几个理由去他那儿。卡尔是全威尼斯，也可能是全世界最烂的理发师，但他要价很低。他的喊声穿过翻涌的雾气。他等待在那儿，拿着早已变钝的剪刀，挥舞着大黄蜂牌电推子，让信步来到他跟前的穷作家和无辜顾客震惊不已。

卡尔，我想道，剪走黑暗吧。

把前面剪短，让我能够看到。

把侧面剪短，让我能够听到。

把后面剪短，让我能感觉到有东西在悄然接近。

剪短！

但我没有立刻走进卡尔的店。

当我离开公寓、走进雾里的时候，有一支黑色巨象的游行队伍经过了温沃德大道。那是两列黑色卡车的队伍，后面跟着巨大的起重机和庞大的拔桩机。它们发出嘹亮的雷鸣，前往将要拆除或者已经开始拆除的那座码头。相关的流言已经传播了几个月。而它就要成真了——就在今天，最迟也是明天早上。

我今天还得去见克拉姆利。

而且卡尔的理发店并不是这个世界上最吸引人的地方。

大象们缓缓驶过，发出阵阵机器的呻吟，摇晃着路面，前去毁灭那些游乐园和旋转木马上的马儿。

我感觉自己像个年迈的俄罗斯作家，疯狂地爱上了酷寒的冬天和迁移中的暴风雪。除了跟上去，我还有什么选择？

等我来到码头的时候，半数的卡车已经进入沙地，正笨重地驶向潮水，收拾起那些准备抛向栏杆外的垃圾。其余的卡车在腐烂的木板路上驶向西面，木屑撒了一路。

我跟在后面，喷嚏连连，又用舒洁纸巾擦拭了鼻子。感冒的我此刻应该躺在家里，但想到要带着这么多关于雾气和细雨的念头上床，我便硬着头皮迈开了步子。

沿着码头走到半途的时候，我停下脚步，震惊于自己的无知。我用惊讶的目光看着自己从未见过的那些人。一半的游乐项目都用新鲜的松木板封上了。其中几座仍在开放，等待着坏天气来到这儿玩套圈，或者砸倒牛奶瓶。外面有五六个货摊，外貌老成的年轻人和更加苍老的老人站在那儿，看着那些卡车咆哮着驶上码头靠海的那一边，准备与过去的六十年岁月来一场拼死搏斗。

我环顾四周，意识到自己几乎从没见过这些倒下的平板门和放下并用压条固定住的帆布门面后的东西。

我再次产生了被人跟踪的感觉，于是猛然转身。

一大团轻柔的雾气从码头飘来，从旁经过，对我毫不理会。

我的所谓预感也就这样了。

在这里，在去海边的半路上，有一座黑漆漆的小屋，我在至少十年里经常路过这儿，但从没见到窗帘拉开过。

今天，窗帘头一次拉开了。

我朝里面张望。

上帝啊，我心想，那简直是一整座图书馆。

我飞快地走了过去，想知道还有多少类似的图书馆藏在这个码头上，或是散落在威尼斯的古老巷子里。

我站在窗前，想起了那些夜晚：我曾看到窗帘后亮着一盏灯，有只手的影子翻动看不到的书页，听到一个声音念出词句，朗读诗歌，又探究黑暗宇宙的哲理。那听起来仿佛一位作家在重新审视自己的构思，又或是一位走下坡路的演员在出演某种奇怪的剧目，扮演多了两个自私的女儿、智慧却只剩一半的李尔王。

而现在，在这一天的正午时分，窗帘拉了起来。在窗户后面，有盏小灯依然亮着。那儿空无一人，但一张书桌、一把椅子和一张式样老旧却颇为庞大的皮沙发挤满了房间。在沙发的四周，仿佛悬崖、高塔和护墙的书本一直堆到了天花板。那些书肯定得有上千本，它们塞满了从地板到天花板之间的空间。

我退后几步，看向小屋门上那几块我曾经见过，但从未仔细打量过的招牌。

塔罗占卜。但字迹已经褪色了。

下一块招牌是：手相学。

第三块用印刷体字母写着：颅相学。

再下面一块是：笔迹分析。

旁边那块写着：催眠术研究。

我朝那扇门凑近了些，因为门把上方用图钉钉着一张非常小巧的名片。

我念出了小屋所有者的名字：

A.L.史兰克。

在名字的下面，用铅笔写着几个不像"出售金丝雀"那样模糊的字：

执业心理医生。

这还是个六面手。

我将耳朵贴在门上，聆听起来。

在那里，在沾满灰尘、如同悬崖的书架之间，我是否听到了西格蒙德·弗洛伊德在轻声说，老二就只是老二，但一支好雪茄是一团烟？是否听到了哈姆雷特在垂死之际带着所有人上路？是否听到了弗吉尼亚·伍尔夫像溺水而死的奥菲利亚那样，在那张沙发上晾干身体、讲述她不幸的故事？是否听到了塔罗牌洗牌的声音？是否听到有人像抚摸哈密瓜那样抚摸脑袋？是否听到钢笔的沙沙声？

"我们来瞧瞧。"我说。

我再次透过窗户看进去,但看到的只有那张空沙发,以及许多具身躯在中央留下的轮廓。它是那儿唯一的床。夜里,A.L.史兰克就睡在那儿。白天,是否有些陌生人躺在那儿,紧紧捂住自己的内心,仿佛它们是碎掉的玻璃?我没法相信。

那些书才是令我着迷的东西。它们不仅把书架塞得满满当当,还装满了我透过半掩的门看到的那只浴缸。屋子里没有厨房。如果有的话,冰箱里也肯定塞满了《皮尔里在北极》或是《伯德一个人在南极洲》。很明显,就像很多本地人那样,A.L.史兰克平时在海里洗澡,吃饭时会去这条路上的赫尔曼热狗店。

但这些书吸引我的并非它们成百上千的庞大存在,而是它们的标题,它们的主题,它们黑暗、不祥而又可怕到难以置信的名字。

在高处,处于永恒午夜的书架上放着阴郁悲凉的托马斯·哈代,紧挨着《罗马帝国衰亡史》,旁边是可怕的尼采和绝望的叔本华,然后是《忧郁的剖析》,埃德加·爱伦·坡、玛丽·雪莱、弗洛伊德,莎士比亚的悲剧(我没看到喜剧),萨德侯爵、托马斯·德·昆西,希特勒的《我的奋斗》、斯宾格勒的《西方的没落》……以及很多很多。

还有尤金·奥尼尔,有奥斯卡·王尔德,但只有他在狱中写就的悲伤散文,没有丁香花绒毛或者龙胆花的笑。成吉思汗和墨索里尼靠在一起。像《自杀就是回答》《小村的黑夜》《前往大海的旅鼠》这类标题的书被放在高处的书架上,覆盖着灰尘。地板上躺着《第二次世界大战》和《喀拉喀托火山:喷发声响彻世界》,再旁边是《饥饿的印度》和《红日冉冉升起》。

如果你用双眼和头脑去审视那样的书，然后难以置信地定睛细看，那么你能做的事就只剩下一件。就像是《悲悼》[①]的某个糟糕的电影版本，自杀一场接着一场，谋杀一桩连着一桩，乱伦接连不断，勒索取代了毒苹果，人们从楼梯上摔下，或是踩到了淬毒的钉子。最后你会嗤之以鼻，后仰脑袋，然后……

大笑！

"什么事这么好笑？"我身后的某个人问。

我转过身。

"我说，什么事这么好笑？"

他站在那儿，苍白瘦削的脸离我的鼻尖只有6英寸[②]。

他就是睡在那张沙发上的人，拥有所有那些描述世界末日的书本的人——

A.L.史兰克。

"嗯？"他问。

"你的图书馆！"我结结巴巴地说。

A.L.史兰克瞪着我，等待着。

幸好我打了个喷嚏。它掩去了我的笑声，让我用舒洁纸巾掩盖了自己的混乱。

"请原谅，请原谅，"我说，"我只有十四本书。把纽约公共图书馆搬到威尼斯码头可是难得一见的事。"

A.L.史兰克狐狸似的亮黄色小眼睛里的怒火熄灭了。他垂下了单薄的肩膀，紧攥的小拳头舒展开来。我的赞美令他望向自己的窗户里，像个陌生人那样目瞪口呆。

[①]美国著名剧作家尤金·奥尼尔的重要作品之一。
[②]1英寸等于0.0254米。

"哎,"他惊讶地嘟囔道,"是啊,那些书都是我的。"

我站在那儿,低头看着这个最多 5 英尺 1 英寸或者 5 英尺 2 英寸的男人,如果他不穿鞋可能更矮。我有一股强烈的冲动,想确认他是否穿着足有 3 英寸的高跟鞋,但我还是将目光保持在与他头顶齐平的高度。他甚至没有意识到我在打量他,因为他还在为寄生于黑暗书架上的那些文学野兽的持续增殖而自豪。

"我有 5910 本书。"他高声宣布。

"你确定不是 5911 本?"

他格外仔细地看着自己那座图书馆,然后冷冰冰地问:"你刚才为什么笑?"

"那些书名……"

"书名?"他靠近窗户,想从那些刺客书籍里找出某个愉快的叛徒。

"是这样,"我有气无力地说,"你的图书馆里,没有关于夏日、好天气和微风的书,对吧?你没有任何让人高兴的书,像是里柯克[①]写的《小镇的阳光素描》吧?或者《太阳是我的败因》?《美好的旧日夏天》?《六月欢笑》?"

"没有!"史兰克说这话的时候踮起了脚尖,然后他意识到自己的激动,又重新站稳,"没有……"

"那么皮科克的《鲁莽大厅》,或是《哈克·费恩历险记》,还有《三怪客泛舟记》呢?《我的父亲有多青春》呢?《匹克威克外传》呢?罗伯特·本奇利?詹姆斯·瑟伯?S.J.佩雷尔曼……"

我像机关枪一样念出那些书名。史兰克听着听着,几乎在

---

① 加拿大著名幽默作家。

我欢快的陈述声中缩起身子。他没有阻止我说下去。

"还有《萨伏那洛拉笑话书》,或者《开膛手杰克的滑稽格言》……"我终于停了下来。

A.L.史兰克阴沉而冰冷地转过脸去。

"抱歉,"我说,而且我确实心怀歉意,"我真正想做的是找个时间过来看看那些书——如果你允许的话。"

A.L.史兰克考虑了一下,断定我没有恶意,于是走了过去,碰了碰他那间店面的门。门在嘎嘎声中缓缓打开。他转过身,用他那明亮的琥珀色小眼睛打量我,细瘦的手指在身体两侧抽动。"为什么不是现在呢?"他说。

"现在不行。回头吧,史……先生。"

"史兰克。A.L.史兰克。心理咨询专家。不,不是'史林克'[1],你可能会跟代表精神病医生的那个词联系起来。就是史兰克,救助迷途羔羊的乡间医生。"

他在模仿我的玩笑。他淡淡的微笑仿佛是我的表情的复制品。我觉得如果我也闭上嘴,那副笑容就会消失不见。我看向他身后。

"为什么你还把那块'塔罗占卜'的旧招牌留在上面?颅相学和催眠术研究又是——"

"你忘记提到我那块'笔迹分析'的招牌了。门的内侧还有一块'数字命理学'。请进吧。"

我迈开步子,但又停了下来。

"来吧,"A.L.史兰克说,"来吧。"他现在是真的笑了,但笑容就像一条鱼,而不是狗,"进来吧。"

---

[1]原文Shrink,有精神病学家之意。

在他温和的命令下，我挪动脚步，目光怀着明显的讽刺落在小个子男人头上那块"催眠术研究"的招牌上。他的双眼一眨不眨。

"来。"A.L.史兰克说着，朝他的图书馆点点头，但看都没看那边一眼。

我发现自己难以拒绝这份邀请，虽然我知道每一本书里都有车祸、飞艇起火、矿井爆炸，以及心智崩溃。

"好的。"我说。

此时此刻，整个码头开始晃动。在远处的尽头，在大雾里，有个巨大的生物撞上了码头，就像是一头鲸鱼撞上了一艘船，又或者是玛丽女王号撞上了古老的地桩。那些庞大的钢铁暴徒就藏身在雾气里，开始将木板拆散撕裂。

震动穿过木板，又穿过我和史兰克的身体，伴随着死亡与毁灭的颤抖。我们的骨头在血液中颠簸。我们同时扭过头去，试图透过雾气，看到位于彼端某处的废墟。强烈的冲击让我在颠簸中离门远了些。巨大的冲击令站在门口的A.L.史兰克颤抖、摇晃、缓缓地挪动，仿佛被人丢弃的玩具。他本就苍白的脸变得更白了。他看起来就像在地震或者冲上码头的海啸中惊慌失措的人。巨大机器的敲击和捶打声从100码外的雾气中反复传来，A.L.史兰克那仿佛乳白色玻璃的额头和脸颊也似乎出现了看不见的裂纹。战争爆发了！很快，黑暗的坦克就会沿着码头笨重地驶来，摧毁途经的一切，而狂欢节的流亡者们会在它们的追赶下跑向陆地。A.L.史兰克很快就会加入他们之中，而他装有黑暗塔罗牌的屋子也将轰然倒塌。

这是我逃跑的好机会，但我错过了。

史兰克的目光回到了我身上，就好像我能在雾气彼端的入侵中拯救他似的。再过一会儿,他恐怕就会抓住我的胳膊,好扶稳身体了。

码头晃动起来,我闭上了双眼。

我仿佛听到了自己那间秘密办公室传来的电话声。我差点儿叫出声来——"我的电话!是打给我的!"

但我没能喊出那句话,因为有一大群男人女人外加几个小孩匆忙走向另一边,并非走向陆地,而是冲向大海和码头。领头的是一个身穿黑色斗篷、戴着 G.K. 切斯特顿式软帽的男人。

"最后一趟,最后一天,最后一次!"他喊道,"最后的机会!来吧!"

"谢普谢德。"A.L. 史兰克轻声说。

就是他——谢普谢德,码头边那座老旧的威尼斯电影院的独资所有者和经营者。那家电影院会在这周之内被夷为平地,留下满地的电影胶片。

"这边!"谢普谢德的声音从雾气里传来。

我看了眼 A.L. 史兰克。

他耸耸肩,点点头,给出了许可。

我跑进雾气里。

漫长的吱嘎、噼啪和摩擦声,缓慢攀升时的叮当声和咔嗒声,仿佛是一只体型巨大的机械蜈蚣爬上噩梦的边缘,在顶端停下来稍作喘息,然后以蜿蜒的路线下降,伴随着尖叫、冲刺和雷鸣般的吼声,在嘶吼声中,在人类的尖利呼喊声中降至仿佛无底的深处,在那里更加迅速地袭向另一座山丘,再度攀向更高之处,随后又歇斯底里地下降。

过山车。

我站在那里,抬起头来,透过迷雾看向它。

他们说,它在一个钟头之内就会死去。

从我记事起,这就是我人生的一部分。在大多数夜晚,这里都会响起人们的欢笑和尖叫。他们翱翔到所谓的"存在"的高处,随后朝着想象出来的"末日"俯冲而下。

所以今天傍晚的这趟就是最后一趟,然后炸药专家就会把炸药绑在这头恐龙的腿上,让它跪倒在地。

"快上车!"有个男孩喊道,"现在不要钱!"

"就算不要钱,我也一向觉得它是种折磨。"我说。

"嘿,看看坐在前排上的那人是谁,"有人喊道,"还有后面的!"

谢普谢德先生坐在那儿,哈哈大笑,又压下那顶黑色的大帽子,盖住耳朵。在他身后的是步枪女士安妮·奥克莉[①]。

在她身后的座位上,坐着经营这座游乐场的男人,挨着他的是个老妇人。她平时会摇动粉色的棉花糖机,贩卖那种会在口中融化、让你在中餐送来前很久就会感到饥饿的幻觉。

他们身后是"砸倒牛奶瓶"和"套圈"团队的人员,每个人看起来都像是在为通往永恒的护照摆拍照姿势一样。

只有担任舵手的谢普谢德先生一副喜气洋洋的模样。

"就像亚哈船长说的,别当懦夫!"他大喊。

这让我感觉自己仿佛一头绵羊。

我让过山车的售票员领着我坐上了懦夫才会选的后排座位。

"这是你第一次坐吗?"他笑着问。

"也是最后一次。"

[①] 19世纪末20世纪初美国西部一位女神枪手也叫安妮·奥克莉,擅长使用步枪。

"所有人,准备好尖叫了吗?"

"为什么不呢?"谢普谢德喊道。

放我出去,我心想,我们都会死的!

"没什么——"售票员大喊,"——大不了的!"

上升的时候就像天堂,而下降的全程如同地狱。

我有种可怕的感觉:过山车下降的时候,风会从下面吹走我们的腿。

我们达到底端的时候,我看向远处。A.L.史兰克站在码头上,盯着我们这些自愿登上泰坦尼克号的疯子。A.L.史兰克退回雾气中。

但我们再次开始爬升。所有人都尖叫起来,我也尖叫起来。基督啊,我心想,我们叫得多认真啊!

等一切结束后,这些庆祝者漫步走入雾中。他们擦着眼睛,紧握彼此的手。

谢普谢德先生站在我身边,而炸药专家们跑上前去,将爆炸物绑在这段伟大旅程的大梁和支柱上。

"你打算留下来继续看?"谢普谢德先生轻声问道。

"我不觉得自己受得了,"我说,"我看过一场电影,在银幕上,他们射杀了一头大象。它侧身倒下、瘫在地上的模样,让我非常难受,就像是看到有人炸毁了圣彼得大教堂的圆顶。我曾经想杀了那些猎人。所以不了,谢谢。"

不管怎么说,有个旗手朝我们挥了挥旗帜,示意我们离开。

谢普谢德和我穿过浓雾往回走。他挽着我的手肘,就像是个来自欧洲中部的和善叔叔在给他最喜欢的侄子提建议。

"今晚,没有爆炸,也没有破坏。只有愉快、欢乐、伟大的旧时代、我的剧场。或许今晚是我们最后的电影之夜。或许明晚是。完全免费，不要钱。好小伙子，到时候见。"

他拥抱了我，然后大步穿过雾气，仿佛一条巨大而漆黑的拖船。

经过A.L.史兰克的房子的时候，我看到他家的门依然敞开着。但我并没有走进去。

我想逃跑，想用加油站的电话打一个对方付费电话，但我担心两千英里间的沉默回应我的会是阳光照耀的街道上的死亡、挂在肉铺窗户里的血红肉块，以及庞大如撕裂伤的孤独。

我的头发变灰了，它又长了一英寸。

卡尔！我这样想着，亲爱又可怕的理发师，我来了。

卡尔在威尼斯的理发店就在市政厅的对街，隔壁是一间保释担保书商店，那边窗户上的苍蝇在捕蝇纸上粘了足足十年，就像是死掉的空中飞人。来自对面监狱的男男女女像影子那样走进店铺，离开时仿佛没人穿着的衣服。再隔壁是一间经营小杂货的夫妻店，但夫妇都不在了，只剩他们的儿子整天坐在橱窗后面，偶尔卖出一个汤罐头，并且接受赌马的电话投注。

理发店窗户上的苍蝇死的时间不超过十天，卡尔至少每个月会清洗一次窗户。他的剪刀总是上着油，手肘上却不沾半点油，粉红色的嘴唇不时吐出带着荷兰薄荷气味的八卦消息。他理发的时候就像在管理一家养蜂场，仿佛担心它会失控：他会和那只在你耳边转悠、嗡嗡作响的巨大银色昆虫搏斗，直到它突然停住，咬住你的头发，然后停在那儿。这时，卡尔就会咒骂着把它拽回来，就像在拔牙一样。

这就是我除经济原因之外，每年只让卡尔剪两次头发的原因。

每年只剪两次，也是因为卡尔聊天、喷香水、涂发胶、烫发、提建议和喋喋不休的频率比全世界的大多数理发师要高，这点让人头大。你随便说个话题，他都知根知底，而在解释愚蠢的爱因斯坦理论的过程中，他会停下来，闭起一只眼睛，歪过脑袋，问出那个没有稳妥答案的伟大问题——

"嘿，我有没有跟你说过我和老斯科特·乔普林[①]的事情？哎，看在上帝和基督的分儿上，老斯科特和我——听好了。在1915年，他教我弹奏《枫叶拉格》的那一天。让我讲给你听。"

墙上有一张斯科特·乔普林的相片，签名用的墨水仿佛足有几个世纪的历史，此时黯淡得就像金丝雀女士的笔迹。相片上的卡尔非常年轻，坐在琴凳上，而乔普林朝他弯下腰，黝黑的大手覆盖着这个快活男孩的双手。

那个快乐孩子的身影被定格在墙上，被胶片捕捉下来。他弓身按住钢琴键，准备向生活、世界和宇宙跃去，把它们全部吞进肚里。我每次看到男孩脸上的表情，心就像是裂开了一样。于是我不怎么看它。光是看到卡尔看着那张相片，鼓起勇气问出那个古老而伟大的问题，然后不需要任何人的恳求或者请求，就这么冲向钢琴，弹奏那首《枫叶拉格》，就让我够心痛的了。

卡尔。

坐在理发椅上的卡尔看上去像个揍牛的[②]。想象一下得克萨斯州的牧牛人，瘦削，饱经日晒风吹，睡觉时戴着牛仔帽，仿佛一辈子都不会摘掉，连洗澡的时候也戴着那该死的帽子。卡尔就是这样，他绕着敌人——客人——转圈，手握武器，吞吃

[①] 美国作曲家和钢琴家。
[②] 牛仔的别称。

头发，剪下鬓角，听着剪刀的声音，欣赏大黄蜂牌电推子发出的和声，不停地说话、说话。我把他想象成一个围着我的椅子跳舞的牛仔，他赤身裸体，牛仔帽稳稳地戴在两耳上，急不可耐地想要扑向那架钢琴，弹奏那些琴键。

有时候，我会假装没看到他投去的疯狂眼神，还有他用充满爱意的目光注视那些黑白相间的琴键的模样。但最后，我会吐出一口属于重度受虐狂的叹息，然后喊道："好吧好吧，卡尔。去吧。"

卡尔去了。

他激动地穿过房间，步伐像牛仔那样摇摆不定，仿佛有两个他，一个在镜子里，比真实的他脚步更快，表情也更明亮。他掀起琴盖，露出满口黄牙，急切地想要展示它的音乐。

"听好了，孩子。你这辈子听过这样的音乐吗？"

"没有，卡尔，"我一边说，一边头大如斗地等在椅子上，"没有。"我真诚地说，"从来没听过。"

"上帝啊，"我的脑海里回荡起那个老人在停尸间里的呼喊，"谁给他剪的那么丑的发型？"

我看到罪魁祸首站在他理发店的窗户内侧，凝视外面的大雾，看起来就像霍珀[①]的画作上那些站在空房间里、咖啡馆中或者街角的人。

卡尔。

我强迫自己拉开正门，小心翼翼地走了进去，低垂着目光。

这儿到处都是棕色、黑色和灰色的卷发。

---

①即爱德华·霍珀，美国著名写实画家。

"嘿，"我假装兴高采烈地说，"看起来你今天过得很愉快！"

"你知道的，"卡尔仍旧看着窗外说，"那些头发堆在那儿已经有五六周了。任何脑子正常的人都不会走进那扇门，除了流浪汉——不是指你。还有傻瓜——不是指你。还有秃头男人——这也不是指你。还有打听疯人院该怎么走的人，以及穷人——这就是指你。去椅子上坐好准备接受'电刑'吧。电推子坏了两个月，我又没钱修理这些鬼东西。坐下。"

我服从了自己的"刽子手"，走过去坐了下来，盯着地板上的碎头发，这些沉默过往的标志肯定意味着什么，但我什么也没说。就算从侧面看，我也辨认不出什么奇怪的形状，或者明显的征兆。

终于，卡尔转过身，蹚过那片被人遗弃的瓷器与额发的海洋，双手仿佛以自己的意志拿起了梳子和剪刀。他站在我身后，犹豫起来，悲伤得像个必须亲手砍下年轻国王头颅的刀斧手。

他问我想要理多久，又想要理得多丑，说这些任我选择，但我正忙着让目光越过店里仿佛北极般耀眼洁白的空旷，看向——

卡尔的钢琴。

在这十五年来，它头一次被盖住了。它灰黄色的东方式琴键隐藏在一块仿佛来自停尸间的白色床单下面。

"卡尔。"我注视着那块床单。有那么一瞬间，我忘记了威尼斯售票厅里的那个老人顶着难看的发型躺在停尸间，身体冰冷而僵硬。"卡尔，"我说，"你今天怎么不枫叶那首老拉格了？"

卡尔的剪刀在我的脖子周围咔嚓咔嚓、咔嚓咔嚓。

"卡尔？"我说。

"出什么事了？"我说。

"死亡什么时候才会停止?"卡尔的声音仿佛从远处传来。

这时候,那只"大黄蜂"嗡嗡作响,刺痛了我的耳朵,让那股熟悉的寒意涟漪顺着我的脊背传下。接着卡尔用他的钝剪刀匆忙劈砍我的头发,仿佛是在收割一丛野生小麦,同时不断低声咒骂。我闻到了淡淡的威士忌气味,但我依旧直视前方。

"卡尔?"我说。

"见鬼。不,我想说的是'见他妈的鬼'。"

他把剪刀、梳子和死掉的银色大黄蜂往架子上一丢,蹒跚蹚过碎发的海洋,扯下了蒙钢琴的布。他坐下的时候咧开了嘴,笑得像个没脑子的大号白痴,然后把仿佛柔软画笔的双手放在琴键上,准备画出一幅天都不知道会是什么的画。

他奏出的乐曲就像被砸碎的下巴上挂着的残缺牙齿。

"该死。见鬼。可恶。我以前经常这样,经常把斯科特教给我的东西弹得乱七八糟,老斯科特……斯科特。"

他的声音停了下来。

他抬头看了眼钢琴上方的墙壁。发现我在盯着他看,他转开了视线,但为时已晚。

二十年来,斯科特·乔普林的相片第一次消失了。

我在椅子里猛然前倾身体,张大了嘴巴。

就在这时,卡尔强迫自己把床单盖回琴键上。然后,就像给自己送葬的哀悼者那样,他回到我的椅子后面,重新拿起了那些"刑具"。

"斯科特·乔普林97分,理发师卡尔0分。"他描述着一场失败的比赛。

他颤抖的手指在我的头上忙碌起来。

"耶稣啊,瞧瞧我对你做了什么。上帝啊,剪得太差劲了,可我还没剪到一半呢。我应该付你钱才对,这么多年来,我都害得你像一头长了癣的斑点狗那样到处游荡。最重要的是,让我告诉你我三天前对一个客人做了些什么吧。太可怕了。或许是我给那个狗娘养的可怜家伙剪的发型太差,所以才有人杀了他,好让他得到解脱!"

我再次身体前倾,但卡尔温柔地把我按了回去。

"我应该给你打点儿普鲁卡因①,但我没有。关于这个老家伙,听着!"

"我听着呢,卡尔。"我说,毕竟我就是为此而来的。

"他当时就坐在你现在的地方,"卡尔说,"就坐在那儿,像你这样坐着,看着镜子,然后说,让工作见鬼去。他就是这么说的。'卡尔,让工作见鬼去。今晚是我这辈子最重要的夜晚,'他说,'洛杉矶闹市区的迈伦舞厅——我有好些年没去过那儿了——打来电话,通知我中了大奖。''什么奖?'我问。'他们说是"威尼斯最重要老居民奖",这算什么庆祝的理由?"闭上嘴巴,赶紧打扮。"他们说。所以我就来了,卡尔。请总体剪短一点儿,但别给我剃成台球头。还有那瓶老虎牌护发素,给我来点儿。'那老头儿肯定是存了两年高山积雪似的头发。我给他倒了好多护发素,直到跳蚤都逃之夭夭。他快快乐乐地离开,留下了自己最后的两美元,谁能想到呢。就坐在你那儿。

"可现在他死了。"卡尔补充说。

"死了!"我差点大喊出来。

"有人在运河河底的一个狮笼里找到了他。已经死了。"

"有人。"我说。但我没有补充说:"就是我!"

---

①一种局部麻醉剂的品牌。

"我猜那个老头子从来没有喝过香槟，或者很久没喝了，所以喝了个烂醉，掉进了河里。'卡尔，'他说，'那些工作。'这下你明白了吧？掉进那条运河里的人可以是我，也可以是你，可现在他就这么孤零零地走了，真他妈活见鬼。这难道不会让你思考吗？嘿，好了，小子。你看起来也不太妙。是不是我话太多了？"

"他有没有说过谁会来接他，用什么接，在什么时候，还有为什么？"我说。

"就我所知，没什么特别的。有人会乘大威尼斯短途线的电车来接他，把他直接带到迈伦舞厅门口。你在周六的夜里1点左右乘过电车吗？老妇人和老绅士们穿着樟脑球味的皮草和绿色燕尾服走出迈伦舞厅，身上散发着宾虚香水和5分钱细雪茄的气味，庆幸自己没有在舞池里摔断腿，秃头上流着汗，睫毛膏顺着脸颊流下，狐狸皮草都有了霉味——这些你见过没有？我去过一次，四处看了看就出来了。我猜那辆有轨电车可能会停在玫瑰草坪墓园，就在去海边的那段路上。一半的人会在那里下车。不了，谢谢。我是不是说得太多了？如果是的话，你就告诉我——

"不管怎么说，"最后，他继续说了下去，"他已经死了，去了，最可怕的是他会在接下来的一千年里躺在墓穴里，回想自己最后的糟糕发型究竟是谁剪的，而答案是我。

"所以过去几周就他一个客人。有人带着糟糕的发型失踪，最后溺死了，而且我终于明白自己的手艺一文不值，而且——"

"你知道是谁接走了那个老人，然后带他去舞厅的吗？"

"谁知道？谁在乎？那个老人家说，对方让他7点钟在威尼斯电影院门口等着，看一段表演，然后在码头上最后一家还开着的餐馆——莫德斯蒂餐厅吃晚餐,好家伙,然后直接跑去闹市区的舞厅,跟一位九十九岁的玫瑰皇后跳一支快华尔兹。这一晚真够忙的,对吧?然后回到家里长眠不醒!可你为什么想知道这些呢,孩子?你——"

电话响了起来。

卡尔看了一眼,脸色变得惨白。

电话铃声响了三次。

"你不去接吗,卡尔?"我问。

卡尔看它的表情,就像我看着自己的加油站办公室电话,以及从两千英里外传来的沉默和沉重的呼吸声。他摇了摇头。

"为什么我要在只会来坏消息的时候接电话?"他说。

"有时候确实会有这种感觉。"我说。

我脱下系在脖子上的围布,慢慢站起身。

卡尔无意识地伸出手,准备接过我的钱。他注意到自己的手,咒骂了一声,放下手掌,转过身去,重重关上了收银机。

写着"非卖品"的牌子晃动起来。

我看了看镜子里的自己,差一点儿发出海豹那样的叫声。

"这发型太棒了,卡尔。"我说。

"快走吧。"

往外走的时候,我抬起手,摸了摸斯科特·乔普林的相片从前挂着的地方——他就是用那双像两串硕大黑香蕉的手弹奏出那些杰作的。

就算卡尔注意到了,他也什么都没说。

我踩着一地的碎头发,离开了。

我一路走到阳光下,走到克拉姆利位于草丛深处的小屋前。

我站在外面。

克拉姆利肯定是感觉到我来了。他拉开门，然后说："你又来这么干了？"

"我根本没这么干过。我不擅长凌晨3点出门去吓人。"我说。

他低头看看自己的左手，然后伸给我看。

他的手掌里有一小团嫩绿色的海藻，上面有他握过的痕迹。

我也伸出手，然后摊开手指，就像打出一张王牌那样。

有团一模一样的海藻，只是较为干燥易碎，躺在我的掌心。

克拉姆利的目光从我们的手转到我的眼睛、眉毛、脸颊和下巴上。他呼出一口气。

"杏子派、万圣节南瓜、后院里的番茄、夏末的桃子，还有圣诞老人的加州儿子，你看起来就像所有这些加在一起。你长着这么一张脸，我要怎么才能大喊'有罪'呢？"

他放下手掌，让到一旁。

"你喜欢啤酒，对吧？"

"一般般。"我说。

"要不，我给你弄一杯热巧克力麦芽饮料？"

"可以吗？"

"可以才有鬼了。你就喝点儿啤酒，让自己喜欢上它吧。进来吧。"他漫步走开，连连摇头。我走了进去，关上门，感觉自己像个回来看望十年级老师的高中生。

克拉姆利站在客厅的窗前，朝我来时那条干燥的泥土路眨了眨眼睛。

"看在上帝的分儿上，3点钟，"他喃喃道，"3点钟。就在那儿。我听到有人在哭，你能想到吗？在哭？让我浑身起鸡皮疙瘩。听起来就像是个报丧女妖。活见鬼。让我再瞧瞧你的脸。"

我给他看了。

"上帝啊,"他说,"你总是这么容易脸红吗?"

"我控制不了。"

"基督啊,你是那种屠杀完半个印度村庄后看起来仍然像彼得兔①那样无辜的人。你口袋里装的都是什么?"

"巧克力棒。负担得起的时候,我家冰箱常备六种口味的冰激凌。"

"我打赌你是用买面包的钱买的。"

我本想否认,但他肯定能看穿我的谎话。

"过来放松一下腿脚。你最讨厌哪种啤酒?我这儿有难喝的百威、非常难喝的百威、最最难喝的百威。你选吧。不,算了。我来选吧。"他从容地走向厨房,回来的时候拿着两只易拉罐,"还有点太阳。我们去外面吧。"

他带我去了他的后院。

克拉姆利的花园让我一脸难以置信。

"为什么不信?"他带着我走出那栋小屋的后门,步入一片翠绿而芬芳的光彩之中——那是数以千计的植物:藤蔓、纸莎草、极乐鸟花、多肉植物和仙人掌。克拉姆利面露笑容,说:"那边有六十个不同品种的昙花,篱笆边上是艾奥瓦玉米,那棵是李子树,那棵是杏树,那是橘子树。想知道为什么吗?"

"世界上每个人都需要有两三份工作,"我毫不犹豫地说,"只有一份工作是不够的,因为只有一种生活是不够的。我希望

---

①碧翠克丝·波特创作的童书《彼得兔的故事》中的虚拟动物形象。

有十二种。"

"说到点子上了。医生就应该去挖沟。挖沟的工人应该每周抽一天去管理幼儿园。哲学家应该每十天就抽两晚去廉价小饭馆洗盘子。数学家应该去高中的体育课上吹哨。诗人应该换换口味去开卡车，而警探——"

"应该拥有和打理自己的伊甸园。"我轻声说。

"耶稣啊，"克拉姆利大笑着摇了摇头，看了看掌心里的那团海藻，"你以为自己无所不知。你以为你看透我了？这下惊了吧！"他弯下腰，拧动某个花园阀门，"就像古人说的那样，聆听吧。嘘！"

轻柔的雨幕在光彩照人的花丛中涌现，触及了这座伊甸园里的一切，仿佛在低语："柔软。安静。平和。停留。永生。"

我感觉身体里的每一根骨头都缩短了，仿佛有什么东西像一层黑暗的皮肤从我背上脱落。

克拉姆利歪过头，看着我的脸，问："怎样？"

我耸耸肩，说："你每周要看那么多腐烂的东西，确实需要这些。"

"问题在于，局里的那些家伙不会尝试这些东西。够悲哀的，对吧？这辈子除警察那些事以外什么都不做？基督啊，我宁愿自行了断也不想那样。你知道的，我真希望能把每周看到的腐烂东西带来这里，充当肥料。老天，那得种出多棒的玫瑰啊！"

"或者捕蝇草。"我说。

他思索片刻，点点头道："说得好，赏一罐啤酒。"

他带我走进他的厨房。我站在里面，看着室外那片雨林，深深地吸入凉爽的空气。但我感冒了，闻不到气味。

"我走旁边那条路足有好几年了，"我说，"一直很好奇谁会住在这么大的人造森林里。遇到你以后，我就知道那个人肯定是你。"

听到这句赞美，克拉姆利高兴得差点儿在地板上打滚。他控制住自己，开了两罐确实很难喝的啤酒。我接过一罐，勉强喝了一口。

"你扮鬼脸就不能好看点儿？"他问，"你真的更喜欢麦芽酒？"

"是啊。"我又喝了一大口，这才鼓起勇气问他，"问你件事。找我来这儿做什么？你让我来，是因为你在家门口发现了那团海藻吗？我都跑来调查你的丛林，喝你难喝的啤酒了。我不再是嫌疑犯了？"

"噢，看在基督的分儿上，"克拉姆利自己也喝了口酒，朝我眨眨眼睛，"如果我觉得你是那种会把人塞进笼子的疯狂驯狮人，你两天前就该进去蹲着了。你以为我还没有摸清你的全部底细？"

"没多少可摸的。"我有些不好意思地说。

"没多少才怪了。听着。"克拉姆利又喝了一大口酒，然后闭上眼睛，在眼皮后阅读起那些细节来。

"离你公寓一个街区的地方有一间酒品店和一家冰激凌店，隔壁是一间中国杂货店。他们都觉得你疯了。他们管你叫疯子，有时也叫傻瓜。你嗓门又大话又多。他们都听到了。每次你把故事卖给《诡异传说》或者《惊奇故事》的时候，整个码头都会知道，因为你会打开窗子大吼。基督啊，但关键在于，孩子，他们喜欢你。的确，你没有未来，这点他们都同意，因为谁他妈会真的跑去登陆月球？从现在到2000年，有谁会他妈在乎什么火星？只有你，飞侠哥顿。只有你这种疯子，巴克·罗杰斯①。"

我满脸通红，低着头，有些生气，又有几分尴尬，却又莫名地为他人的关注而高兴。我经常被人叫作飞侠或者巴克，但不知为何，克拉姆利这样叫我的时候，语气里没有丝毫讽刺。

克拉姆利睁开眼睛，看到了我通红的脸，说道："好吧，到此为止。"

"为什么你知道这么多关于我的事，而且早在那位老人被——"我顿了顿，换了种说法，"早在他死之前？"

"我对一切都很好奇。"

"大多数人不这样。我是在十四岁那年发现这点的。那一年，其他人都抛弃了玩具。我跟我父母说，没有玩具就不过圣诞节了。所以他们还是每年都送我玩具。别的男孩都会收到衬衫和领带。我选修了天文学。在中学的四千个学生里，只有另外十五个男孩和十四个女孩会和我一起仰望天空。其他人只会在跑道上奔跑，看着自己的脚。所以就这样……"

我心中一动，本能地转过身来。我发现自己在厨房里踱起了步。

"我有种预感，"我说，"我能不能……？"

"什么？"克拉姆利问。

"你这儿有工作室吗？"

"当然有。怎么？"克拉姆利皱起眉头，脸上浮现一丝警觉。

这反而让我更坚定了。我问："我可以去看看吗？"

"这个嘛……"

---

① 飞侠哥顿和巴克·罗杰斯分别是两部著名科幻漫画的主角，两人都在故事中登上了火星，因此被克拉姆利用来和主角作比。

我朝克拉姆利视线的方向走了过去。

那个房间就在厨房旁边。它曾是一间卧室,但现在里面空空荡荡,只有一张书桌、一把椅子和书桌上的一台打字机。

"我就知道。"我说。

我站到椅子后面,端详那台机器。它不是什么破旧的安德伍德标准打字机,而是一台相当新的科罗娜打字机,上面系着崭新的色带,还有一叠黄色的纸等候在旁边。

"这就是你用那种眼神看我的原因。"我说,"天哪,没错,你总是那样歪着脑袋、皱起眉头、眯着眼睛!"

"我在试着给你的大脑袋拍X光片,看看里面到底有没有脑子,又究竟是怎么运作的。"克拉姆利说着,脑袋一会儿歪向左边,一会儿又歪向右边。

"没有人知道大脑是怎么运作的——无论是作家的还是其他人的大脑。我所做的就是每天早上呕吐,中午收拾干净。"

"胡扯。"克拉姆利轻声说。

"是真的。"

我打量那张书桌,它的两侧各有三个抽屉。

我把手伸向左侧最下方的抽屉。

克拉姆利摇了摇头。

我改把手伸向右侧最下面的抽屉。

克拉姆利点点头。

我缓缓拉开抽屉。

克拉姆利深吸一口气。

在一个敞开的盒子里有一份手稿,看起来有150~200页,内容从第一页开始,没有书名页。

"冒昧问一句,"我问,"它在这抽屉里面放多久了?"

"没关系,"克拉姆利说,"五年了。"

"你现在打算写完它。"我说。

"没这回事。为什么那么说?"

"因为我这么跟你说了,而且我知道。"

"把抽屉关上。"克拉姆利说。

"现在不行。"我拉出椅子,坐了下来,把一张黄色的纸塞进打字机里。

我打了九个字,换了行,又打了九个字。

克拉姆利的目光越过我的肩膀,轻轻读出了声。

"死亡是一件孤独的事。"他深吸了口气,"作者埃尔莫·克拉姆利。"他重复了一遍,"作者埃尔莫·克拉姆利。我的上帝。"

"好了。"我把新打好的书名页放在那叠手稿顶端,然后合上抽屉,"这是一份礼物。我会给自己的书另外选个标题的。这下你只能写完它了。"

我又往打字机里塞了张纸,然后问:"你这份手稿最后一页的页码是多少?"

"162。"克拉姆利说。

我敲下了163这个数字,然后把这页纸留在了打字机里。

"好了,"我说,"它在等你。明天早上你起床的时候,直接到打字机这里来,别打电话,别看报纸,连盥洗室也别去。坐下来好好打字,然后埃尔莫·克拉姆利就会成为永恒。"

"胡扯。"克拉姆利这样说,但他的声音很轻。

"上帝保佑你。你该工作了。"

我站起身,和克拉姆利一起盯着他那台科罗娜打字机,仿佛那是他这辈子仅有的孩子。

"小子,你在命令我?"克拉姆利问。

"不。那是你大脑的命令，如果你认真听的话。"

克拉姆利转身走进厨房，又拿了些啤酒。我就在他的书桌旁等着，直到听见了后纱门砰然合拢的声音。

我在克拉姆利的花园里找到了他。他正让旋转喷水器洒出的凉爽雨滴盖住自己的脸，因为天气很暖和，而在这片迷雾国度的边缘，这里的阳光依旧充足。

"这么说，"克拉姆利说，"到目前为止，你卖出了四十篇故事？"

"每篇30美元。富有的作家。"

"你确实富有。我昨天站在阿贝酒品店前面看杂志，读到了一篇你的作品，你写一个人发现自己身体里有具骷髅，然后吓了个半死。基督啊，真是杰作。你到底怎么想到这种点子的？"

"我的身体里就有一具骷髅。"我答。

"大多数人根本想不到这个，"克拉姆利递给我一罐啤酒，看着我又扮了个鬼脸，"那个老人……"

"威廉·史密斯？"

"是的，威廉·史密斯。他的验尸报告今早送来了。他的肺里没有水。"

"也就是说他不是淹死的。也就是说他是在河堤上被杀，然后被装进笼子里的。这也证明了……"

"别跳到火车前面，你会被撞倒的。也别说是我告诉你这些的，不然就把我的啤酒还我。"

我高兴地把啤酒还给了他。他推开了我的手。

"你对他的发型做了什么？"我问。

"什么发型？"

"史密斯先生死前的那个下午，他的发型非常糟糕。他的朋友在停尸间里都抱怨过,记得吗?我只认识一个特别差劲的理发师能剪出那种发型来。"

我给克拉姆利讲了卡尔、威廉·史密斯中的奖、迈伦舞厅、莫德斯蒂餐厅,还有那辆大号红色电车。

克拉姆利耐心听完,然后说:"太单薄。"

"这是我们仅有的证据了。"我说,"你想让我去威尼斯电影院,看看有没有人在他失踪那晚在电影院门口见过他吗?"

"不。"克拉姆利说。

"你想让我去莫德斯蒂餐厅、那辆电车上,还有迈伦舞厅确认吗?"

"不。"克拉姆利说。

"那你想让我做些什么呢?"

"别管这件事了。"

"为什么?"

"因为——"克拉姆利说着,突然住了口,他朝自己房子的后门看了看,"你要是出了什么事,我那该死的小说就再也不会写完了。总得有人读这见鬼的东西,而且我不认识其他能读的人了。"

"你忘了,"我说,"昨晚站在你房子外面的人已经去过我家门外了。我不能让他再继续了,不是吗?我不能再被那家伙——我刚才在你打字机上写下的书名就是来自他——吓着了。不是吗?"

克拉姆利看着我的脸,我能看出他在想的是:杏仁派、香蕉蛋糕、草莓冰激凌。

"当心点,"最后,他说,"那个老人可能只是滑倒撞到了头,跌进水里的时候已经死了,所以他的肺里才没有水。"

"然后他游了过去，把自己关进了笼子。太有道理了。"

克拉姆利眯着眼打量我，试着猜测我的体重。

然后他安静地走进丛林里，消失了将近一分钟。我等在那儿。

接下来，我听到远处传来了大象仿佛长号般的喷气声。我缓缓转身，踏入花园里的细雨中倾听。近处有头狮子打开自己庞大的蜂窝阀门，放出了一群杀人蜂。一群羚羊和瞪羚像夏日的风那样扬起尘土，踩在干燥的泥土上。它们的奔跑声扣动了我的心弦。

克拉姆利突然出现在小路上，笑容狂乱，像个半是骄傲、半是羞涩的男孩子，理由是直到现在、直到这一刻才为世界所知的疯狂。他哼了一声，用两罐新拿来的啤酒比了比那六台挂在树上、仿佛巨大黑色花朵的百合号角牌音响设备。那些围绕着我们，保护我们免受栅栏外无名野兽袭击的羚羊、瞪羚和斑马就从那里传来。大象再次用鼻子喷气，将我的灵魂打倒在地。

"非洲的录音。"克拉姆利多余地解释了一句。

"真棒，"我说，"嘿，那是什么？"

五千天之前，曾有一万只非洲火烈鸟从某个风景优美的淡水湖空运而来。那时我还是个中学生，而马丁·约翰逊和奥萨·约翰逊[①]刚刚离开非洲的"角马小径"，回到我们加州这些普通人之中，讲述那些精彩的故事。

然后我想起来了。

那天我本该全速跑去听马丁·约翰逊的演讲，但他在发生于洛杉矶外的那起飞机事故中遇难了。

[①] 马丁和奥萨夫妇是美国20世纪初的探险家、电影制作人，拍摄了许多以非洲为题材的电影。

但现在，就在埃尔莫·克拉姆利的丛林伊甸园度假村里，飞着马丁·约翰逊的那些鸟儿。

我的心也随之而动。

我抬头看了看天空，然后问："你打算怎么做，克拉姆利？"

"什么都不做，"他说，"老金丝雀女士会一直活下去。我们可以打个赌。"

"我已经破产了。"我说。

溺水者在那天出现的时候，海滩各处的野餐也彻底被破坏了。人们愤怒地收起野餐篮，打道回府。狗儿们兴奋地跑去打量躺在沙滩上的那些陌生人，又被愤怒的女人或者恼火的男人叫回去。蜂拥上前的孩子们被带走，并受到训斥，不让他们再接近那些奇怪的陌生人。

毕竟，溺水始终是个忌讳的话题，就像性那样，从来没人会去讨论。每当有溺水者胆敢碰触岸边，他/她就成了不受欢迎者。孩子们也许会怀着某种黑暗的想象跑过来瞧，但留在最后的那些女士会望而却步，然后转过身去，撑着她们的阳伞离开，仿佛有个呼吸纷乱的人正在海浪中呼唤她们。埃米莉·波斯特①也无助于改变这种状况。事情很简单。就像讨人厌的亲戚那样，这些迷失的冲浪者的到来没有经过任何邀请或许可，也没有显露任何征兆，而且人们得一路小跑着把这些家伙送进内陆的神秘冰库才行。

但一个冲浪的陌生人刚被送走不久，你就听到了玩着沙子的孩子们的叫喊声："看啊，妈妈，噢，看啊！"

---

①美国作家，以其关于社交礼仪的著作而闻名，被视为这一领域的权威。

"离远点儿!快!"

然后你就会听到人们匆忙远离岸上那颗仍有余温的地雷时的脚步声。

从克拉姆利家离开的时候,我听说了那些不速之客——那些溺水者的事。

我真的不想离开克拉姆利那个仿佛阳光永驻的花园。

抵达海边就像来到了另一个国度。大雾弥漫,仿佛是在为这条海岸线上的种种坏消息庆祝。这些溺水事件与警方、夜间事故和整晚都在吮吸牙床的运河里的黑暗意外毫无关联,单纯只是因为激流。

岸边如今空荡荡的。但当我抬头看向旧威尼斯码头的时候,心里更加空荡。

"坏稻谷!"我听到有人轻声说。是我。

这是一句古老的中国咒语,通常在快要收成的时候高声喊出,以确保庄稼丰收,不被满怀嫉妒的众神破坏。

"坏稻谷……"

因为有人终于踩住了那条大蛇。

有人将它踩翻在地。

码头那一端的过山车永远消失了。

它剩下的部分如今躺倒在下午的光线里,就像一场放大了的挑棒游戏[①]。但只有一台巨大的蒸汽挖掘机在玩这个游戏。它轰轰作响,俯身翻捡骨头,寻找其中的好东西。

"死亡什么时候才会停止?"几个小时前,我听到卡尔说过

---

①将很多细条(一般是木头、硬纸或塑料等材质)堆在一起,参与者们轮流每次挑起一根,不能触动其他细条。不同形状或颜色的细条代表不同分数。

这样的话。

空荡荡的码头就在前方。它的骸骨已被剥离,而海啸般的浓雾正涌向岸边。我觉得仿佛有许多冰冷的飞镖正朝着我的背脊齐射。我被人跟踪了!我猛地转过身。

但这次被虚无之物跟踪的不是我。

在对街,我看到了A.L.史兰克。他沿路跑来,双手深深地插在外套口袋里,头埋在深色的衣领里,不时回头张望,就像面对猎狗的一只老鼠。

上帝啊,我心想,我总算知道他让我想起谁了。

坡!

那张著名的相片,那张埃德加·爱伦·坡的忧郁肖像:仿佛乳白色玻璃提灯的光芒的额头,像夜火那样深沉的双眼,还有埋在那撮深色小胡子下面、透出凄惨和迷茫的嘴巴,领带歪斜地系在他凌乱的衣领上,遮住了他总是抽搐和吞咽的喉咙。

埃德加·爱伦·坡。

坡在跑。史兰克在跑,不时回头望向飞快飘来、无形无状的雾气。

基督啊,我心想,它在追赶我们所有人。

等我抵达威尼斯电影院的时候,不耐烦的雾气早已涌入。

谢普谢德先生的旧威尼斯电影院很特别,因为它是漂浮在海潮边缘、在世界任何角落的一批夜间内河游船中的最后一艘。

电影院的前半部分位于那条从威尼斯通往海洋公园和圣莫妮卡的混凝土人行道上。

它的后半部分从码头探出去,因此后端悬在水面上方。

我在接近傍晚时站在这座电影院前方,朝华盖那边看去,然后倒吸了一口气。

没有上映电影列表,只有一个两英尺高的词——

再见。

我的胃就像被刀子狠戳了一下。

我朝售票亭走去。

谢普谢德在那里朝我微笑和挥手,一举一动都透出狂热的善意。

"再见?"我悲伤地说。

"没错!"谢普谢德大笑,"走了,回见。永别了。而且是免费的!快进来!只要是道格拉斯·费尔班克斯、托马斯·梅根、米尔顿·西尔斯,还有查尔斯·雷[1]的朋友,就是我的朋友。"

我沉浸在来自童年的那些名字里:我两岁、三岁、四岁的时候坐在母亲的膝头,待在伊利诺伊州北部的一座凉爽的电影院里,看着古老的屏幕上闪烁的那些身影,那时"坏稻谷"还没有来,我们也还没坐着还在用蒸汽驱动的老旧基塞尔汽车,赶在那些俄克拉何马人之前往西去,我爸爸也还没去找12美元一周的工作。

"我不能进去,谢普谢德先生。"

"瞧瞧这个不听话的孩子!"谢普谢德将双手伸向天空,就像被匹诺曹惹火、想要割断提线的斯特龙博利[2]那样翻起白眼,"为什么不能啊?"

"如果我白天从电影院里出来,我会心情沮丧,会觉得一切都不正常。"

"哪儿还有太阳?"谢普谢德大声说,"等你离开的时候,都

---

[1] 均为活跃于20世纪初的美国演员。
[2] 迪士尼1940年上映的动画电影《木偶奇遇记》中的反派角色,是一名木偶戏表演者。

已经是夜里了！"

"总之，我来是想问你三夜之前的事情。"我说，"那天晚上，你有没有碰巧看到那个老售票员，比利——威利，也就是威廉·史密斯——站在电影院门口？"

"是的，我朝他喊过两声。我喊的是：'你的脑袋怎么了？'我还说：'是灰熊把你的假发抓掉了吗？'他的头发乱得简直滑稽。所以是谁用割草机帮他割过了？恶魔卡尔吗？"

"对。你有没有看到是谁和威廉·史密斯见了面，然后把他接走的？"

"我当时很忙。突然来了六个人买票，六个！等我再看过去的时候，史密斯先生，也就是威利，已经不见了。怎么了？"

我的双肩沉了下去。我的沮丧肯定写在了脸上。谢普谢德很快表现出了同情，他沙沙的呼吸声从售票亭的通话孔中传了出来。

"猜猜是谁在那块满是蛀虫窟窿的1922年大银幕上亮了相？是费尔班克斯！《黑海盗》[1]。还有吉许！《残花泪》[2]。朗·钱尼[3]！《歌剧魅影》。谁更伟大？"

"谢普谢德阁下，那些都是无声电影。"

"那又如何？你记得自己1928年在哪儿吗？有声电影越多，好电影就越少！他们扮演的就是冷冰冰的雕像。动嘴的时候，你的脚就歇了。所以最后这几夜，沉默，对吧？还是应该说'安静'？沉默和手势有40英尺宽，怒视和秋波有20英尺高。安静的魅影。守口如瓶的海盗。石像鬼和驼子在风雨里对

---

[1] 1926年上映的无声动作冒险电影，道格拉斯·费尔班克斯担任主角。
[2] 1919年的美国无声爱情电影，由美国童星出身的演员丽莲·吉许担任主角。
[3] 美国著名默片演员，代表角色包括1925年无声电影《歌剧魅影》中的魅影。

话,让管风琴为他们代言,嗯?座位还有很多。去吧。"

他用拇指按下取票按钮。

售票机朝我吐出一张漂亮崭新的橘色门票。

"是啊。"我接过票,看着老人那张四十年都没有晒过太阳的脸。他狂热地爱着电影,宁愿终日看着银幕也不愿去读《不列颠百科全书》。他望着旧海报上的那些老面孔,双眼流露出温柔而狂热的爱。

"谢普谢德是你的真名吗?"最后,我问他。

"它的含义是,在这样的房子里,所有影子都有形状,所有形状又都有影子①。你想得出更合适的名字吗?"

"不,谢普谢德先生。"我确实想不出。

"所以……"我开口想问。

但谢普谢德饶有兴致地猜测道:"所以等明天他们拆掉我的电影院后,我会怎么样?这么说吧,不用担心!我有充分的保护!我的影片也一样,整整三百部影片现在就堆在售票亭里,但要不了多久,我就会去南方一英里远的海滩,在那边的地下室里播放电影,放声大笑。"

"康斯坦斯·拉蒂根!"我惊呼道,"我经常在深夜看到她地下室的窗户或者楼上的前厅里透出奇怪的灯光。那是你吗?"

"还能是谁?"谢普谢德笑容满面,"这么多年来,每当我结束这里的工作,就会在两边胳膊下面各夹着 20 磅的胶片,沿着海岸一路小跑。康斯坦斯总是睡上整个白天,然后整夜和我一起看电影,吃爆米花——这就是拉蒂根。我们坐在一起,手拉着手像两个疯小孩,把影片库洗劫一空,有时候哭得太厉害了,

---

① 谢普谢德原文为 Shapeshade,即上文提到的两重含义。

只能回放。"

我眺望电影院前面的海滩，仿佛看到谢普谢德先生在黑暗中的海浪边奔跑，一手拿着爆米花和玛丽·璧克馥，一手拿着霍洛韦冰棍和汤姆·米克斯[①]，向着那位古老女王的住处跑去，成为她恭顺的情人，陪她在充满梦想的银幕前方度过黑暗与光明，以及同样多的日出与日落。

有谣言说，康斯坦斯·拉蒂根会在黎明前一丝不挂地跳进冰冷发咸的海浪中，然后浮出水面，整齐雪白的牙齿缝隙里嵌着保健食品海藻。她会无比庄严地将头发编成辫子，而谢普谢德就看着这一幕。当谢普谢德在旭日下蹒跚回家的时候，会沉醉于这些回忆，沃立舍[②]的有力奏鸣回荡在他的骨髓、灵魂、心脏和愉快的嘴唇里。

"听着。"他倾身向前，就像《古屋失魂》里阴暗厅堂里的欧内斯特·塞西杰，又像《弗兰肯斯坦的新娘》里的普雷托留斯博士。"到里面去，到银幕后面去，你去过吗？没有吧。在夜里爬上舞台，走到银幕后面。那种体验！就像身在卡里加里的歪斜房间[③]里那样。你会一辈子感谢我的。"

我握住他的手，然后瞪大了眼睛。

"天哪，"我惊呼道，"你的那只手。那不是《猫与金丝雀》里那只从图书馆书架后面的暗处伸出的爪子吗？在律师宣读遗嘱前，它伸了出来，然后抓着律师消失了。"

谢普谢德低头看着他被我握在手里的手，笑了起来。

"你是个好孩子吗？"他问。

[①] 璧克馥和米克斯均为活跃于 20 世纪初的演员。
[②] 美国钢琴品牌。
[③] 出自 1920 年的德国无声恐怖电影《卡里加里博士的小屋》。

"我努力了，谢普谢德先生。"我说，"我努力了。"

进到电影院里，我跌跌撞撞地穿过通道，最后摸到了黄铜栏杆。我笨拙地爬上常年午夜的舞台，然后蹲在屏幕后面，看着那些伟大的鬼魂。

鬼魂就在那里，那些高大、苍白、黑色眼睛的时间幻影。我站在侧面，看着他们扭曲身体，仿佛白色的太妃糖，沉默地做着手势和口型，等待着管风琴奏响。

而在迅速切换的一帧帧画面里，是脸孔歪斜的费尔班克斯和吉许足以融化蜡烛的火热演技，还有从侧面看起来显瘦的"胖子"阿巴克尔①用他瘦削的额头撞向银幕顶端，然后消失在黑暗里，而我站在那里，感受着在地板和码头下面流淌的潮水。这座建造在翻涌海水上方的影院如今歪斜颤抖、嘎吱作响，盐的气味透过木板飘来，又一些画面——白如奶油，黑如墨水——在银幕上闪过。影院像风箱那样抬起，又像风箱那样落下，而我随着它一同下沉。

就在这时，管风琴的声音突然炸响。

就像几小时前那艘看不见的巨大轮船撞上码头的瞬间。

影院倾斜，抬起，然后落下，仿佛乘在过山车一般的潮水上。

管风琴呼喊、嘶叫、回荡着巴赫的前奏曲，令灰尘从古老的枝形吊灯上飘下，令幕布像丧服一样不安地摆动。我站在大银幕后面，伸手想要抓住什么，却又害怕有东西会回应我的触碰。

在我头顶，苍白影像的嘴巴抽动起来。魅影走下巴黎歌剧

---

① 即罗斯科·阿巴克尔，美国默片演员、喜剧演员、导演和编剧。

院的台阶，戴着他的白色颅骨面具和饰有羽毛的帽子，正如片刻前谢普谢德穿过黑暗的走廊，令管风琴周围帘布上的青铜挂环咔嗒作响，然后像命运与厄运那样落座，按下琴键，闭上双眼，张口哼唱起巴赫的曲子。

我不敢回头张望，而是让目光越过30英尺高的魅影，望向某位看不清样貌的观众。后者仿佛定格在原地，随着乐声颤抖，沉浸于骇人的画面中，又随着影院甲板下的夜晚潮水起伏不定。

在那些苍白的面孔——他们的眼睛紧盯着闪烁的过去——之中，是不是有他的存在？电车上的哀悼者，运河边的过路人，留下凌晨3点的雨的人，他的脸是这边这张，还是那边那张？黯淡的月亮在黑暗中颤抖，一群人聚集在前方，另一群人则在偏后的位置，总共五六十人。这些可怕的嫌疑犯正在穿过迷雾，前去与噩梦碰撞，然后无声无息地下沉，能听到的只有海水在撤退求援时的响亮吮吸声。

我不禁思索：在所有这些夜晚的旅者之中，哪一个才是他？我又该喊些什么，才能让他恐慌地跑进走廊，而我紧追在后？

巨大的头骨在银幕上微笑，那对恋人逃上了歌剧院的屋顶，魅影紧追在后，展开斗篷，无意中听到他们在惊恐中诉说爱意，不禁露齿而笑；管风琴尖啸，影院随着仿佛在为可能到来的海葬而庆祝的汹涌海水起伏——就好像木板随时会洞开大口，将我们丢入海中。

我的目光迅速从一张朦胧的仰视脸孔换到另一张，不断朝上排移动，最后看向放映室的小窗。在那里，我看到了一块眉毛和一只疯狂的眼睛，正凝视着下方银幕上以交错的光影描绘而出的动人厄运。

就像坡那只仿佛渡鸦的眼睛。

更确切地说,就像史兰克!

塔罗牌解读者、心理医生、颅相学家、数字命理学家,以及……

电影放映员。

谢普谢德欢快地摆弄管风琴的时候,肯定得有人替他来放映电影。大多数晚上,这位老人都会从售票亭跑到放映室,再跑到管风琴那里,一路上蹦蹦跳跳,像个扮成满口胡话的成年人的疯小孩。

可现在……?

还有谁能呈上这份深夜菜单——驼子、行走的骷髅和夺走沉睡女子脖子上的月亮珍珠的毛茸茸爪子?

史兰克。

风琴的演奏达到了高潮。魅影消失了。一段新的影片——出自 1920 年的《杰基尔与海德》[①]——掠过银幕。

我跳下舞台,飞奔着穿过通道,置身于那些恶魔和杀手之间。

放映员窗口的那只坡的眼睛消失了。

当我抵达放映室的时候,那儿空无一人。电影胶片在放映机里自行展开。杰基尔在变成海德的过程中顺着光束滑下,敲打银幕上的一个毛球。

音乐声停止了。

在走下楼梯、离开影院的路上,我遇到了筋疲力尽却很开心的谢普谢德。他回到了售票亭里,就像在对眼前的迷雾售票。

我把手伸进售票亭,和他握了手。

---

① 通常译作《化身博士》。

"你可别'坏稻谷'了,好吗?"

"噢!"谢普谢德没听明白,但他知道我这是赞美。

"你会永生不死的。"我说。

"你还知道什么上帝不知道的事?"谢普谢德问,"回头再来吧。第一场在早上,有《卡里加里博士的小屋》里的维特[①],第二场是《笑啊,小丑,笑啊》[②]里的钱尼,第三场是《大猩猩》[③],第四场是《蝙蝠》[④]。谁还能奢望更多呢?"

"我可不会,谢普谢德先生。"

我走进了雾里。

"你没觉得沮丧吧?"他在我身后大喊。

"我想没有。"

"如果你需要想,那就说明你不沮丧!"

夜幕彻底落下。

我看到那间莫德斯蒂餐厅早早关了门,也可能彻底关张了,我不清楚是哪种情况。这下我没法去那儿打听威廉·史密斯的事,也没法去庆祝我的发型和吃晚饭了。

码头一片漆黑。只有 A.L.史兰克的塔罗牌小屋的窗户里亮着一盏灯。

我眨了眨眼。

吓人的是,那盏该死的灯熄灭了。

"坏稻谷?"克拉姆利在电话里问,但听到是我,他的声音

[①] 即康拉德·维特,德裔美国演员,还出演过《卡萨布兰卡》。
[②] 1928年的美国无声电影,朗·钱尼是男主角的扮演者。
[③] 1927年的美国无声恐怖电影。
[④] 1926年的美国无声电影。

就愉快起来,"你们到底谈了什么?"

"克拉姆利,"我费力地吞了口口水,"我要在我们的名单上添一个名字。"

"什么名单?"

"有金丝雀女士的那份——"

"那不是我们的名单,是你的——"

"史兰克。"我说。

"什么?"

"A.L.史兰克,威尼斯码头的心理医生——"

"——塔罗牌解读者、古怪的图书管理员、业余数字命理学家,天启第五骑士?"

"你认识他?"

"孩子,我认识码头上上下下、里里外外的每个人,每个踢沙子的举重运动员,每个在夜晚的海滩上被79美分的麝香葡萄酒气味复活的死流浪汉。A.L.史兰克,那个小侏儒?不可能的。"

"别挂电话!我能从他的表情看出来。他在求死。他就是下一个。我去年写过一个故事,发表在《10美分侦探》上,写的是两列方向相反的火车在同一个车站的轨道上停了一分钟。有个男人看到了对面车上的另一个男人。他们目光交接,而第一个男人意识到自己不该看过去的,因为对面那辆列车上的男人是个杀人犯。那个杀人犯回望着他,露出微笑。就只是这样——微笑。然后我的主角意识到自己完蛋了。他转开目光,想要保住性命。但另一个男人,那个杀人犯,仍旧盯着他。当我的英雄再次看过去时,对面那辆车的车窗里已经空无一人。他意识到那个杀人犯下了车。一分钟以后,那人出现在了主角所在的火车上,出现在他的车厢里,沿着通道走过去,坐在了主角身后的座位上。让人恐慌,对吧?恐慌。"

"好点子,但现实不是这样的。"克拉姆利说。

"这种事比你想象的要多。去年,我的一个朋友开着劳斯莱斯横穿全国。在途中,经过俄克拉何马州、堪萨斯州、密苏里州和伊利诺伊州的时候,他足有六次差点被撞出公路外,撞他的都是厌恶豪车的人。如果他们成功,那就是最高明的谋杀。"

"那不一样。豪车就是豪车。他们不在乎坐在里面的是谁,下手就行了。但你刚才说的——"

"这个世界上有谋杀者,也有被谋杀者。电车候车室里的那个老人就是被谋杀者,金丝雀女士也是。在他们的眼中写满了'带我走,救救我,带我永远离开这里'。"

"史兰克,"我说,"我用我的生命打赌。"

"别这样,"克拉姆利突然变得平静许多,"你是个好孩子,但你毕竟还是个少不更事的孩子。"

"史兰克,"我说,"现在码头正在崩塌,他也快要崩溃了。就算没人杀他,他也会把《西方的没落》和《忧郁的剖析》绑在脖子上,从残缺不全的码头另一端跳下去。史兰克。"

仿佛在赞同我的观点那样,有头狮子发出一声渴求鲜血的怒吼,离开了克拉姆利的"非洲领土"。

"偏偏选在你我开始相处融洽的时候。"克拉姆利说着,挂断了电话。

在威尼斯各处,那些百叶窗几周、几个月,甚至几年以来第一次升起——

就好像这座海边小镇在永远沉睡之前苏醒了一次。

我公寓房间正对面的那扇百叶窗,那栋白漆剥落的小平房的百叶窗，在那天也拉了起来，而且……

那天晚上，当我走进自己的公寓房间时，我朝那边看了一眼，然后动弹不得。

那些眼睛正盯着我。

不只是一双，而是十几双。不，也不止十几双，而是一百双甚至更多。

那些眼睛是玻璃珠，安放在闪闪发光的轨道上，或是展示在小小的台座上。

那些眼睛，有蓝色的、棕色的、绿色的、褐色的和黄色的。

我穿过狭窄的街道，站到窗边，仔细打量这场绝妙的弹珠展。

"在学校操场的泥地里玩这个该多有趣啊。"我自言自语道。

那些眼睛一言不发。它们停在各自的台座上，或是在白色天鹅绒布的各处聚成小团，目光穿过我、越过我，看向某个位于我肩膀上方又顺着我背脊而下的冰冷未来。

至于是谁做了这些玻璃眼珠，谁把它们放到橱窗里，谁又会在里面出售这些眼珠，再安到顾客的眼窝里，我就不清楚了。

无论那是谁，都肯定是威尼斯那些看不见的制造商和推销员之一。有时候，我会看到这栋洞穴般宽敞的平房深处有一道刺眼的蓝白色火焰，还有某人的双手在处理泪滴状的熔化玻璃。但那个老人（在加利福尼亚的威尼斯，每个人都很老）的脸藏在金属和玻璃打造的厚重焊接面具后面。在这么远的距离，你能看到的只有一只假眼在火焰中逐渐成型，然后在次日于橱窗中展示，仿佛一颗闪闪发亮的夹心糖。

至于是否会有人来买这种特别的首饰，我同样不清楚。我从没见过有人跟跟跄跄地走进那儿，再眼神明亮地大步走出。

在去年的一整年里，那扇百叶窗每个月只会升起一两次。

我低头看着，心想：陌生的眼睛，你们看到失踪的金丝雀了吗？它们去了哪里？

然后我又在心里补充：看好我的住处，好吗？晚上的时候，保持警觉。可能会变天，可能会下雨，阴影可能会按下我的门铃。请多注意，务必记住。

闪闪发亮的玛瑙纹弹珠——多年前的校园操场伙伴——连眼睛都没眨。

就在这时，一只仿佛魔术师的手从展示柜后方的阴影里伸出，盖上盖子，遮住了那些眼睛。

就好像那个吹玻璃的人不乐意让我看着他在看的东西似的。

又或者是担心我会打个喷嚏，喷出一只假眼，然后去他那里装一只新的。

一位顾客！这也许会打破他的完美纪录，吹了十年玻璃，一只也没卖出去的纪录。

作为局外人，我只想知道他卖不卖1910年的泳衣。

我回到自己的公寓，朝窗外看去。

百叶窗再次拉起，毕竟我已经不再站在外面监视了。

那些眼睛闪闪发亮，耐心等待。

我很想知道，它们今晚会看到什么。

"并不存在的战栗……"我立刻醒了过来。

"什么来着？"我对着空旷的天花板说。

这是麦克白夫人说过的话吗？

并不存在的战栗。①

毫无理由地害怕并不存在之物。

却只能伴着那种感受等到天亮。

我侧耳聆听。

是雾气在碰撞我的房门吗？是薄雾在试探锁孔吗？是那场特别的小型暴风雨在我的门垫上徘徊，留下海藻吗？

我不敢去确认。

我睁开双眼，我看着那条走廊。它连着2英尺宽、4英尺长的厨房，还有那间2英尺宽、2英尺长的辛格侏儒团②风格的盥洗室。

昨晚我在那儿挂了一件白色的破浴袍。

但现在那件袍子已经不是袍子了。我的眼镜躺在床旁边的地板上，因此在我与真正的瞎子相差不远的视野里，那件袍子……变了。

它变成了野兽。

我五岁那年住在伊利诺伊州东部，半夜去洗手间的时候需要爬上一段黑暗的楼梯，而野兽总是等在楼梯顶端，除非那个小小楼梯间的灯亮着。有时候，我母亲会忘记把灯打开。我会努力头也不抬地爬到最上面。但我总是害怕，忍不住会抬起头。野兽总是在那里，伴随着漆黑的火车头在夜晚驶过远处乡村的声音，那是送走挚爱亲朋的遗体的火车。然后我站在楼梯的最底下，接着……

尖叫出声。

---

①本句出处为莎士比亚戏剧《理查二世》，并非出自《麦克白》。
②20世纪上半叶美国著名的歌舞杂耍表演团体，成员均为侏儒。曾在1939年电影《绿野仙踪》中扮演小矮人。此处用来指盥洗室很小。

现在那头野兽就挂在那扇门上——通向黑暗、走廊、厨房和盥洗室的房门。

野兽，我心想，走开。

野兽，我朝那个轮廓说，我知道你不在那儿。你什么都不是。你只是我的旧浴袍。

问题在于，我看不清它的样子。

如果我能够到眼镜，我心想，戴上眼镜，再跳起身来。

我躺在那里，仿佛只有八岁，然后是七岁，再然后是五岁、四岁，越来越小、越来越小，而门边那头野兽却变得越来越大、越来越黑、越来越长。

我太害怕了，甚至不敢眨眼。我害怕那个动作会让野兽轻柔地飘向……

"啊！"有人喊道。

因为街对面的那台电话响了。

闭嘴！我心想，你会惊动野兽的。

电话又响了起来。现在是早上4点。4点！基督啊，谁会……？

佩格？她被困在墨西哥的地下墓穴里了吗？迷路了？

电话又响了。

克拉姆利？带来了我不想听的验尸报告？

电话还在响。

或者那声音来自冷雨、流淌的黑夜、风雨中的酒后疯话，以及对可怕事件的哀悼，就像庞大的列车在弯道上的尖叫那样？

电话声停了下来。

我紧闭双眼，咬紧牙关，把被单蒙在头上，贴着汗湿的枕头转过身去。我觉得自己听到了一声轻飘飘的耳语。我的身体僵硬。

我屏住呼吸，停止了心跳。

因为就在此时，在那个瞬间……

是不是有东西摸了我一下，然后……

跳上了我的床尾？

A. L. 史兰克并不是下一个受害者。

金丝雀女士也没有突然间再一次在房间里飞来飞去，然后断气。

是另一个人消失了。

而且天亮后不久，街对面那些明亮的玻璃眼睛看到了证据的到来——

一辆卡车停在了外面。

无法入睡、筋疲力尽的我听到那个声音，激动起来。

有人敲响了我棺材的门。

我奋力爬起，像气球那样飘过去打开门，浮肿的眼睛看到了一头魁梧公牛的脸。那张脸叫出我的名字，我应了声。那头牛让我签名，我在一张像是"送达医院时已死通知单"的东西上签了字，然后看着送货员走回他的半履带式卡车，把一件裹得严严实实的眼熟东西拖下来，然后用推车沿着步道运了过来。

"上帝啊，"我说，"这是什么？是谁……？"

但那件东西撞到了门侧柱上，发出一阵和弦的声音。我坐倒在地，知道了答案。

"你想把它放在哪儿？"那头牛问着，一边环顾格劳乔·马克斯拥挤的头等舱[①]，"这儿如何？"

[①] 该场景出自美国著名喜剧演员格劳乔·马克斯主演电影《歌声俪影》(1935)。片中主人公住在一个十分狭小的房间里。

他把那东西贴着墙放下，轻蔑地环顾四周，打量我从善念机构买来的沙发、没铺地毯的地板和我的打字机，然后迈着牛步回到自己的卡车边，就这么让我的门大敞四开。

在街那边，我看到上百只亮蓝色、棕色和琥珀色的玻璃眼睛正看着我，而我拆开包装，看到了……

那台"微笑"。

"上帝啊！"我大喊出声，"是奏出过那首曲子的那台钢琴。"

那首《枫叶拉格》。

砰。车门重重关上。卡车咆哮着远去。

我瘫倒在早已坍塌的沙发上，难以置信地看着那台巨大而空无一人的象牙色"微笑"。

克拉姆利，我在脑海里说，我感觉这糟糕的发型后半边留得太高，两边又剪得太短。我的手指发麻。

怎么，小子？克拉姆利说。

我改变想法了，我心想，克拉姆利，将会消失的人既不是史兰克，也不是金丝雀老妇人。

天啊，克拉姆利说，是谁？

卡尔，那个理发师。

沉默。一声叹息。再然后……

咔嗒。嗡——

这就是我盯着这件从斯科特·乔普林的时代传下来的遗物，却没有跑去给我的警探朋友打电话的原因。

街对面的每一只玻璃眼睛都审视着我的发型，又看着我关上了门。

上帝啊，我心想，我连《筷子华尔兹》①都不会弹。

理发店开着，但空无一人。蚂蚁、蜜蜂、白蚁和它们的亲戚早在中午之前就来了。

我站在门口，看着被掏空的内部，就像是有人推着一台巨型吸尘器从前面进去，把里面的所有东西都吸了出去。

当然了，那架钢琴到了我那儿。我很想知道，是谁拿到了或者说谁会想要那些理发椅、发油、油膏，以及曾以色彩和香气粉饰那道镜面墙壁的洗涤剂。我很想知道，那些头发落到了谁的手里。

理发店中央有个男人，是房东。我似乎还记得他。那个五十来岁的男人拿着一把扫帚，不知为何扫着看不见头发、空空如也的地砖。他抬起头来，看到了我。

"卡尔不在。"他说。

"我看出来了。"我说。

"那混蛋欠着我四个月的房租就跑了。"

"生意很不顺利，是吧？"

"跟他剪出来的发型一样烂。就算以2美元的标准，那也是全州最差、可以拿奖的那种发型。"

我摸了摸自己的头顶和脖颈，点了点头。

"那个混蛋欠着我五个月的房租就跑了。我听隔壁杂货店的老板说，卡尔早上7点的时候还在这儿。善念机构8点来收走了理发椅。救世军慈善商店拿走了所有剩下的东西。天知道是谁拿走了那架钢琴。我还想找出来卖掉，贴补下房租呢。"房东

---

①写于19世纪，入门级钢琴曲。

看着我说。

我没有搭腔。他说的就是那架钢琴。不知出于什么理由,卡尔把它寄给了我。

"你觉得他会去哪儿呢?"我问。

"我听说他有亲戚在俄克拉何马州、堪萨斯州,还有密苏里州。有个刚住进来不久的人说,卡尔前两天说他准备一路开到陆地尽头,然后直接跳进大西洋里。"

"卡尔不会那么做的。"

"对,他更可能会躲在切罗基地带[①]的乡村,那样倒是谢天谢地。耶稣啊,他的理发手艺真是太糟了。"

我信步跨过洁白的瓷砖,穿过这片没有头发的地带,却不知道自己在找什么。

"你是谁?"房东半举起他的扫帚,摆出抬火炮般的架势。

"那个作家。"我说,"你认识我的。那个疯子。"

"见鬼,我没认出你。是卡尔给你剪的头发吗?"

他盯着我的发际线。我感觉血液顺着头皮涌了上来。"就在昨天。"我说。

"他真应该挨枪子儿。"

我走了过去,绕到一块薄木隔板后面。那儿是理发店的背面,藏着垃圾桶和洗手间。

我盯着垃圾桶,在那里看到了我要找的东西。

那是卡尔和斯科特·乔普林的合照,上面覆盖着一个月分量的碎头发——不算多。

我俯身捡起了那张相片。

[①]位于美国俄克拉何马州北部的一片90多公里宽的长条形地带。

五六秒钟后，我的全身变成了冰块。

因为斯科特·乔普林不见了。

卡尔还在那儿，永远年轻，面带微笑，纤细的手指在钢琴键上按动。

但那个站在他身后、露齿而笑的人——

不是乔普林。

那是另一个人，黑皮肤，更年轻，外表也更有魅力。

我凑近去看。

"斯科特"的脑袋原本所在的位置有干掉的胶水痕迹。

愿耶稣上帝怜悯卡尔，我心想。我们没人想过靠近打量这张相片。而且当然了，这张相片总是被玻璃罩罩着，挂在高墙上，并不容易够到或者取下。

很早之前的某一天，卡尔找到了一张斯科特·乔普林的相片，用剃刀切了下来，贴在这个人的身上，头压着头。那个签名一定也是他伪造的。这么多年来，我们都看着相片叹气，又笑着说："嘿，卡尔，真棒！你很特别，不是吗？看那儿！"

这么多年来，卡尔看着它的时候，心里一直清楚它是假货，而自己是个骗子，自己剪出的发型会让别人的头发看起来像是被堪萨斯的龙卷风吹干，又由一台失控发疯的小麦收割机来回梳理过。

我把相片翻转过来，又把手伸进垃圾桶深处，想要找出斯科特·乔普林被切下来的那块相片。

我知道自己是找不到的。

有人已经把它拿走了。

那个把相片撕下来的人肯定给卡尔打了电话，告诉了他这件事。有人知道你的事了！你暴露了！你被戳穿了！我记得卡尔的电话响过，而害怕的卡尔不肯接起来。

他的理发店又发生了什么？两天，不，三天前，有人无意中查看了那张相片，于是抓住了卡尔的痛脚。乔普林的脑袋不见了，卡尔也不见了。

他所能做的就是把理发椅卖给善念机构，把各种理发用品给救世军慈善商店，把钢琴给我。

我停止了搜寻。我把卡尔那张没有乔普林的相片折好，走出来看房东打扫着没有一根头发的地板。

"卡尔。"我说。

房东手里的扫帚停下了。

"卡尔没有——"我说，"我是说，卡尔不会，我的意思是，卡尔还活着吗？"

"那个人渣，"房东说，"他活生生地待在往东400英里开外的地方，还欠着我七个月的房租。"

谢天谢地，我心想，我用不着告诉克拉姆利这件事了——至少不是现在。离开不算谋杀，也不算被谋杀。

对吧？

去了东边？卡尔是个正在开车的死人吗？

我走出了门。

"孩子，"房东说，"你这一来一去，脸色不怎么好啊。"

总比有些人要好，我心想。

我现在该去哪儿？我问着自己，在我的起居室兼卧室被那架"微笑"钢琴塞满，而我会弹的只有那台安德伍德标准打字机的现在，我该去哪儿？

那天下午2点半的时候，加油站的电话响了起来。由于整夜无眠带来的疲惫，我早就躺回了床上。

我躺在那里，侧耳聆听。

电话铃声始终没有停下。

它响了2分钟，然后是3分钟。铃声响得越久，我的身体就越冷。我跳下床，挣扎着套上游泳裤，又艰难地穿过马路，就像走在暴风雪里那样全身发抖。

拿起听筒的时候，我能感觉到遥远的电话那头就是克拉姆利。他还没开口，我就猜到了他要说的话。

"那件事发生了，对吗？"我问。

"你怎么知道的？"克拉姆利的声音听起来也像是整晚没睡。

"你为什么会经过那儿？"我问他。

"一个小时前，我刮胡子的时候有了某种预感，耶稣啊，就像你常说的那样。我还在这儿，等着验尸官到来。你要过来说一句'我早跟你说过了'吗？"

"不了，但我会过去的。"

我挂了电话。

我回到公寓，并不存在之物仍旧挂在通往浴室的走廊门上。我将它从门上拽了下来，丢在地板上，然后踩了上去。似乎只有这么做才是对的，毕竟它半夜一声不吭就去拜访了金丝雀女士，又在即将拂晓时回来。

基督啊，我麻木地站在浴袍上，心想，现在所有笼子都空了！

克拉姆利站在尼罗河下游干涸河床的一侧。我站在另一侧。一辆警车和一辆运尸车等在楼下。

"你不会喜欢的。"克拉姆利说。

他顿了顿,准备等我点头再把床单拉开。我说:"你半夜的时候给我打电话了?"

克拉姆利摇摇头。

"她是多久以前死的?"

"我们认为是在大约11个小时前。"

我往回推算了一下——是早上4点,马路那边于夜里响起电话铃声的时候。不存在之物打电话过来,想要告诉我什么的时候。如果我跑去接了电话,就会有阵冷风从听筒吹出,告诉我这个消息。

我点点头。克拉姆利拉开床单。

售卖金丝雀的女士就在那儿,但又不在那儿。她的一部分消失在了黑暗里,剩下的部分触目惊心。

她的双眼盯着某种骇人的不存在之物——挂在我的走廊门上的那东西,还有我床尾上看不见的重量。那张曾轻声说着"上来""进来""欢迎"的嘴,如今吃惊地张大,像是在抗议。它想让那东西走开,出去,别留下!

克拉姆利仍旧抓着床单,看了我一眼。

"我猜我欠你一个道歉。"

"为什么?"

我没什么聊天的心情,因为她的目光穿过我们之间,盯着天花板上某个可怕的东西。

"因为你猜对了,也因为我之前的怀疑。"

"这不难猜。我哥哥死了,我祖父和我的姑妈们也死了,我的父母也是。所有死亡都是一样的,不是吗?"

"是啊。"克拉姆利任由床单落下,就像某个秋日落在尼罗河上的一场雪,"但这只是一场单纯的死亡,孩子。不是谋杀。

至于她的那种表情，你在任何一个心脏病发、觉得心快要跳出胸腔的人脸上都能看到。"

我本想大声争辩，但我咬到了舌头。我用眼角余光看到的某些东西让我转过身去，走向那些空鸟笼。我花了好几分钟才看清。

"耶稣，"我轻声说，"裕仁天皇、亚的斯亚贝巴，都不见了。"

我转身看着克拉姆利，指了指。

"有人拿走了这些笼子里的旧报纸标题。来到这儿的人不但吓死了她，还拿走了那些报纸。上帝啊，他还有收集纪念品的爱好。我敢打赌，他装了满满一口袋的电车票打孔碎片，还有斯科特·乔普林脱落的脑袋。"

"斯科特·乔普林的什么？"

克拉姆利不怎么乐意，但还是走过来，看了看笼子的底部。

"找到那些报纸，你就能找到他。"我说。

"真是'小菜一碟'。"克拉姆利叹道。

他带着我下了楼，从那些面对墙壁的镜子旁边经过。它们昨晚没有看到任何人上来，也没看到任何人离开。楼下的楼梯间里是那扇挂着招牌、积满灰尘的窗户。出于我自己也无法理解的原因，我伸出手，取下了用剥落的透明胶带固定在招牌框架上的那张纸。克拉姆利看着我。

"我能把它带走吗？"我问。

"每次你看到它，都会心痛一次。"克拉姆利说，"噢，见鬼。你拿着吧。"

我把它折了起来，塞进口袋里。

在楼上，鸟笼里没有鸟儿歌唱。验尸官走了进来，一身下午喝的啤酒气味，吹着口哨。

雨下了起来。整个威尼斯都在下雨，而克拉姆利的车载着我们远离她的家，远离我的家，远离总在错误的时间响起的电话，远离灰蒙蒙的大海、空荡荡的海岸，还有对溺水者的纪念。汽车的挡风玻璃就像一只巨大的眼睛，流下眼泪，自己擦干，然后再次流泪。雨刷器刷刷停停、刷刷停停，又吱吱作响地刷起来。我直视前方。

在那栋丛林小屋里，克拉姆利看着我的脸，猜测我更想要白兰地而不是啤酒，于是递给我那杯酒，又朝自己卧室里的电话点头示意。

"你有钱打电话去墨西哥城吗？"

我摇了摇头。

"现在你有了，"克拉姆利说，"去打电话吧。和你的女朋友聊聊，把门关起来好好聊聊。"

我紧握住他的手，喘起粗气，差点儿握断他的骨头。然后我拨通了墨西哥城的电话。

"佩格！"

"你哪位？"

"是我，是我！"

"天哪，远远听起来，你的声音好陌生。"

"确实很远。"

"谢天谢地，你还活着。"

"那肯定。"

"昨晚我有种很恐怖的感觉，睡不着觉。"

"什么时候？佩格，具体什么时候？"

"4点钟，怎么了？"

"耶稣啊。"

"到底怎么了？"

"没什么，我也没睡着。墨西哥城如何？"

"到处都是死亡。"

"上帝啊，我还以为只有这儿是这样呢。"

"什么？"

"没什么。主啊，能听到你的声音真好。"

"说点儿什么。"

我说了点儿什么。

"再说一遍！"

"你干吗大喊大叫的，佩格？"

"我不知道。噢，我知道了。你打算什么时候向我求婚，该死的！"

"佩格。"我惊慌失措地说。

"所以到底什么时候？"

"就凭我一周30美元，走运的时候40美元，有时候一整周都没收入，甚至几个月都颗粒无收？"

"我愿意发誓安于贫穷。"

"当然。"

"我会的。我十天以后回去，我们一起发誓。"

"十天，十年。"

"为什么总是女人开口让男人求婚？"

"因为我们是懦夫，比你们更害怕。"

"我会保护你的。"

"这话很动听。"我想起了昨夜的那扇门，门上挂着的那东西，还有我床尾的那东西,"但你最好快一点儿。"

"你还记得我的脸吗?"她突然问。

"什么?"

"你还记得,对吧?因为,上帝啊,就在一个小时前,发生了非常非常可怕的事。我不记得你的脸,也不记得你眼睛的颜色了,然后我发现自己蠢到没有随身带着你的相片。现在我全都不记得了。想到我居然会忘记这些,我就觉得害怕。你不会忘记我的,对吧?"

我没有告诉她,其实我昨天已经忘记了她眼睛的颜色,也因此震惊了足足一个钟头。那就像是某种死亡,但我没法确定究竟先死的是谁,是佩格还是我。

"我的声音能帮你鼓起勇气吗?"

"是的。"

"你会不会想起我?你能想起我的眼睛吗?"

"是的。"

"看在上帝的分儿上,等你挂断电话以后,就立刻去寄一张你的相片给我。我不想再害怕下去了……"

"我手里只有一张在照相亭花25美分拍的破相片……"

"就寄那张!"

"我真不应该自己跑来这里,留你在那边没人保护。"

"你说话的口气,就好像我是你的孩子。"

"不然呢?"

"我不知道。爱可以保护人,对吗,佩格?"

"那肯定。如果它保护不了你,我是永远不会原谅上帝的。我们再聊一会儿吧。只要我们一直聊下去,爱就会在,你就会平安无事。"

"我已经没事了。是你让我好起来的。我今天病了,佩格,但不严重。因为我吃的东西病的,但我现在没事了。"

"等我回家以后,就搬去跟你一起住,不管你怎么说。如果我们能结婚,那很好。你要做的就是靠我的收入生活,在此期间完成你的伟大美国史诗,还有见鬼,不许反驳。等到未来的某天,再由你来扶持我!"

"你这是在命令我吗?"

"当然了,因为我不想挂电话,我只想继续说上一整天。而且我知道这会让你花掉一大笔钱。再说点儿什么,说点儿我想听的。"

我又说了些话。

然后她挂了电话。电话那头传来嗡嗡响声,留给我一条长达两千英里的电话线,还有十亿个阴影中的低语声逗留在那儿,朝我靠近。在它们抵达我的耳边、溜进我的大脑之前,我挂断了电话。

我打开门走了出去,看到克拉姆利等在冰箱旁边,正伸手去拿食物。

"你好像很惊讶?"他大笑起来,"是不是只顾着唠叨,忘记了自己是在我家里?"

"是的。"我说。

我接过他从冰箱里拿出来的东西,流起了鼻涕。感冒让我浑身难受。

"去拿点儿纸巾,孩子,"克拉姆利说,"整盒都拿去。"

"你擦鼻子的时候,"他补充道,"把你剩下的名单给我。"

"是我们的名单。"我说。

他眯起眼睛,用颤抖的手摸了摸自己的光头,然后点点头。

"那些按照处决顺序,接下来会死去的人。"

他闭上眼睛,仿佛背负了重物。

"我们的名单。"他说。

我没有马上把卡尔的事告诉他。

"顺便,"克拉姆利又抿了一口啤酒,"把那个杀手的名字也写下来吧。"

"那家伙肯定认识加利福尼亚威尼斯的每个人。"我说。

"也许是我。"克拉姆利说。

"别那么说。"

"为什么?"

"因为,"我说,"这会吓到我。"

我列出了那份名单。

我列出了两份名单。

紧接着,我突然发现自己在列第三份。

第一份名单很短,写满了可能是杀手的人的名字,但我一个也不相信。

第二份名单是"选出你认为的受害者"。名单相当长,上面都是近期可能会消失的人。

在列名单的过程中,我发现自己把威尼斯的所有流浪者都写了上去。于是我赶在卡尔逃离我的脑海前写下了关于他的一页,写下了在那条街道上奔跑的史兰克,又花了一页写下那辆开往地狱的过山车上的所有人,还有一页写的是那条跨越冥河,撞上死亡之岛,然后(这点难以置信!)和谢普谢德先生一起沉入水底的夜间汽船影院!

我为鸟鸣女士做了最后一次布道,然后写了一页玻璃眼珠的事。我拿起这些纸页,放进我的"说话盒"里,也就是我放在打字机旁边那个记录灵感的盒子里。它每天早上都会告诉我,这些纸页想去哪里,又想做什么。我躺在那儿,在半梦半醒之间倾听,然后起床,用我的打字机帮助它们实现愿望,让它们去最需要去的地方,做些特别而狂野的事——我的故事就是这么写出来的。故事的主角有时候是一条需要自己掘墓的狗儿;有时候是一台只能回到过去的时间机器;有时候是个长着绿色翅膀,只能在夜间飞行,以免被人看到的人;有时候是我本人,在我墓碑般的床上思念佩格。

我将其中一份名单带回给克拉姆利。

"你怎么不用我的打字机?"克拉姆利问。

"你的打字机还不习惯我,只会碍事。我的打字机总是遥遥领先我,我得跑起来才能跟上它。你看看吧。"

克拉姆利读着那份可能牺牲者名单。

"基督啊,"他咕哝道,"威尼斯商会、狮子俱乐部、跳蚤马戏团和全美国码头游乐设施的老板,起码其中的一半人你都给写上去了。"

他折起名单,塞进口袋里。

"你怎么没把你以前住洛杉矶市区时的朋友写进去?"

一团冷雾在我的胸中翻腾。

我想到了那栋出租公寓、那些昏暗的走廊,还有好心的古铁雷斯夫人与可爱的范妮。

雾气再次翻腾。

"别这么说。"我说。

"另一张名单,关于凶手的那张呢?上面是不是也有商会的人?"

我摇了摇头。

"你害怕让我看到,是不是因为我的名字也在上面?"克拉姆利问。

我从口袋里掏出名单,看了一眼,然后撕碎了它。

"你的废纸篓在哪儿?"我问。

就在我说话的时候,雾气已经飘到了克拉姆利住处的对街。它踌躇起来,仿佛在寻找我。紧接着,就像要证实我偏执的怀疑那样,它悄然穿过街道,覆盖他的花园,熄灭了橘树和柠檬树上的圣诞树灯,又淹没了花儿,让它们缄口不语。

"它怎么敢来这儿?"我问。

"谁都敢。"克拉姆利答道。

"喂?是疯子吗?"

"是的,古铁雷斯夫人!"

"我打的是你办公室的电话吗?"

"是的,古铁雷斯夫人。"

"范妮在门廊上朝外头大喊呢!"

"我听到了,古铁雷斯夫人……"

在远处的内陆地带——那里阳光满溢,没有雾气和雨水,也没有海浪会带来陌生的访客——有一栋公寓楼,范妮的女高音就在那里响起,仿佛塞壬的歌声。

"告诉他,"我听到她唱道,"我有一张莫扎特的《魔笛》的新唱片!"

"她说——"

"她的嗓音很洪亮，古铁雷斯夫人。告诉她，幸好那首曲子很欢快。"

"她想让你来看她，她想念你，希望你能原谅她。她是这么说的。"

原谅什么？我努力回忆。

"她说——"

范妮的声音在温暖清新的空气里回荡。

"告诉他，来的时候别带任何人！"

这句话让我喘不过气来。陈年冰激凌的幽灵在我的血液中浮现。我几时做过这种事？我思索起来。她觉得我会带怎样的不速之客一起过去？

然后我想起来了。

深夜挂在门上的浴袍——别碰它。出售金丝雀——别拿走空鸟笼。狮子笼——别载着狮笼穿过街道。朗·钱尼——别把他从银幕上剥下来，藏进口袋里。别那么干。

上帝啊，范妮，我心想，雾气是否正朝着内陆，朝你那边涌去？雾气会抵达你的公寓吗？雨水会触碰你的房门吗？

我对着电话大喊起来，身在楼下的范妮恐怕都能听到。

"告诉她，古铁雷斯夫人，就说我会一个人过去，一个人。但告诉她，我只是有可能过去。我没有钱，连买电车票的钱都没有。也许我会明天过去……"

"范妮说，如果你来的话，她就给你钱。"

"那太好了，但此时此刻，我的口袋里空空荡荡。"

就在这时，我看到邮差穿过街道，往我的信箱里投了一封信。

"别挂电话。"我大喊一声，跑了出去。

那封信是从纽约寄来的，里面有一张30美元的支票，是我不久前卖给《离奇故事》的一个故事的稿费。故事的主角害怕一股从喜马拉雅跟着他走遍世界的风，如今那股风在午夜摇晃他的房子，渴求他的灵魂。

我跑回电话亭，大喊道："如果我来得及赶去银行，今晚我就会过去！"

范妮听完了转述，唱出了《拉克美》①里的那首《银铃之歌》的前三个音符，然后她的转述者挂了电话。

我朝银行飞奔而去。

墓地的雾气，我想着，别在我登上去见范妮的电车之前先上车。

如果码头是巨大的泰坦尼克号，即将在今天夜里撞上冰山，而船上的人们正忙着重新布置甲板上的座椅，有人唱着《上帝离你更近》②，同时猛击TNT雷管上的撞针杆……

坦普尔街与菲格罗亚街口的那栋廉价公寓仍旧飘浮在本区的中央。这里有窗帘，有行人，还有大多数窗户外都会挂着的内衣。后门廊里的那些洗衣机拼死搅动，走廊里弥漫着炸玉米卷和熟制咸牛肉的味道。

这一切构成了一座小小的埃利斯岛，上面飘着来自十六个国家的人。在周六的夜晚，顶楼会举行玉米卷饼节，走廊里会有人跳康茄舞，但在每周的大部分时间里，这里都门户紧闭。人们会早早上床睡觉，因为他们都有工作，或是在市区的服装店，或是在折扣商店，或是在山谷里苟延残喘的军工企业，又

---

① 指1883年在巴黎首演的歌剧。
② 19世纪的一首基督教赞美诗。据说泰坦尼克号上的乐队在沉没前演奏了这首乐曲。

或是在奥尔弗拉街贩卖便宜珠宝。

这栋公寓无人管理。女房东奥布莱恩夫人尽可能减少了来这里的次数。她害怕钱包被人偷走，也害怕失去她守了七十二年的贞操。如果说有什么人在管理公寓的话，那就是范妮·弗洛里娜了，她在二楼的歌剧式露台上，用甜美的唱腔发号施令，就连街对面台球房的男孩子们也不再像鸽子和公鸡那样自鸣得意，而是拿着球杆跑来这边，朝楼上挥手大喊："加油！[①]"

一楼住着三个中国人，还有那些住了很久的奇卡诺人[②]；二楼住了个日本绅士，还有六个来自墨西哥城的年轻人——他们共用一套奶油白的西服，每周每人都能穿一个晚上。这儿还有几个葡萄牙人、一个来自海地的守夜人、两个来自菲律宾的推销员，以及更多的奇卡诺人。古铁雷斯夫人和公寓里唯一的一部电话在三楼。

范妮和她的380磅占据了二楼的大半部分，外加一对来自西班牙的女佣姐妹、一个埃及来的珠宝销售员，还有来自蒙特利的两名女士。据说后者会以不算高昂的价格贩卖自己的肉体，对象则是那些在周五深夜不经意来到楼上、迷失方向又满怀渴望的台球玩家。就像范妮说的，每只耗子都有属于自己的窝。

我喜欢在黄昏时站在公寓外，喜欢聆听每一扇窗里传来的电台节目声，喜欢闻着每家每户的饭菜香，听着人们的笑声。

我喜欢走进公寓楼，和每个人见面。

有些人的人生可以轻易总结，无非是一扇重重关上的门，又或者某人在深夜的街头咳嗽不止。

[①] 原文为西班牙语。
[②] Chicano，指墨西哥裔美国人。

你透过窗户往外看，街上空无一人。咳嗽的那个人已经不见了。

有些人活到了三十五岁或者四十岁，但因为从来没人注意他们，他们的人生便短暂如烛火，又渺小到近乎隐形。

这栋公寓及其周边就有许多这种隐形人，又或者半隐半现的人。他们生活在这儿，却并没有真正的生活。

这儿住着萨姆、吉米、彼得罗·马西内罗，还有个非常特别的盲人亨利。后者会带着黑人的骄傲，漫步在与他同样漆黑的走廊里。

他们所有人——或者是其中的大多数人——都会在几天之内消失，而且每个人消失的方式都有所不同。由于他们的消失既富有规律又形式多样，因此没人在意。就连我都几乎忽略了他们最后一次道别的意义。

萨姆。

萨姆是个来自墨西哥的偷渡劳工。他在这里洗盘子、乞讨、买廉价酒，不声不响地躺上几天，然后像在夜晚游荡的死人那样爬起来，洗更多的盘子、讨更多的钱，再沉溺于廉价葡萄酒里，始终背着个棕色的旅行袋。他的西班牙语很差劲，英语更差劲，因为他说出的字眼总是经过劣酒的过滤。没人知道他在说什么，也没人在乎。他睡在地下室里，那里很安全。

萨姆的事就说到这儿吧。

吉米也是个说起话来没人听得懂的人，但原因不是酒精，而是有人偷走了他的牙齿。他那副由城市卫生部门免费提供的假牙在某天晚上消失了。他当时太过粗心，住进了主街的一家廉价旅馆。在那儿，他放在枕边水杯里的牙齿被人偷走了。等他醒来的时候，那副露出白牙的笑容永远消失了。吉米目瞪口呆，但在杜松子酒的酒劲作用下，他快活地回到公寓，指着自己粉红色的牙床，大笑起来。他失去了假牙，再加上他的捷克口音，于是和萨姆一样，没人能听懂他的话了。他每天凌晨3点在空无一物的公寓浴缸里睡去，每天在附近打一些零工，经常为一些小事放声大笑。

吉米的事就说到这儿。

彼得罗·马西内罗开了一家单人马戏团。就像其余单人马戏团那样，到了12月，他就会在得到允许后，将那群狗儿、猫儿、鹅和长尾小鹦鹉从屋顶上（那是它们夏天的住所）搬到地下的杂物堆放室，在嘈杂的汪汪声、咯咯声中，在骚动和沉睡中度过年关。你可以看到他在洛杉矶的街道上奔跑，那群崇拜他的畜生就在他身旁——狗儿欢蹦乱跳，两只鸟儿各站在他两边肩膀上，还有只鸭子追在后面。他总是随身带着一台便携式留声机，会把它放在街角，播放《维也纳森林的故事》，然后只要有人打赏任何东西，他就会让狗儿跳舞。他个子矮小，帽子上缝着铃铛，天真而疯狂的大眼睛周围涂着黑色的睫毛膏，袖口和领子上也缝着铃铛。他从来不跟人说话，只是专心歌唱。

他那间地下杂物堆放室外挂着一块牌子，上面写着"食槽"。那里充满了爱——受到良好对待、抚摸和宠爱的动物对它们了不起的主人的爱。

彼得罗·马西内罗的事就说到这里吧。

亨利——那位盲目的有色人种——更加特别一些。说他特别，是因为他不仅说起话来清晰无误，而且不靠拐杖就能行走于我们的人生之中，并在其他人悄无声息地消失在夜晚里时依旧幸存。

我走进那栋廉价公寓的入口时,他就在那里等着我。

他在黑暗里等着我,背靠墙壁,黝黑的脸藏在阴影里。

让我震惊的是他那双眼睛,盲目却带着白边的眼睛。

我惊跳起来,倒吸一口凉气。

"亨利。是你吗?"

"我吓到你了,是吗?"亨利笑了笑,接着想起了自己出现在这儿的原因,"我在等你。"他说着,压低了声音,环视周围,仿佛他真的能看到那些影子。

"有什么不对劲吗,亨利?"

"有。不,没有。我也不清楚。有些事正在改变。老地方变得不一样了。人们都很紧张,就连我也是。"

我看到他的右手在黑暗中摸索,然后拿起一根薄荷糖花纹的手杖。我从没见过他拿手杖的样子。我低头看着手杖末端,圆形的杖头是一块沉甸甸的铅。它并非盲人的手杖,而是一件武器。

"亨利。"我轻声说。

我们就这么站了一会儿,而我仔细打量他,看到了一直都在那里的东西。

瞎子亨利。

他会把每件事都记在心里。他能骄傲地回忆起走完这个街区、下一个和再下一个街区需要多少步,以及走到这个或者那个十字路口需要多少步。凭借肉铺、鞋油、杂货店或是台球房的烟雾和气味,他可以用帝王般的确信说出自己大步走过的街道名称。就算是这些店铺都关门歇业的时候,他也能"看到"犹太泡菜或是盒装烟草的气味,或是落入袋中的台球散发的非洲象牙的芬芳,又或是加油站里某些车辆的油箱满溢时那种仿佛春药的气味。亨利就这么走在路上，直视前方，不戴墨镜，不拿拐杖，嘴里数着拍子，转身走进阿尔的啤酒屋。然后，他会以平稳而坚定的步子走过坐满了人的桌边，前往空无一人的钢琴凳，坐在那儿，伸手去拿阿尔在他到来后自行送上的啤酒，弹奏刚刚好三首曲子，包括《枫叶拉格》在内——可悲的是，水平比理发师卡尔更胜一筹。喝完那杯啤酒后，他会步入他用步伐和计数牢牢掌控的夜晚，返回自己的住所，向他看不到的人声来源问好，叫出名字，为自己深藏不露的天赋而骄傲，用鼻子指引方向。每天 10 英里的步行令他的腿部肌肉结实而发达。

如果你试图扶他过街——我就犯过一次类似的错误——他会抽开手肘，瞪向你的目光充满愤怒，甚至让你的脸如同火烧。

"别碰，"他低声说，"别捣乱。你打扰到我了。我在哪儿？"他朝自己黑色的脑袋丢了几颗算盘珠子。他数着自己头上的排辫。"是啊。好了。这边 35 步，那边 37 步。"说完，他便独自离开，把你留在路边，而他继续前行，朝这边用 35 步跨越坦普尔街，再用 37 步跨越菲格罗亚街。有一柄看不见的手杖为他敲打着节奏。他在行军，上帝作证，他真的是在行军。

这就是没有姓氏的亨利，听到风声就能知道人行道上的裂缝、闻到夜间公寓里的灰尘的瞎子亨利。他会最先提醒我们说，楼梯上有东西等着我们，有太多人在午夜流连于屋顶，或是走廊里有异样的汗味。

他现在就在这儿，背靠着公寓入口墙上开裂的灰泥，而公寓外和走廊里夜色已深。他眼睛紧闭着、颤抖着，鼻孔张大，膝盖似乎微微弯曲，仿佛他被人打中了脑袋。他的手杖在黑色的手指间颤抖。他在聆听，非常用心地聆听，让我不由得转过身，看着长而空洞的走廊，一直到公寓的尽头。那里的后门大敞四开,深沉的夜晚等待在门外。

"有什么不对劲吗,亨利?"我又问了一次。

"你能保证不告诉弗洛里娜吗?范妮会发火的,你说起话来总是添油加醋。能保证吗?"

"我不会让她生气的,亨利。"

"你这几天去了哪儿?"

"我有我自己的麻烦,亨利,而且我破产了。我是可以搭便车过来,可是,怎么说呢。"

"短短48小时里发生了很多事。彼得罗,他和他的狗儿、鸟儿和鹅,还有猫,你知道吧?"

"彼得罗怎么了?"

"有人告发他,报了警。他们说他是个祸害。警察来了,要带走他所有的宠物,再带走他。他们允许他把一部分送给别人。他的猫儿就在楼上,在我的房间里。古铁雷斯夫人有了条新狗儿。他们带走彼得罗的时候,他一直在哭。我从没听过男人哭得那么大声。太可怕了。"

"亨利,是谁告发了他?"我感到心烦意乱。在过去的半辈子里,我见过狗儿对彼得罗崇拜的模样,见过猫儿和鹅亲昵地跟在他身后,见过他缀满铃铛的帽子上停着金丝雀,见过他在街角翩翩起舞。

"谁告发了他?"

"问题在于,没人知道。条子就这么跑过来,然后说:'是这儿!'然后所有宠物都没了。彼得罗作为'祸害'还进了监狱,也可能他在门口那儿闹出了乱子,打了什么人,袭击了条子。没人知道,但肯定有人知道。还不止这些——"

"还有什么?"我说着,背靠墙壁。

"萨姆。"

"他怎么了？"

"他在医院，因为酗酒。有人给了他两夸脱[1]烈酒，那该死的傻子全喝完了。他们怎么说的来着？急性酒精中毒？如果他明天还活着，那就是天意。没有人知道是谁给他的酒。还有吉米，他的情况是最糟糕的！"

"上帝啊，"我小声说，"我们坐下说吧。"我坐在通往二楼的台阶边缘，"无事发生，又或狗儿因何而死。"

"啊？"

"那是我小时候听过的一张78转速的唱片。'无事发生，又或狗儿因何而死[2]'。狗儿吃了烧毁的谷仓里烧焦的马肉片。谷仓是怎么烧毁的？屋子那边飞来的火花烧毁了谷仓。屋子飞来的火花来自何处？来自屋子里棺材周围的蜡烛。棺材周围怎么会有蜡烛？有人的叔叔去世了。就这么不断循环。每次的结尾都是谷仓里的狗儿吃了烧焦的马肉片，然后奄奄一息。或者应该说'无事发生，又或狗儿因何而死'。你的故事让我心烦意乱，亨利。抱歉。"

"抱歉是对的。说回吉米。你应该知道，他每晚睡的楼层经常不一样，而且每周一次他会脱掉衣服，在三楼的浴缸里——或者一楼的盥洗室里——洗个澡，对吧？没错！好吧，就在昨晚，他喝醉以后躺进了装满水的浴缸，然后翻了个身，淹死了。"

"淹死了！"

"淹死了。真够蠢的，但也不能把这件事刻在墓碑上，毕竟他不会有墓碑。他会埋在贫民墓地里。他们是在满浴缸的脏水

---

[1] 1夸脱约等于1.14升。
[2] 发行于1908年的一张喜剧独白（类似单口相声）唱片。

里找到他的。他翻了个身,醉得直接睡进了坟墓。而且他这周才弄到一副新假牙。他们在浴缸里发现他的时候,那副假牙还不见了。你能想到吗!就这么淹死了。"

"噢!我的基督啊。"我说着,同时忍住了笑声和呜咽。

"是的,念出基督的名字吧,上帝会保佑所有人,"亨利的嗓音在颤抖,"现在你明白我不想让你告诉范妮什么了吧?我们会让她知道的,一次只提一件事,分在几周里。彼得罗·马西内罗进了监狱,永远失去了他的狗儿,猫儿被赶走,那些鹅下了锅。萨姆进了医院。吉米淹死了。"

"至于我?瞧瞧我攥在手心里的这条手帕,都被我的泪水打得湿透了。我感觉不太好。"

"现在没人会感觉太好。"

"好了,"亨利伸出手,精准地朝着我的声音伸过来,又轻轻抓住我的肩膀,"上楼去吧,开心点。去找范妮。"

我敲响了范妮的门。"谢天谢地。"我听到了范妮的喊声。

仿佛有一艘汽船朝上游驶来,甩开房门,然后沿着油毡地板,飘摇起伏地回到下游。

一屁股坐进椅子里以后,她看着我的脸,然后问:"出什么事了?"

"出事?噢。"我转过头,朝手里的门把手眨眨眼,"你从来都不锁门的吗?"

"为什么要锁?有人想来突袭巴士底狱吗?"但她没有笑。她很警惕。就像亨利那样,她的鼻子很灵。我的汗流个不停。

我关上门,沉进椅子里。

"谁死了?"范妮问。

"你在说什么?什么谁死了?"我结巴起来。

"你看上去就像刚参加完一场中国式葬礼,然后又饿了。"她挤出一个微笑,眨了眨眼睛。

"噢,"我飞快地思考起来,"亨利刚才在走廊里吓了我一跳,就是这样。你了解亨利的。如果你晚上穿过走廊,根本就看不到他。"

"你撒谎的水平真烂,"范妮说,"你去哪儿了?我等你过来,一直等到筋疲力尽。你试过等到疲惫不堪吗?我在等你,亲爱的年轻人,为你担心。你是不是很伤心?"

"非常伤心,范妮。"

"好了,我明白,是狮子笼里那个可怕的老人,是吧?他怎么敢让你难过?"

"这不是他能控制的事,范妮,"我叹了口气,"我想他宁愿坐在太平洋电力铁路售票处,数着背心口袋里那些车票打孔碎片。"

"好啦,范妮会让你开心起来的。能把唱针放到那张唱片上吗,亲爱的?对,就是那样。莫扎特的舞曲和歌剧。我们真该邀请彼得罗·马西内罗上楼来的,过几天就找他来。《魔笛》对他是小菜一碟,他还可以带上那些宠物。"

"好的,范妮。"我说。

我把唱针放在唱片上,后者嘶嘶作响,像是在应和我的承诺。

"可怜的孩子,"范妮说,"你看起来那么悲伤。"

门上传来微弱的刮擦声。

"那是亨利,"范妮说,"他从来都不敲门。"

我走到门旁,但还没等我打开门,亨利的声音就从门后传来:"只有我。"

我开了门,亨利吸了吸鼻子:"白箭口香糖。我认识你的时候就是这个味道。你真的嚼过别的东西吗?"

"连烟都没有嚼过。"

"你的出租车到了。"亨利说。

"我的什么?"

"你从什么时候开始叫得起出租车了?"范妮的脸颊泛红,目光明亮。我们和莫扎特度过了两个小时的美好时光,这位大个子女士周围的空气都仿佛在发光,"所以呢?"

"是啊,我从什么时候开始叫得起——"我欲言又止,因为我看到门外的亨利对我摇了摇头,这表示"不"。他将手指举在唇边,以示提醒。

"那是你朋友,"他说,"出租车司机认识你,他住在威尼斯。好吧?"

"好的,"我说着,皱起眉头,"你说是就是吧。"

"噢,还有这个。这是给范妮的。彼得罗说他不要了。他楼下的住处挤得满满的,放不下这家伙了。"

他递过来一只打着呼噜、又圆又胖的花斑猫。

我接过那件甜蜜的负担,交给范妮。范妮抱住那只小动物的时候,也开始呼噜噜地叫起来。

"噢天哪!"她惊叫道,莫扎特和花斑猫带给了她快乐,"多么梦幻的猫儿,太梦幻了!"

亨利朝她点点头,再朝我点点头,然后转身下楼了。

我给了范妮一个大大的拥抱。

"听啊,听它的马达声。"她大声说着,高高抱起那只枕头似的猫儿,亲吻了它。

"记得锁门,范妮。"我说。

"什么?"她问,"你说什么?"

我下楼的时候,发现亨利仍然等在暗处,半隐的身子倚着墙壁。

"亨利,看在上帝的分儿上,你在做什么?"

"我在听。"他说。

"听什么?"

"这座房子,这个地方。嘘。当心。别出声。"

他抬高手杖,杖头像天线那样沿着走廊指过去。

"在那儿。你听到了吗?"

远处有风声。远处的黑暗里刮起了一阵微风。房梁停止了晃动。有人在呼吸。有扇门嘎吱作响。

"我什么也没听到。"

"那是因为你在用力听。别太用力,顺其自然。只要听就好,就现在。"

我听着那声音,不禁脊背发凉。

"这栋房子里有人,"亨利低声说,"不属于这儿的人。我有这种感觉。我不是傻子。有人在楼上,在四处转悠,不安好心。"

"这不可能,亨利。"

"可能的,"他低声说,"我用盲人的身份向你保证。这儿有陌生人。这是亨利说的。要是不听我的话,你就会摔下楼去,或者——"

或者淹死在浴缸里,我心想。但我说出口的却是:"你打算在这儿待上一整晚？"

"总得有人站岗。"

让盲人站岗？我心想。

他读懂了我的心思，点点头。"当然是我，老亨利。现在你走吧。公寓前面停着一辆很高大、味道又好闻的杜森博格汽车，不是出租车。我刚才撒谎了。谁会这么晚来接你？你认识开豪车的人吗？"

"不认识。"

"赶紧出去吧，我会替我们大家关照范妮的。但现在谁来关照吉米呢？就连萨姆——"

我迈开步子，从一片黑夜走入另一片。

"噢，还有最后一件事。"

我停了下来。亨利说：

"你今晚带来的那个没有说出口的坏消息是什么？没告诉我，也没告诉范妮的那个。"

我倒吸一口凉气。

"你怎么知道？"

我想象着那位老妇人裹着床单，无声无息地沉入河床，消失在我的视野里。我想象着正在弹奏《枫叶拉格》的卡尔，钢琴盖砰的一声砸在他的手上。

"尽管你嚼了白箭口香糖，"亨利给出了充分的理由，"你今晚的口气还是很臭，年轻的先生。这代表你最近消化不良。这代表对那位在内陆居无定所的作家来说，今天不是个好日子。"

"对所有人来说，今天都不是什么好日子，亨利。"

"我还能喘粗气呢。"亨利挺直背脊，朝转为昏暗的走廊晃了晃手杖。那里的灯泡逐渐烧坏，心灵也愈加黯淡。"看门狗亨利。好了，你快走吧！"

我走出门，朝一辆闻起来像、看起来也像的1928年产杜森博格汽车走去。

那是康斯坦丝·拉蒂根的豪车。它又长又鲜艳又漂亮，就像第五大道的店铺橱窗不知怎么出现在了洛杉矶的贫民区。

这辆豪华轿车的后车门开着。司机坐在前排座位上，帽檐压得很低，就这么直视前方。他没有看我。我试着引起他的注意，但那辆豪车在等待，发动机在嗡嗡作响，而我在浪费时间。

我一辈子都没坐过这样的车。

这也许是我这辈子唯一的机会。

我跳上了车。

我的屁股刚碰到后座，那辆豪车就以蟒蛇滑行的方式离开了路肩。后门重重关上，来到这片街区的尽头时，车速已经达到了60。飞快爬上坦普尔山的时候，我们的时速足有75左右。我们一路绿灯来到佛蒙特街，从那里转入威尔希尔街，一路开到韦斯特伍德路。我不知道为什么要走这条路线，也许是因为风景好吧。

我坐在后座上，就像罗伯特·阿姆斯特朗坐在金刚的大腿上，自顾自地大叫着、自语着。我知道自己要去哪儿，却不禁怀疑自己没有这种资格。

紧接着，我想起自己从前拜访范妮的那些夜晚。那时，我就在她的门口遇到过这种香奈儿、皮革和巴黎夜晚的气息。康斯坦丝·拉蒂根几分钟前才离开。我们离撞见就只有一两根貂皮大衣上的毛，外加一口柑曼怡酒的距离。

我们准备在韦斯特伍德转弯的时候，路过了一座紧靠停车场的墓地。如果你粗心大意，也许会直接开进停车场里。又或者某天你在找停车位的时候，会不小心把车停在墓碑之间，真是太让人困惑了。

我还没来得及细想，墓地和停车场就都被抛在了身后。我们继续朝海边驶去。

在威尼斯的温沃德大道，我们沿着海岸驶向南方。我们就像一场小雨那样从旁经过，安静又迅速，离我的小公寓不远。我看见打字机挨着的窗户被微弱的光线照亮。我会不会还在房间里，梦着这一切？我心想。然后我们把我荒废的办公室电话亭抛到身后，连同远在两千英里外、远在寂静电话线那头的佩格一起。佩格，我心想，要是你现在能见到我该多好！

刚好午夜时分，我们在巨大的骨白色摩尔式城堡后面转了个弯。那辆豪华轿车停了下来，就像一道海浪沉入沙滩那样轻松，然后车门砰地关上。那位在漫长的车程里寂静无声的司机依然保持沉默，就这么走进城堡的后门，再也没有出现。

我等了整整一分钟，看看是否有事发生。见毫无动静，我从车后门溜了出来，像个商店窃贼，毫无原因地感到内疚，不知是否该逃跑。

我看到那栋屋子的楼上有一道黑色的身影。那位司机在威尼斯沙滩上的摩尔式城堡里转来转去，灯光也接连亮起。

我还是安静地等了下去。我看了眼手表。就在分针宣布最后一分钟的最后一秒也已过去的同时，前门廊的灯亮了起来。

我朝打开的正门走了过去，走进了一座空荡荡的房子。在一条走廊里，我看到稍远处的厨房里有个矮小的身影正在来回忙碌，准备着饮料。那是个穿着女仆制服的小女孩。她朝我挥挥手，然后跑开了。

我走进一间起居室，这里放着多到可以举办展览的各种尺寸的枕头，从波美拉尼亚狗风格到丹麦大狗风格，形形色色。我坐在最大的那只枕头上，整个身体仿佛都沉了进去，而我内心的灵魂也在不断下沉。

那个小女仆跑了进来，放下了装着两杯饮料的托盘，没等我看清她的长相（房间里只有烛光照明）就跑了出去。她回头喊了一句"喝吧！"，我不确定是否带着法国口音。

那是一杯清凉的白葡萄酒，品质上佳，也正是我所需要的。我的感冒加重了。我打喷嚏，吸鼻子，然后又打喷嚏，反复不断。

在2078年，他们挖开了加利福尼亚海岸线上的一座古墓（至少他们觉得那是一座古墓）。传闻说女王和国王曾经统治过这里，然后随着这片平坦沙滩旁边的海潮一起离开。据说其中一些君王与他们的战车一同下葬，还有些君王的陪葬品是他们傲慢与辉煌的纪念品，而有些留下的只有装在奇怪圆筒里的自身影像。如果将这些圆筒放到光线下，再用梭子转动，它们就会口吐人言，将黑白相间的影子戏剧投射在空白的挂式屏幕上。

他们找到并挖开的一座坟墓属于一位女王，而在那座墓穴里没有一粒尘埃，也没有家具，只有放在地板中央和周围的枕头，一排又一排，几乎堆到天花板，以及层层叠叠，甚至碰到了天花板的带标签的圆筒，里面是那位女王生活的记录，所有这些生活都并非真实，却又显得那么真实。那些生活是封装和囚禁的梦境；那些圆筒是容器，有灯神在其中不断尖叫，还有公主为了逃避杀机四伏的现实而躲藏在内，直到永远。

那座墓穴的地址是加利福尼亚，威尼斯，海滨高速公路27

号,来自某个掩埋于沙子和海水下的失落年代。那位女王——装有她影片的圆筒从地板堆到天花板——名叫拉蒂根。

而我现在就在这儿,等待着,思索着。

我期待她和金丝雀女士不一样。我期待她不是一具眼睛蒙了尘灰的木乃伊。

我停止了期待。

第二位埃及女王抵达了此处。没有什么盛大的入场仪式,她也没穿银丝晚礼服,甚至没身着漂亮的裙子或者披肩,又或者定制休闲裤。

在她开口之前,我就感觉到她站在房间另一边的门里了,可她到底是谁?一个5英尺高的女人,穿着黑色泳装,全身晒成黑色,脸蛋是肉豆蔻和肉桂那样的深色。她的头发剪得很短,金色里带着些灰褐,而且乱糟糟的,就好像她用梳子梳了几下,然后就放弃了。她的身体优雅、紧实而敏捷,她双腿的肌腱也没被切断。她赤着脚,飞快地跑了过来,站定身子,用闪亮的双眼打量着我。

"你擅长游泳吗?"

"还可以。"

"你能在我的池子里游几圈呢?"她朝法式大门外那座碧绿的"湖泊"点点头。

"20圈。"

"我能游45圈。我认识的男人得能游上40圈,才可以上我的床。"

"看来我考砸了。"我说。

"康斯坦丝·拉蒂根。"她抓着我的手,用力晃了晃。

"我认得。"我说。

她站直身子,将我上下打量了一番。

"所以你就是那个嚼白箭口香糖、喜欢《托斯卡》的家伙。"她说。

"你跟盲人亨利和弗洛里娜都聊过了?"

"是的!在这儿等着。如果我今晚不洗澡,我就睡在你身上了。"

没等我开口,她就走出那道法式大门,绕过游泳池,走向大海。她消失在第一道海浪里,游出了我的视野之外。

我觉得她回来的时候不会想喝酒。我溜达到厨房,这儿是荷兰式的,充斥着奶油白和天空蓝。我还找到了一只装满的渗滤壶,闻到了代表新一天开始的煮咖啡的味道。我查看了下自己的廉价手表:将近凌晨1点。我倒了两杯咖啡,然后端到阳台上等她,从那儿可以俯瞰蓝绿色的游泳池。

"很好!"她大喊一声,跑了过来,像狗儿那样在瓷砖上甩动身体。

她抓过那杯咖啡,也不怕烫地喝了起来。她一边喘息一边说:"我的新一天就这么开始了。"

"你几点钟睡觉?"

"有时候是日出,就像吸血鬼。中午不适合我。"

"那你是怎么晒成这样的?"

"地下室里有太阳灯。你盯着我干吗?"

"因为,"我说,"你和我想象的样子大不相同。我想象的是那部新上映的电影里的诺尔玛·德斯蒙德[①]。你看过了没?"

"见鬼,我过的就是这种日子。半部电影在讲我,剩下的

[①] 指1950年上映的美国黑色电影《日落大道》。

全是废话。那个愚蠢的诺尔玛想要新事业,而我在大部分日子里只想藏起来不出门。我受够了那种'他的手放在我的膝盖上'的制片人、活像床垫弹簧的导演、胆小的作家、懦弱的剧本作者。无意冒犯。你是个作家?"

"我太他妈是了。"

"你很有精神,小子。离电影远点儿,它们会毁了你。我说到哪儿了?噢,对,我在好些年前就把大部分花哨的裙子送去好莱坞义卖会了。我每年会参加大概一次首映式,乔装成另一个人。每八个礼拜,如果遇见某个老朋友,我就会在萨迪或者德比餐厅吃午饭,然后重新躲起来。我每个月会去看一次范妮,通常也是在这个时间左右。她和你差不多,是个真正的夜猫子。"

她喝完了咖啡,用一块柔软的大号黄色毛巾——很配她的深褐色皮肤——擦拭身子。她将毛巾搭在肩上,又盯着我看了一会儿。我也有了时间去打量这位既是又不是康斯坦丝·拉蒂根——我儿时印象里的伟大女皇——的女子。在屏幕上,她是个20英尺高、举止优雅、心肠歹毒、令男人魂牵梦萦的女子,黑色头发、苗条而迷人。在这儿,只有一只遭受暴晒的沙漠老鼠,敏捷、灵活、不见老态。当我们站在她的地中海风游泳池边的这座古堡前面,感受着夜风的吹拂时,我也闻到了她混合了肉桂、肉豆蔻与蜂蜜的体香。我看着那栋豪宅,然后心想,没有收音机,没有电视,没有报纸,而她读起心来确实很快。

"没错!只有客厅里的放映机和影片。时间只适合朝一个方向流动——往回。我能掌控过去。我根本不知道该拿现在怎么办,未来更是见鬼去吧。我不想去那儿,不希望去那儿,而且如果你强迫我去,我会恨你。这就是完美的人生。"

我看着她的宅子灯火通明的窗户,那些窗户后面的房间,再然后是停在这座古堡一侧的那辆无人的豪车。

这让她紧张起来,突然跑得没了影子,然后拿着白葡萄酒回来了。她倒了杯酒,咕哝起来:"见鬼。喝这个。我会——"

突然之间,就在她递给我那杯葡萄酒的时候,我大笑起来。我大笑,见鬼,那根本是爆笑,是狂笑。

"这算笑话吗?"她说着,几乎把那杯酒收了回去,"哪里好笑了?"

"你,"我大笑着说,"还有那个司机,还有女仆。女仆、司机!还有你!"

我指着厨房,指着外面的豪车,又指回她。

她知道自己暴露了,于是和我一起大笑起来,笑得前仰后合,还发出欢快的叫声。

"耶稣基督啊,小子,你发现了!可我还以为我很厉害。"

"你是很厉害!"我喊道,"你简直棒透了。但你把酒递给我的时候,我认出了你手腕的动作。我见过司机双手握着方向盘,也见过女仆端着托盘的手。康斯坦丝,我是说,拉蒂根小姐……"

"康斯坦丝。"

"你这出化装剧完全可以演上好几天,"我说,"你的双手和手腕的细节根本微不足道。"

她跑出房间,又蹦蹦跳跳地回来,就像哈巴狗那么活泼,戴着司机的帽子,脱下,又戴上女仆的帽子,脸颊粉红,双眼闪闪发亮。

"你想掐司机的屁股?还是女仆的?"

"你们三个的屁股都棒极了!"

她又给我倒了杯酒，把两顶帽子丢开，然后说："这是我唯一的乐趣了。好些年没工作，于是我开始给自己创造工作。晚上开车在镇子里转悠，隐姓埋名。晚上作为女仆去商店，同上。我还会负责操作客厅里的那台投影设备，以及清洗那辆豪车。如果你喜欢交际花，我也能扮演不赖的那种。我以前一晚上能赚 50 美元，在 1923 年那可是一笔大钱。那时候 1 美元都拿得出手，25 美分就能买顿晚餐。"

我们停止了大笑，然后回到屋里，躺在枕头上。

"干吗总是神神秘秘？又干吗总是在深夜？"我问，"你从来不在白天出门吗？"

"只会去参加葬礼。你明白的。"康斯坦丝抿了口咖啡，躺回形状像是一窝狗狗的枕头堆里。"我不太喜欢人。我从年轻时就变暴躁了。我猜是因为太多制片人的手指印留在了我的皮肤上。总之，独自过家家也没那么糟。"

"你找我来这儿是干吗？"我问。

"首先，你是范妮的朋友。其次，你看起来是个好孩子。生气勃勃却没脑子，我是说纯洁。这双蓝眼睛天真烂漫。生活还没有打击过你？希望永远不会。你在我看来很安全，而且很讨人喜欢，而且有趣。不过缺乏体育锻炼，就像他们常说的那样。这表示我不会把你拖进卧室，你的贞洁是安全的。"

"我不是处了。"

"是啊，但你看起来很像。"

我的脸红了个通透。

"你还没说呢。为什么找我来？"

康斯坦丝·拉蒂根放下咖啡杯，然后身体前倾，直视我的脸。

"范妮,"她说,"很害怕,惊恐,慌张。我想知道,你是不是该对此负责?"

有那么一会儿,我把那些事全忘了。

来到海滩的这段路曾经吹散了我脑海里的黑暗。身在这栋屋子里,站在游泳池边,看着这名女子潜入海水再回来,感受着吹在脸上的晚风、口中的葡萄酒,这一切让过去的48小时仿佛消失了一般。

我突然意识到,我已经有好几周没有真正大笑过了。这位奇怪女士的大笑声让我回到了原本的年纪——二十七岁,而非我今早起床时感觉的九十岁。

"你是不是该为吓着范妮负责?"她重复了一遍,然后住了口。

"上帝啊,"康斯坦丝·拉蒂根说,"你这脸色,就好像我刚刚开车撞死了你的宠物狗。"她抓住我的手,轻轻捏了捏,"我刚刚踢到你的基什克了吗?"

"基什?"

"你的蛋蛋。抱歉。"

她放开了我的手。我没有坠落悬崖。于是她说:"我只是,只是对范妮有点儿保护过度了。我想你并不知道我拜访那栋破烂出租公寓有多频繁。"

"我从没在那儿见过你。"

"你当然见过,可你不知道。一年前的晚上,五月五日节那天,那座出租公寓的走廊和每个角落都能看到美国裔墨西哥-西班牙人的康茄舞队伍,葡萄酒和玉米卷饼无限量供应。我打扮得像《丽娃栗妲》①的女主角那样花枝招展。没人知道我是谁，而我只有这样才能享受好时光。你在队伍的另一头，跟我的步调不一致。我们没机会碰面。一个钟头以后，我和范妮聊了一小会儿，然后就匆匆离开了。我去她那儿，大多是在凌晨两点。范妮和我是芝加哥歌剧与艺术学院的校友，当时我学的是绘画，还参加过歌剧团，而范妮领唱过几首歌。我们都知道卡鲁索，又都瘦得像栏杆，你能相信吗？范妮？瘦得要命？还有那么棒的嗓子！上帝啊，我们当时好年轻。好吧，剩下的你都知道了。我的事业不断攀升，背上也留下了床垫印子。等印子太多的时候，我选择了退休，在自家的后院里抽取金钱。"

她指了指在厨房窗外不断起伏和叹息的那至少四座石油钻塔，那些能够带来舒适生活的美妙宠物。

"至于范妮？她谈了一场糟糕的恋爱，让她的心永远分成了两半，也像吹气球一样把她吹成了现在的身材。不，伙计，我不能，生活也不能劝诱她恢复美丽。我们都只能放弃这点，继续做她的朋友。"

"从你的语气听起来，她是你的好友。"

"噢，这种事是双向的。她是位有才华、可爱又古怪的迷途女子。我就像一条蹦蹦跳跳的吉娃娃，而她就像一头跳加沃特舞的猛犸象。在凌晨4点钟的世界里，我们经常发自内心地欢笑。在关于人生的事实上，我们不会欺骗彼此。我们清楚自己永远不会回到从前的日子，她有她的理由，我有我的。她只亲近过一个男人，而我亲近的男人太多又分开得太快。退休有很多种形式，比如我那些乔装打扮，再比如范妮·蒙戈尔菲耶堪

---

①1929年的美国音乐喜剧电影，基于1927年的同名音乐舞台剧改编。

比气球的体型。"

"你谈论男人的方式有点儿……我的意思是,你此时此刻正跟一个活生生的男人说话呢。"

"你跟他们不一样,我看得出来。你不会强暴合唱队员,或者用你代理人的桌子当床。你不会为了骗保把奶奶撞下楼。也许你是个笨蛋,谁知道呢,或者是傻子,但我现在更喜欢笨蛋和傻瓜。那些家伙不会养狼蛛,或者扯下蜂鸟的翅膀。傻乎乎的作家只会梦想自己到火星去,不用再回到愚蠢的现实世界。"

她听着自己的话,然后住了口。

"基督啊,我话太多了。我们说回范妮吧。她很少会害怕,在那栋没有防火措施的公寓里住了二十年,房门永远开着,手里拿着装蛋黄酱的罐子。但现在,有什么地方不对劲。现在就连跳蚤打个喷嚏都能吓她一跳。所以——?"

"昨天晚上,我们就只是放歌剧,尽可能说笑。她什么也没提。"

"也许她只是不想让火星人担心,这是她给你取的外号之一,对吧?我能从她抖动皮肤的样子看出来。你了解马儿吗?见过马儿的皮肤在落了苍蝇的时候颤抖和抽动的样子吗?现在总有看不见的苍蝇落在范妮身上,而她只会闭上嘴巴,抖动皮肤。她的星座命盘似乎不太正常。她的沙漏出了故障,有人用骨灰瓮里的灰替换了沙子。她的冰柜门里有奇怪的低语声。冰箱里的冰会在半夜掉落,听起来就像诡异的笑声。走廊对过的厕所整晚都在发出咕噜声。白蚁眼看就要咬穿她椅子下面的地板,让她掉进地狱里去。墙壁里的蜘蛛在修补她的裹尸布。这些够不够多?全都是直觉判断,没有事实。这样很快就会被人赶出法庭。你明白吧?"

并不存在的战栗。

我这么想着，但没有说出来。我说的是："你跟亨利谈过这些了？"

"亨利觉得他是全世界最伟大的盲人。他可唬不了我。他暗示过有事要发生了，但他不肯说。你能帮忙吗？如果你同意，我可以写信给范妮，或者通过古铁雷斯夫人打电话给她，再或者明天晚上去她那儿一趟，告诉她什么事都不会有。能吗？"

"能麻烦再给我来杯酒吗？"

她倒了酒，目光始终不离我。

"好的，"她说，"开始说谎吧。"

"确实有事要发生，但现在说还太早。"

"等你说出来的时候，恐怕就太迟了。"康斯坦丝·拉蒂根跳了起来，在房间里踱着步子，最后转身看向我，朝我投来气势堪比步枪子弹的目光，"为什么你知道范妮害怕的原因，却不肯告诉我？"

"因为我厌倦了害怕每一道影子。因为我这辈子都是懦夫，而且我讨厌自己。等知道进一步消息以后，我会打电话给你的！"

"耶稣啊，"康斯坦丝·拉蒂根用鼻子哼笑起来，"你的嗓音够大的。我会给你留出喘息的空气的。我知道你喜欢范妮。你觉得该不该让她来这儿住个几天，或者一周，方便保护她？"

我扫视周围，看着那些巨大的枕头。那群生气勃勃的大象（外面是缎子，填充物是鹅绒）形状和大小都和弗洛里娜颇为相似。

我摇摇头，说："那是她的窝。我试过叫她出去看电影、看戏剧，甚至是看歌剧。忘了这念头吧。她有超过十年没来过街上了。想要带她离开那栋公寓楼、离开她的大象坟场，这个——"

康斯坦丝·拉蒂根叹了口气，为我斟满了酒。

"反正这法子也没什么用，对吧？"

她在审视我的侧影。我在审视法式窗户外面的深色海浪，潮沙在睡梦中上下翻腾，自得其乐。

"计划赶不上变化，不是吗？"康斯坦丝·拉蒂根继续道，"如果有人蓄意伤害或者下杀手，那么想保护范妮或者任何人都是不可能的。"

"谁说过会有人下杀手了？"我反驳道。

"你那张粉红南瓜脸根本藏不住事。我占卜命运的时候，靠的可不是茶叶，而是显而易见的眼神与藏不住事的嘴巴。范妮被吓坏了，而这件事让我害怕。我在晚上游泳的习惯保持了这么多年，还是头一次担心会有道大浪将我带到游不回来的远处。基督啊，我好生气，我最大的乐趣之一就这么毁了。"然后她迅速补充道，"毁掉这些的该不会是你吧？"

"什么？"

突然间，她的口气就像克拉姆利，或者跟我说"别带任何人来"的范妮。

我的脸上肯定写满了震惊，甚至让她尖声大笑起来。

"这当然不可能。你是那种会在纸上杀人，好避免在现实里杀人的家伙。抱歉。"

我已经站了起来，冲动地想要说些什么，想要说些疯话，但我也不确定自己要说什么。

"你瞧，"我说，"过去这个月很疯狂。我开始注意过去恐怕从来不会在意的那些事。以前我从来不读报纸上的讣告，现在我会读了。你有过在几周或者几月里，一大群朋友要么发疯，要么远走高飞，要么死去的经历吗？"

"我六十岁的时候,"康斯坦丝·拉蒂根讽刺地笑了笑,"一整年都是这样。我走楼梯的时候总害怕摔下去——有朋友就这么摔断了脖子。我害怕吃东西——两个朋友噎死了。大海?三个朋友淹死了。飞机?六个朋友死于坠机。汽车,二十个。睡觉?见鬼,没错。十个朋友死于睡梦中,在梦里说了句'什么鬼',然后就离开了人世。喝酒?十四个朋友死于肝硬化。想让我列几张清单都行。这才刚开始呢。瞧啊,我这儿可有一本电话簿呢。"

她拿起门边那张桌子上的一个小黑本,丢给了我。

"死者之书。"

"什么?"

我翻动内页,看着那些名字。每一页上都有50%的名字打上了小小的红叉。

"这本个人电话簿有三十五年历史了。里面有一半人都离开人世好一阵子了,可我没勇气去擦掉或者涂掉那些名字。因为那么做就代表彻底的死亡。所以我猜,我和你是同一种胆小鬼,孩子。"

她从我手里拿回了那本《死者之书》。

我感觉到窗口吹来了冷风,听到了沙滩上的沙粒翻动的声音,仿佛有一头无形的巨兽在用巨大的爪子刨沙子。

"我没吓唬过范妮,"最后,我说,"我不是伤寒玛丽[①]。我没有携带那种'疾病'。就算它今晚在任何地方,甚至就在这儿,它也是独来独往的。我的胃不舒服好多天了。人们不是死就是逃,而且毫无关联,而且我什么都证明不了。每次这种事发生,

---

[①]1883年移民到美国的伤寒健康带菌者,原名玛丽·马龙。伤寒在美国蔓延时,经调查是起源于玛丽。该词也可引申为"传播坏事的人"。

我总是在附近。我很内疚,因为我没法看到,没法知道,没法告诉别人,也没法阻止。现在我看到任何人都会想,都会怀疑他或者她就是下一个。我当然也很清楚,只要等得够久,所有人都可能离开人世。只是他们这周似乎离开得更快了。我想说的只有这些。现在我会闭嘴的。"

她走了过来,亲吻了自己的手指末端,又将指尖按在我的嘴唇上。"我不会再惹怒你了。作为胆小鬼,你还会反击。现在呢,再来一杯酒?还是想看电影?在我的泳池里来个午夜一游?和你的电影教母来一场施舍式性爱?或者以上皆否?"

我低下脑袋,好避开她带着嘲笑与炽热的眼神。

"电影。我想看《花边窗帘》里的康斯坦丝·拉蒂根。上次看的时候我才五岁。"

"你还真会讨老家伙欢心。那就《花边窗帘》。站到后面去,等我准备好放映机。我还小的时候,我爸爸在堪萨斯城电影院工作,他教了我怎么操作这种机器。我现在还记得。我在这栋屋子里不需要任何人!"

"不,你需要。我。你需要我看电影。"

"该死。"她跳过那堆枕头,摆弄起客厅后部的放映机来。她从附近的架子上拿下一筒电影胶片,灵巧地装入放映机里。"你说得对。我会留意你看到我时的表情。"

她哼着小曲、忙着调节机器的时候,我转过身去,走到沙滩上方的低矮阳台上。我的视线从南边开始扫过沙滩,在岸边徘徊,越过康斯坦丝·拉蒂根的私人宅邸正面,投向北方,直到……

在涨潮线那边,我看到了某种东西。

有个男人站在那儿,一动不动,也可能是个看起来像男人的东西。至于他在那儿站了多久,是来自水里还是岸上,我就不清楚了。我看不清他身上是否潮湿。他看起来全身赤裸。

我倒吸一口凉气,迅速看向房间里。康斯坦丝·拉蒂根吹着口哨,还在忙着对付那台放映机。

一道波浪落下,听起来就像枪声。我迅速将视线转移回去。那个人还在那儿,双手放在身体两侧,抬起脑袋,双腿分开,姿势近乎挑衅。

走开!我很想这么大喊。你在这儿做什么?我们什么都没做。

你确定吗?这是我下一个念头。

没有人应当被杀。

没有吗?

最后一道波浪出现在岸边那道身影后面。它分裂为一连串镜子碎片,随后落下,似乎裹住了那个男人。他的身影被抹去了。海浪退回的时候,他已经不见踪影,或许是沿着沙滩跑去了远离海浪的北面。

经过运河里的狮笼,经过金丝雀女士空无一人的窗户,经过我的公寓房间,还有里面那张仿佛铺着裹尸布的床。

"准备好了吗?"康斯坦丝·拉蒂根在房间里喊道。

没怎么准备好,我心想。

在房间里,康斯坦丝说:"来瞧瞧恢复青春的老太太吧。"

"你不老。"我说。

"是啊,上帝作证。"她跑来跑去,关掉电灯,又抖松房间中央的枕头,"这位养生专家在写一本书,预计明年出版。水下体操,低潮时的性爱,品尝本地足球教练以后该喝哪种苏打水。上帝啊,怎么了——你又脸红了。你对女性有多少了解?"

"不多。"

"你有过多少个女友?"

"不多。"

"一个,"她猜测道,然后在我点头时欢呼起来,"她今晚在哪儿?"

"墨西哥城。"

"她什么时候回来?"

"十天后。"

"想她吗?爱她吗?"

"是的。"

"你想打电话给她,然后在电话旁边待上一整晚,好让她的嗓音保护你不受这位巨龙女士的伤害吗?"

"我不怕你。"

"不怕才怪。你相信身体的温暖吗?"

"身体?"

"温暖!没有性的性爱。你可以给这头老毒蜥怪物一点儿罐装热量,而且不用丢掉贞操。只要搂住抱着,从背后抱。眼睛看着天花板。画面会在那儿。电影会放上一整晚,直到黎明像弗朗西斯·X.布什曼的勃起那样出现。抱歉。见鬼。来吧,孩子。我们就寝吧!"

她躺在枕头上,拉着我过去,同时戳了戳嵌入地板里的控制台上的几个按钮。最后几盏灯熄灭了。16毫米电影放映机开始嗡鸣,光与影占据了天花板。

"瞧。你喜欢这样吗?"

她用漂亮的鼻子指了指上方。

二十八年前的她出现在天花板上,点燃了一支香烟。

在天花板下方，我的身边，真正的她吐出烟雾。

"我当时真是个贱人！"她说。

我在清晨醒来，不敢相信自己身在何处。我醒来的时候快乐得要命，仿佛昨夜发生了什么美妙的事。当然了，什么也没发生，只是我睡在这么多厚实的枕头之间，旁边还有个闻起来像是调料柜和镶木地板的女人。她就像你小时候在橱窗里见过的那种可爱又精美的国际象棋。她就像刚刚落成的女子健身馆，金色的大腿上只带着午间那场网球留下的微弱尘埃气味。

我在晨曦中翻了个身。

她已经离开了。

我听到了波浪沿着海岸涌来的声音。凉爽的风从敞开的法式双扇玻璃门长驱直入。我坐起身。在远处的昏暗海水里，我看到一条手臂在不断上下挥动，她呼唤我的声音也传了过来。

我跑出门外，跳进海里，但才游到一半，我就已经精疲力竭。我可不是什么运动员。我掉头返回，到岸上去等她。最后她自己游了过来，站在我面前，这次一丝不挂。

"基督啊，"她说，"你连内衣都没脱。当代年轻人都怎么了？"

我盯着她的身体。

"你觉得怎么样？对一位老女王来说很不错，对吧？漂亮的曲线，紧实的臀部，还有波浪状的阴毛——"

但我闭上了眼睛。她咯咯地笑了起来，然后她转身跑开，大笑不止。她沿着海滩跑了半英里，再跑回来，仅仅惊动了几只海鸥。

我所知道的下一件事是沿着海岸飘来的咖啡气味，以及新鲜烤面包的香味。当我拖着身体走进屋里的时候,她已经坐在了厨房里,一丝不挂,除了刚刚才涂的睫毛膏。她飞快地眨着眼睛看我,仿佛某个无声电影里的农家女孩,然后递给我果酱和面包,又优雅地将一块餐巾搭在自己腿上,以免显得失礼。我一边吃,一边看她。她的左胸尖端沾了点儿草莓酱。我看到了。她注意到我在看,于是说:"你饿了吗?"

她的话让我加快了给吐司涂黄油的速度。

"天哪,打电话到墨西哥城去吧。"

我打了电话。

"你在哪儿?"佩格的声音从两千英里外传来。

"在一个电话亭里,在威尼斯,外面下雨了。"我说。

"骗子!"佩格说。

她说得对。

然后,突然之间,这段时光结束了。天色已晚,或者说太早了。我有种陶醉的感觉,就因为这个女人跟我一起玩耍了几个钟头,闲聊着度过了整个黑夜,直到远在东方、藏在迷雾与阴霾那一边的太阳眼看就要现身。

我看着外面的海浪和海岸,看不到溺水的尸体,也看不出是否有人在沙滩上等待发现,或者是等待忘却。我并不想离开,但我还有一整天的工作要做,要写出那个领先死神仅仅三步的故事。一天不写作——我经常这么说,频繁到让我的朋友每次听到就会叹气翻白眼——就像是死掉了一点点。我可不想把自己像棒球那样抛进坟场里。我会用我的安德伍德标准打字机不断战斗——如果你知道瞄准的诀窍,它就比有史以来的任何步枪都要精准。

"我会开车送你回家的。"康斯坦丝·拉蒂根说。

"不用了,谢谢。我沿着海滩走 300 码就到了。我们是邻居。"

"邻居个屁啊。我 1920 年造这地方花了 20 万,现在值 500 万。你的房租是多少?每月 30 美元?"

我点点头。

"好吧,邻居。我要去沙滩了。找个午夜再来,好吗?"

"我会经常来。"我说。

"经常来。"她将我的两只手握在她的手里,握在司机、女仆和银幕女王的手里。她大笑起来,猜到了我的想法,"你觉得我疯了吗?"

"我希望全世界都像你这样。"

她转移了话题,不让我再恭维下去。

"那范妮呢?她会永远活下去吗?"

我双眼湿润,点了点头。

她亲吻了我的两边脸颊,然后推开了我,说:"离开这儿吧。"我从铺着瓷砖的门廊跳到沙滩上,跑出一步,又转过身说:"祝你日安,公主。""呸。"她高兴地说。我转身跑开。

那个白天什么都没发生。但那天晚上……

我醒了过来,看了眼我的米老鼠手表,想知道自己为何醒来。我紧闭双眼,耸起双耳,仔细听着。

步枪射击声。乒、乓,然后是乒、乓,然后又一声乒,这些声音沿着海岸从码头那边传来。

上帝啊,我心想,码头几乎已经搬空,射击馆也关门了。谁会在那儿,在午夜时分扣动扳机、击中靶子呢?

乒、乒,然后是命中靶子的乒。乒、乓。一次又一次。第一次开了 12 枪，紧接着又是 12 枪，接下来还是 12 枪，就像有人将 3 支、然后是 6 支、接着是 9 支步枪排成一行，在不到一次呼吸的时间里，从空枪跳向装着子弹的枪，瞄准，射击，射击，再射击。

太疯狂了。

肯定是这样的。那个人无论是谁，都独自待在雾气笼罩的码头上，抓住那些武器，向逼近的厄运射击。

安妮·奥克莉，步枪女士本人？我心想。

乒。尝尝这个，你这狗娘养的。乒。尝尝这个，你这卑鄙的逃跑渣男。乒。尝尝这个，你这玩弄女性的邪恶混蛋。乒！

砰，然后又是一声砰，从远处随风传来。

想要打死不可能死掉的东西，我心想，要用好多的子弹。

枪声就这么响了 20 分钟。

等枪声结束的时候，我睡不着了。

带着胸前的三十多道伤口，我摸到自己的打字机那边，闭上眼睛，在黑暗中打出每一次步枪的射击。

"警官狗狗？"

"你说什么？"

"警官狗狗，我是疯狂猫猫。"

"耶稣啊，"克拉姆利说，"是你。警官狗狗，嗯？"

"比埃尔莫·克拉姆利好点儿。"

"有道理。疯狂猫猫也很适合你，抄写员。你的伟大美国史诗进展如何？"

"那你的柯南·道尔续集又怎么样了？"

"说起来有点儿尴尬，但自从遇到了你，孩子，我每晚都能写4页。这就像一场战争,像圣诞的时候就要刊登。看起来,疯狂猫猫对我的影响是正面的。这是警官最后一次恭维你。这笔稿费多亏了你。说吧。"

"我们那份潜在未来受害者名单里又多了几个可能的名字。"

"百合花田里的耶稣,十字架上的基督啊。"克拉姆利叹了口气。

"有趣的是,你居然完全没注意到。"

"真是太好笑了。继续说。"

"史兰克仍然排名第一。然后是安妮·奥克莉,无论她真名叫什么,也就是那位神枪手女士。昨晚在码头上有人开枪。肯定是她。不然还能是谁?我的意思是,她的射击场总不可能在凌晨两点给陌生人开门,不是吗?"

克拉姆利打断了我的话。

"去弄到她的真名。没有她的真名,我什么也做不了。"

我感到自己的一条腿仿佛被他拽了拽,于是闭上了嘴。

"猫把你的舌头拿走了?"克拉姆利问。

我保持沉默。

"你还在听吗?"克拉姆利问。

无情的沉默。

"拉撒路①,"克拉姆利说,"活见鬼,从该死的坟墓里滚出来!"

我大笑起来,说:"要我把名单说完吗?"

"等我去拿一下啤酒。好了。开始吧。"

我又说出六个名字,其中包括谢普谢德,尽管我并非真的

---

① 《圣经》中的人物,曾死而复生。

认为他会受害。

"或许还有……"我犹豫着说,"康斯坦丝·拉蒂根。"

"拉蒂根!"克拉姆利喊道,"你他妈知道拉蒂根的什么?她吃的是夹在吐司之间的老虎睾丸,三两下就能把鲨鱼打得落花流水。她曾经走出广岛,耳环和睫毛都毫发无损。还有安妮·奥克莉,不,她也不可能。她能一枪打掉别人的屁股,对方甚至来不及——不,除非某天晚上,她把自己的所有枪支丢到海里,然后自己跳下去——她一看就是这种人。至于谢普谢德,别逗我笑了。他甚至不知道现实世界以及我们这些奇形怪状的普通人是存在的。等到了1999年,他们会把他埋在自己的沃立舍钢琴里的。还有什么好主意吗?"

我用力吞了口唾沫,最后决定把理发师卡尔的神秘失踪告诉克拉姆利。

"神秘失踪个屁,"克拉姆利说,"你都跑哪儿去了?那个疯屠夫是自己逃跑的。就在几天前,他把店里那些乱七八糟的东西堆在自己的小汽车里,离开他店铺门口的不合法停车位,然后往东去了。注意,不是往西,前往陆地的尽头,而是往东。半个警队的人都看到他在警察局门口做了个U形转弯,却没有逮捕他,因为他大喊道:'秋叶,上帝啊,欧扎克斯湖的秋叶啊!'"

我颤抖着舒了一大口气,为卡尔的幸存感到高兴。我没提斯科特·乔普林丢失的"脑袋",它多半就是迫使卡尔远走高飞的理由。但克拉姆利还在滔滔不绝:"你说完你那张最最最新的可能死者名单了吗?"

"算是吧——"我有气无力地说。

"投身于大海,然后投身于打字机,能带来写满的纸页与快乐的心情，禅学大师如是说。听听这位向天才提出建议的警探的话吧。啤酒在冰上，尿才会在夜壶里。把你的名单留在家里吧。再会，疯狂猫猫。"

"警官狗狗，"我说，"再见。"

昨晚那足足四十记步枪声仍旧吸引着我。它们的回声简直一刻不停。

又一部分的码头遭受敲打、压缩和侵蚀的声音也吸引着我，就像战争的声音总会吸引某些人那样。

步枪的枪声，还有码头，我在沉浸于海水，然后又沉浸于打字机的时候（就像我的好友警官狗狗希望的那样）心想。我很好奇安妮·奥克莉在昨晚杀了多少人，又或者只杀了一个。

我在灵感盒里放下6页精彩绝伦的新小说，心想，那个没救的醉鬼A.L.史兰克会在他墓穴似的书架上堆上哪些毒覃般的新书？

《哈迪男孩的尸毒邀请》[①]？

《南茜·朱尔与厌世小子》[②]？

《美国欢乐派在大西洋城的殡葬人》？

别去看，我心想。我必须去，我又想，但看到新书标题的时候别笑出声，否则史兰克也许会跑出来揍你。

步枪射击，我心想，濒死的码头，A.L.史兰克——西格蒙德·弗洛伊德的小矮人儿子，以及此时此刻，就在那儿，抢在我前面跑到了码头上的那东西——

[①]《哈迪男孩》是美国著名青少侦探小说系列。
[②]南茜·朱尔是美国著名青少侦探小说系列的主角，是一位机智勇敢的少女侦探。该系列先后由多人撰写，并以卡罗琳·基恩的笔名发表。

那头野兽。

或者,就像我有时对他的称呼那样,非洲军团的埃尔温·隆美尔。或者有时候更加直接——

卡利古拉①,那个杀手。

他的真名是约翰·威尔克斯·霍普伍德。

我记得几年前,我在杂志上读到过他在本地一间小型好莱坞影院得到的堪称毁灭性的批评。

约翰·威尔克斯·霍普伍德,午后场电影杀手,再次对另一个角色下了手。这次他不但将激情撕成了碎片,还在疯狂的暴怒中踩了几脚,用牙齿咬住,然后将它甩出舞台脚灯之外,落在毫无戒备的俱乐部女士身上。这该死的蠢货将它生吞了下去!

我经常看到他骑着自己的橙黄色兰令8速自行车,沿着海滨大道从威尼斯前往海洋公园和圣莫尼卡。他总是穿着漂亮的、刚刚熨烫好的棕色犬牙花纹英式西装,戴着深棕色爱尔兰帽盖住他的雪白卷发,又半遮住他那张属于埃尔温·隆美尔将军的脸——或者说,康拉德·韦特将要闷死琼·克劳馥或者葛丽亚·嘉逊②时那张仿佛杀手鹰的脸。他漂亮而光滑的脸颊晒成了肉豆蔻色,我很好奇那种肤色是否止于脖子,因为我从未见他脱下衣服走上海滩。他总是在海滨城镇之间骑车往来,悠闲自得,等待德军总参谋部或者好莱坞援助联盟的俱乐部女士们的召唤,无论哪个先来都行。战争电影流行的时候,他的工作一刻不停。有传闻说他家里有一整个壁橱的北非军团制服,还有一件偶尔用在吸血鬼电影里的葬礼披肩。

据我所知,他只有一套平时穿的服装,就是那套西服。还

---

①罗马帝国第三任皇帝,著名暴君。
②两位均为当时著名的影星。

有一双鞋子，上好的英国牛血色粗革皮鞋，擦得锃亮。他的裤管夹醒目地扣在粗花呢服装的袖口，看起来像是贝弗利山的某家店铺买来的纯银制品。他的牙齿总是刷得干干净净，仿佛不属于他自己。他踩着踏板从旁经过的时候，嘴里呼出的气息带着李施德林漱口水的味道，以防他在去普莱亚德尔[①]的路上接到希特勒的紧急呼叫。

我经常看到他在周六下午一动不动地跨坐在自行车上，那时肌肉海滩[②]充斥着抖动的三角肌与阳刚的大笑声。霍普伍德会站在圣莫尼卡码头上，就像阿拉曼[③]战役中撤退时的某位指挥官，为那么多沙子而沮丧，又为那么多血肉之躯而欢欣。

他显得与我们所有人格格不入，就这么飘然而过，做着他盎格鲁-拜伦-德意志式的白日梦……

我从没想过会看到他将那辆兰令自行车停在A.L.史兰克那栋"塔罗牌大钟楼外加许多蝙蝠24小时开放小屋"外。

他停了车，却又在门外犹豫起来。

别进去！我心想，谁也不应该跑去A.L.史兰克那儿，除非你想要美第奇家族的涂毒戒指，或者刻在墓碑上的电话号码。

但埃尔温·隆美尔不在乎。

野兽，或者卡利古拉，同样不在乎。

史兰克招了招手。

三者同时听从了召唤。

等我赶到那儿的时候，门已经关上了。门上头一回贴着一

[①] 洛杉矶南部的一个海滨小镇。
[②] 20世纪30年代在圣莫尼卡码头南部海滩开设的健身推广项目，美国公共事业振兴署在那里设置健身器材，并举办健身展览、比赛等。
[③] 埃及北部地中海沿岸村镇。二战期间，英国军队在此击败了埃尔温·隆美尔率领的德军。

张用色带已褪色的打字机打出的名单——虽然纸页已经发黄,恐怕有年头了。名单上列出了所有通过这扇门,想让精神恢复健康的人。

H. B. 沃纳,沃纳·欧兰德,沃纳·巴克斯特,康拉德·纳格尔,维尔玛·班基,罗德·拉·罗克,贝茜·洛芙,詹姆斯·格利森[①]……

读起来就像1929年份的《演员人名地址录》。

但康斯坦丝·拉蒂根也在其中。

我不相信。

还有约翰·威尔克斯·霍普伍德。

我知道这点我必须相信。

因为当我透过落满灰尘的窗户看进屋时——那扇百叶窗半拉下来,以防备外人的窥探——发现的确有人坐在那张填料从破裂的接缝处疯狂窜出的沙发上。躺在沙发上的男人的确是身穿棕色粗花呢西服的那个人。他双眼紧闭,念着台词,无疑是取自修订和改写后的《哈姆雷特》最后一幕。

百合花田的耶稣啊,就像克拉姆利说过的,刚上十字架的基督啊!

在那一刻,专心致志默念玫瑰经的霍普伍德凭借演员的直觉睁开了眼睛。

他翻了个白眼,然后脑袋迅速转向一侧。他盯着窗子,然后看到了我。

坐在不远处的A. L. 史兰克也一样。他转过身来,手里拿着便签簿和铅笔。

[①]八位均为活跃于20世纪上半叶的著名演员。

我退后几步,无声地骂了一句,然后快步走开。

在极度尴尬之下,我一直走到了荒废码头的尽头,买下六根雀巢轻脆巧克力棒、两根克拉克棒①,以及两根动力室巧克力棒②,准备路上吃。每当我非常快乐,或者非常悲伤,或者非常尴尬的时候,我就会用甜食塞满嘴巴,再把包装纸丢在这条有顶的通道上。

也正是在码头的尽头这里,卡利古拉·隆美尔在午后的金色阳光里追上了我。那些搞破坏的工人不见了,空气静悄悄的。

我听到他的自行车伴随嗡嗡声悄然停在我身后。他一开始没有说话。他是推着车走过来的,银亮的裤管夹围在他匀称的脚踝周围。那辆兰令自行车握在他坚定的双手里,就像个虫女③。他站在码头上,就在我之前看到的位置,仿佛一尊理查德·瓦格纳的雕像,正看着他最伟大的合唱曲之一跟着岸边的潮水靠向这边。

下面那儿仍然有五六个年轻人在玩排球。拍打排球的砰砰声与他们仿佛步枪射击的笑声非常有助于打发时间。在远处,两位举重比赛的决赛选手正将他们的世界举向天空,希望向附近那八九位年轻女子证明,比死亡更糟的命运也没那么糟糕,而且完全可以在沙滩对面的热狗状公寓的楼上体验到。

约翰·威尔克斯·霍普伍德审视着这片景象,但没有看我。他让我流着汗静静等待,觉得我没胆子离开。但归根结底,是我在半小时前越过了他人生的一道隐形门槛。现在我得付出代

---

① 大卫·L. 克拉克于1917年推出的巧克力棒。
② 该巧克力棒已停产。
③ 此处暗指1963年的日本电影《日本昆虫记》,其英译为 The Insect Woman,直译就是"虫女"。

价了。

"你在跟踪我吗?"最后,我这么说,然后立刻觉得自己很蠢。

霍普伍德发出了那种属于最后一幕的疯狂笑声。

"亲爱的孩子,你太年轻了。你是会被我扔回海里的那种人。"

上帝啊,我心想,我现在该说什么?

霍普伍德僵硬地扭动脑袋,面向身后,用老鹰似的侧脸示意从这里沿海往北一英里处的圣莫尼卡码头。

"但如果你决定跟踪我,"他笑了笑,"那儿就是我的住处。就在旋转木马的上方。"

我转过身,在远处另一座仍旧生气勃勃的码头上的,正是从我儿时起就转动和奏响汽笛风琴音乐的旋转木马。这场盛大赛马的上方是旋转木马公寓,那是退役的德国将军、失败的演员或奋发图强的浪漫主义者居住的巨型鹰巢。我听说那些几乎没有出版作品的伟大诗人也会住在那儿。足智多谋却乏人问津的小说家也住在那儿。能说会道的艺术家带着无人评论的画作也住在那儿。曾是与知名影星交好的交际花,如今为意大利面商人服务的妓女住在那儿。曾在布赖顿①混得风生水起,又怀念摇滚乐的英国女舍监和成堆的椅套以及吃得饱饱的京巴犬住在那儿。

现在看起来,俾斯麦、托马斯·曼、康拉德·韦特、海军元帅邓尼茨②、埃尔温·隆美尔和巴伐利亚的疯奥托③也都住在

---

① 英国南部海岸避暑胜地。
② 二战期间德国海军重要领导人。
③ 巴伐利亚国王奥托一世,据说有严重的精神疾病。

那儿。

我看向那头高贵雄鹰的侧影。我的目光让霍普伍德骄傲地绷紧身子。他皱眉看着金色的沙滩,轻声说道:"你是不是觉得,我允许自己接受A.L.史兰克温柔的怜悯就像发了疯?"

"呃……"

"他是个富有洞察力的男人,面面俱到,而且非常特别。如你所知,我们演员是这世上最不安的一群人。未来永远是不确定的。电话应该响起,却从来不响。我们手里有大把的时间,所以要么数字算命,要么玩塔罗牌,要么占星,要么和克里希那穆提[1]去奥哈伊镇那棵大树下进行东方式冥想。你去过那儿吗?好吧!维奥莉特·格林纳教士在克伦肖的阿加拜格圣殿呢?未来主义者诺维尔呢?艾梅·森普尔·麦克弗森[2],你有过被她拯救的经历吗?我有过。她向我伸出手,而我握住了那双手。"摇撼"教派成员?令人狂喜。又或者是第一浸信会教堂周六晚上的霍尔·约翰逊[3]唱诗班。黑天使。如此的荣耀。或者整晚打桥牌,再或者是和淡紫色头发的女士们从正午开始,一直玩宾果游戏到黄昏。哪里都会有演员的身影。如果我们知道哪里能看到开膛表演,比如'凯撒的肠子占卜',我们也会参加。我可以用手术刀捞出内脏,让它展示在中午就会发臭的未来。为了打发时间,我尝试过所有这些。所有演员都是这样,都在打发时间。我们90%的人生都在等待上台。在此期间,我们躺在A.L.史兰克的沙发上,好在肌肉海滩振作精神。"

他的目光始终不离那些在下方嬉戏、仿佛柔韧橡胶的希腊

---

[1]印度作家、演说家、哲学家。
[2]20世纪二三十年代著名的福音传道者,曾进行过以祈祷治愈病人的信仰疗法。
[3]美国黑人作曲家和编曲家。

众神，同样分量的海风和欲望冲刷着他们。

"你是否好奇过，"他最后开口的时候，上唇有一条淡淡的汗水，帽子下方的发际线处也能看到淡淡的汗渍，"为什么吸血鬼不会出现在镜子里？好吧，你看到下面那些光芒四射的年轻人了吗？他们会出现在每一块镜子里，但其他人不会。他们照出的只有那些印在钞票上的神灵。而当他们看着自己的时候，他们会看到其他人吗？我想不会。所以现在——"他转回最开始的话题，"你明白我为什么会去找那只黑色小鼹鼠A.L.史兰克了吧？"

"我自己也在等电话，"我说，"干什么都比等电话强！"

"看来你确实明白。"他用仿佛能烧穿我身上衣服的眼神看着我。

我点点头。

"找个时间来看我吧，"他朝远处的旋转木马公寓点点头，汽笛风琴用仿佛呻吟与悲叹的音色奏响某段依稀像是《美丽的俄亥俄》的曲子，"我会给你讲讲艾丽斯·特里的故事。她是比尔博姆·特里爵士①的女儿，曾经住在这栋公寓楼里，还是英国导演卡罗尔·里德同父异母的姐姐。阿道司·赫胥黎偶尔也会过来，你也许能见到他。"

他看到我的脑袋抽动了一下，明白我上钩了。

"你想见赫胥黎？那好，乖乖听话，"他的语气带着暧昧，"你就能得偿所愿。"

无法形容而又难以忍受的渴望占据了我的心，迫使我努力平复心情。赫胥黎曾令我疯狂，我羡慕他的聪明、智慧以及让

---

①全名赫伯特·比尔博姆·特里，英国演员与剧院经理。

人望尘莫及的成就。想想看吧,我也许能见到他。

"记得来找我,"霍普伍德的手伸进了自己的外套口袋,"我会为你介绍我在这世上最爱的那个年轻人。"

我强迫自己移开目光,就像听到克拉姆利或者康斯坦丝·拉蒂根的某些话以后的反应。

"好吧好吧,"约翰·威尔克斯·霍普伍德低声道,他的德式嘴唇愉快地翘起,"这位年轻人感到尴尬了。不是你想象的那样。瞧!不,好好看着。"

他拿出一张皱巴巴的光面纸相片。我试图接过,但他将相片牢牢捏在手里,拇指放在相片上那人的脑袋上方。

其余部分,也就是他拇指下方那部分,是我这辈子见过最美丽的年轻男子的肉体。

我不禁想起了从前见过的拍摄于梵蒂冈博物馆的安提诺斯——那位哈德良皇帝的爱人——雕像的相片。我想起了大卫像,也想起了从孩提时到现在见过的上千个在海滨上打闹的年轻男子的身体。后者把皮肤晒得黝黑,莽撞愚蠢,兴高采烈,却对真正的快乐一无所知。一千个夏天压缩在了这仅仅一张的相片里,而约翰·威尔克斯·霍普伍德却用拇指遮住那张脸蛋,不让它暴露出来。

"这难道不是有史以来最不可思议的肉体吗?"这不是询问,而是宣告。

"而且它属于我,全都属于我。仅属于我一人。"他说,"不,不,别害怕。看。"

他拿开那根拇指,露出那位可爱到难以置信的年轻男子的脸。

那张属于老鹰,属于古代日耳曼战士,属于非洲坦克部队将军的脸出现了。

"天哪，"我说，"这是你。"

"是我。"约翰·威尔克斯·霍普伍德说。

然后他后仰脑袋，咧开了嘴，露出那种仿佛带着刀光剑影的冷酷笑容。他无声地笑着，像在纪念过往的时光，电影尚且无声的时光。"的确是我。"他又说。我摘下眼镜，擦了擦镜片，更仔细地打量。

"不，这不是伪造的，也没有什么特殊拍摄手法。"

这就像我小时候看的那些印在报纸上的拼图竞赛。不同总统的脸各自分成三部分，然后混在一起。这边是林肯的下巴，那边是华盛顿的鼻子，上面是罗斯福的眼睛，和另外三十位总统混在一起。你必须将它们剪下，再重新贴上，才能快速赢得10美元。

而在这儿，有位年轻男子希腊雕像般的身躯却和老鹰、雕，甚至是秃鹫的脖子、脑袋和脸接合，其中带着邪恶或疯狂，或是兼而有之。

约翰·威尔克斯·霍普伍德注视着我的身后，眼神流露出意志的胜利[①]，仿佛他自己也从未见过这样美丽的人儿。

"你觉得这是某种花招，对吧？"

"不。"但我偷偷看了眼他的羊毛西装、干干净净的衬衫，还有那条系得整整齐齐的旧领带、背心、袖扣、闪亮的皮带扣，以及脚踝周围银色的裤管夹。

我想到了理发师卡尔和斯科特·乔普林失踪的"脑袋"。

---

①呼应于1935年上映的德国纳粹宣传电影《意志的胜利》。

约翰·威尔克斯·霍普伍德用带着锈色斑点的手指摸了摸背心和双腿。

"没错,"他大笑道,"都遮起来了!所以除非你来拜访我,否则你永远不会知道,不是吗?病恹恹的老理查德过去究竟是不是夏日男孩的圣火的掌控者?这样的青春奇迹怎么能跟这头老海狼扯上关系?阿波罗怎么会看上——"

"卡利古拉?"我脱口而出,顿时全身僵硬。

但霍普伍德并不介意。他大笑起来,点点头,摸了摸我的手肘。

"卡利古拉——没错!——现在会发话,而可爱的阿波罗会隐藏和等待!答案是意志力。意志力。健康食品,没错,它们才是演员生活的中心!我们必须保持身体健康、精神振作!不能碰白面包,不能碰雀巢轻脆巧克力……"

我缩了缩身子,觉得最后几块巧克力棒正在口袋里融化。

"不能碰馅饼,还有蛋糕,不能碰烈性酒,甚至不能有太多性生活。每晚10点上床。早早起来,沿着海边跑步。每一天,人生的每一天都要在健身房锻炼两小时,你的朋友全是健身教练,然后每天再骑两小时自行车。每天如此,持续三十年。三十年!到了最后,你会走到上帝的断头台上!他会砍掉你那颗疯老鹰的脑袋,然后接在一具晒得黝黑、永远泛着金色的年轻男人的身体上!我付出了很大的代价,但这值得。美丽属于我自己。崇高庄严的乱伦。卓越不凡的自恋。我不需要其他人。"

"我相信。"我说。

"你会死在这份诚实上的。"

他把相片放进自己口袋里,就像对待一朵花儿。

"你还是不相信。"

"让我再看一遍。"

他把相片递给我。

我盯着看。就在这时,我想起了昨晚在黑暗的海岸上翻腾的海浪——

还有在海浪里突然出现的赤裸男人。

我皱起眉头,眨了眨眼。

这具身体是否就属于康斯坦丝·拉蒂根背对我的时候从海里出现,吓了我一跳的那个人?

我很想知道,但我问出口的却是:"你认识康斯坦丝·拉蒂根吗?"

他身体僵硬,说:"为什么问这个?"

"我在史兰克家的门上看到了她的名字。我觉得你们就像曾在夜晚擦身而过的两条船。"

还是说身体?他会不会在某天的凌晨3点钻出海浪,就在她跳入水中以后?

他那张日耳曼人的嘴转为充满傲慢的形状。

"我们合作的电影《军刀交错》在1926年轰动了全美国。我们的绯闻是那年夏天的头条新闻。我是她一生中最爱的人。"

"是你……"我开了口。是你,我心想,用剑割断她的腿筋,让她一整年都不能走路,而不是那个投水自尽的导演?

但话说回来,我昨晚根本没机会寻找她身上的伤疤。而且从康斯坦丝奔跑的姿势来看,这些就像是一百年前说过的谎话。

"你真该去看看A.L.史兰克。他是个体贴的人,是个充满禅意和智慧的人,"他说着,重新骑上自行车,"为什么呢?这是他让我给你的。"

他从另一个口袋里掏出一把糖果包装纸,足足十二张,用回形针整齐地夹在一起，大部分是克拉克棒、雀巢和动力室。那些是我胡乱丢在海风里的东西，有人把它们捡了回来。

"他对你了如指掌。"巴伐利亚的疯奥托说完，无声地笑了起来。

我羞愧地接过那些糖果包装纸，将这些代表战败的旗帜拿在手里，感到腰间仿佛多出了 10 磅赘肉。

"记得来看我，"他说，"来坐旋转木马。来看看天真的男孩大卫是不是真的嫁给了邪恶的老卡利古拉，好吗？"

然后他骑着自行车离开，身穿粗花呢西装，头戴粗花呢帽子，面带微笑，目视前方。

我走回 A. L. 史兰克的忧郁博物馆，眯起眼睛，透过蒙尘的窗子看向里面。

在凹陷的沙发旁的一张小桌上，放着一大堆摇摇欲坠的糖果包装纸，其中有亮橘色、柠檬色，以及巧克力棕色。

那些不可能都是我丢的，我心想。

就是我丢的，我心想，我是个胖子。但话说回来，他是个疯子。

于是我去找冰激凌吃了。

"克拉姆利？"

"我还以为我的名字是'警官狗狗'呢。"

"我想我弄到关于凶手本人的情报了！"

随后是长如海洋的沉默。那位警官放下电话，拉扯自己的头发，然后重新拿起电话。

"约翰·威尔克斯·霍普伍德。"我说。

"你忘了，"那位警队副队长说，"到现在还不能断定有凶手,只有怀疑和可能性。有个东西叫作法庭,还有个东西叫作证据。没有证据,就没有案子。他们会把你狠狠丢出去,你得在地上滑个几礼拜才能停下来!"

"你见过约翰·威尔克斯·霍普伍德脱掉衣服的样子吗?"我问。

"够了。"

警官狗狗挂断了我的电话。

我从电话亭出来的时候,天下起了雨。

几乎与此同时,电话突然响了起来,仿佛知道我就在这儿。我拿起话筒,出于我自己也不清楚的理由大喊道:"佩格!"

但话筒里只有几英里外的雨声,以及轻柔的呼吸声。

我再也不会接这台电话了,我心想。

"狗娘养的,"我喊道,"来找我啊,杂种。"

我挂了电话。

上帝啊,我心想,万一他听了我的话,真的来找我呢?

白痴,我想。

然后电话最后一次响起。

我必须接起来,也许是该向远处的呼吸声道歉,请求它不要在意我的无礼。

我拿起听筒。

我听到 5 英里外的洛杉矶传来一个悲伤女人的声音——是范妮。而且她在哭。

"范妮,上帝啊,是你吗?"

"是的,喔,是的,天堂里的上帝啊,"她在喘息,呼吸困难,上气不接下气,"上楼梯差点要了我的命。我自从 1935 年以后就没再爬过楼梯了。你去哪儿了？屋顶塌了。生活结束了。所有人都死了。为什么你不告诉我？噢，天哪，天哪，太可怕了。你能过来吗？吉米、萨姆、彼得罗。"她喋喋不休，让电话另一边的我几乎被负疚感压垮，"彼得罗、吉米、萨姆。为什么你要撒谎？"

"我没撒谎，我只是闭上了嘴！"我说。

"现在又是亨利！"她哭着说。

"亨利！上帝啊。他该不会——？"

"他跌下了楼梯。"

"他还活着吗？还活着吗？"我大喊。

"他在自己的房间里，还活着，谢天谢地。他不肯去医院。我听到他跌下来的声音，跑出去看。这时候我才知道了你没说的那些事。亨利躺在那儿，不断咒骂，念着名字。吉米、萨姆、彼得罗。噢，你为什么要把死亡带来这儿？"

"我没有，范妮。"

"自己过来证明吧。我有三个装满25美分硬币的蛋黄酱罐子。你叫辆出租车，让司机跟到楼上来，用我罐子里的钱付他车费！等你到这儿的时候，我要怎么知道敲门的人是你？"

"可是范妮，你又怎么知道现在讲电话的人是我呢？"

"我不知道，"她悲叹了一声，"这多可怕啊，不是吗？我不知道。"

"去洛杉矶，"10分钟后，我对出租车司机说，"用三个蛋黄酱罐付车钱。"

"喂，康斯坦丝？我在范妮家对面的一间电话亭里，我们得过来把她带走。你能来吗？她现在真的很害怕。"

"有什么好理由吗?"

我盯着街对面的公寓楼,估算着究竟有几千道影子塞在里面,从底楼直到顶楼。

"这次肯定有。"

"去那边。守着。我半小时后到。我就不上楼了。你得劝她下来,该死的。我们会带她离开。赶紧。"

康斯坦丝挂上电话的动作那么用力,让我冲出电话亭,在过马路时差点儿被一辆汽车撞倒。

我敲门的方式让范妮确定了我的身份。她狠狠拉开了门,而我看到的仿佛是一头发疯的大象,双眼疯狂,头发凌乱,就像被一支步枪刚刚打穿了脑袋。

我把她按回椅子上,打开冰箱,犹豫着是蛋黄酱还是酒更有帮助,最后选择了酒。

"喝了它。"我下了命令,突然想起出租车司机还在我身后的门口。他跟着我上了楼,以为我想要赖账不还。

我抓起一个装满了硬币的蛋黄酱罐子,塞进他手里。

"够了吗?"我说。

他迅速估算了一下,就像猜测装在橱窗的大桶里的糖豆数量那样,然后他吮了吮牙,带着叮当作响的硬币跑掉了。

范妮正忙着喝光那杯葡萄酒。我坐了下来,又给她倒了一杯。最后,她说:"这两天晚上,总有人待在我的门外。他们走来走去,走来走去,以前从来没有过这种事。然后他们会停下,他们会大口呼气和吸气,上帝啊,他们大半夜在一个又老又过气的肥胖歌剧演员门外做什么?不可能是为了强暴,对吧?没人会强暴380磅重的女高音歌手,对吧?"

说到这里,她开始大笑,笑得又久又用力。我不清楚那是出于歇斯底里，还是令别人和自己同样惊讶的幽默感。我不得不拍打她的背脊让她停止大笑，让她的脸色恢复正常，然后又给她倒了一杯酒。

"噢，天哪，天哪，天哪，"她喘息着说，"能笑出声真好。谢天谢地，你来了。你会保护我的，对吗？抱歉我说了刚才那些话。并不是你把那个可怕的东西带来，然后留在我门外的。那是巴斯克维尔的猎犬[①]。它饿了，所以自己跑过来吓唬范妮。"

"对不起，我没告诉你吉米、彼得罗和萨姆的事情，范妮。"我一边说，一边大口吞下自己那杯酒，"我只是不想一口气把那些讣告读给你听。你瞧，康斯坦丝·拉蒂根很快就会抵达楼下。她想让你去她那里住几天……"

"又是瞒着我的事，"范妮大声说着，睁大眼睛，"你是什么时候认识她的？但不管怎么说，这些话都没用。这儿是我家。如果我离开这里，就会日渐消瘦，然后死掉。我的唱片都在这儿。"

"我们可以带走。"

"还有我的书。"

"我可以帮你搬下去。"

"我的蛋黄酱，她那边没有这个牌子。"

"我可以买给你。"

"她那里住不下。"

"就算是你，范妮，也住得下。"

"那我这只新来的小花猫……？"

我们就这么说啊说啊，直到我听到楼下传来豪车靠上路肩的声音。

[①] 出自《福尔摩斯探案集》中的一个故事。

"就这样吧,好吗,范妮?"

"我现在觉得没事了,因为你来了。只要你走的时候告诉古铁雷斯夫人,让她上楼来陪我一会儿就好。"范妮快活地说。

"一小时前你还觉得自己死定了,现在这些虚假的乐观情绪又是从哪儿来的?"

"亲爱的孩子,范妮没事了。那头可怕的野兽不会回来了,我知道,而且无论如何,无论如何——"

在这个糟糕的时机,整座公寓楼在睡梦中动了动身子。

范妮房间的门在铰链上发出低吟。

就像受到了枪击那样,范妮坐起身来,几乎因恐惧而窒息。

我在一瞬间穿过房间,用力推开房门,看向仿佛长长山谷的走廊,这边一英里长,那边也有一英里。没有尽头的黑色隧道充斥着喷气流般的夜色。

我竖起耳朵,听到了天花板里灰泥的噼啪声。一扇扇房门在门框里蠢蠢欲动。在某处,有间厕所无休无止地低声自语,那是黑夜里一间老旧而冰冷的白色陶瓷地下室。

当然了,走廊里空无一人。

无论刚才是谁在那儿——如果真有人在那儿的话——他都迅速关上了门,或者跑到了走廊前部或者后部。在黑夜化作无形洪水涌入之处,有一条风之长河蜿蜒而至,也带来了被吃下之物、被抛弃之物、被渴望之物与被厌烦之物的回忆。

我想对着空空如也的走廊尖叫,想要喊出我本想朝着康斯坦丝·拉蒂根那座阿拉伯城堡之外的夜晚海岸大喊的那些话。滚开。别来烦我们。我们也许看起来该死,但我们不想死。

我对着那片空无喊出口的却是:"好了,孩子们。回你们的房间去。去吧,快点。小坏蛋!就是这样。好的。很好。"

我一直等那些不存在的孩子退进他们不存在的房间，然后才转过身，身体靠在房门上，带着假笑关上了门。

这法子有效。至少范妮假装它有效。

"你会是个好父亲的。"她笑逐颜开。

"不，我会像所有父亲那样，心不在焉，毫无耐性。就该在几小时前给这些孩子灌点儿啤酒，让他们上床才对。感觉好些了吗，范妮？"

"好多了。"她叹了口气，闭上了眼睛。

我走过去，用双臂环绕住她，就像林德伯格①在人群的欢呼声中环绕地球那样。

"事情会过去的，"她说，"你走吧，一切都没事了。就像你说的，那些孩子已经上床去了。"

那些孩子？我差点这么说，但又及时住了口。哦，对，那些孩子。

"所以范妮安全了，你回家吧，可怜的孩子。告诉康斯坦丝，多谢，但还是不用了。而且她可以来看我，对吧？古铁雷斯夫人答应过今晚要上楼来住下，睡在那张我三十年没用过的床上，你能想象吗？我躺下是睡不着的，我没法呼吸。好了，古铁雷斯夫人这就要来了。多谢你能来见我，亲爱的孩子。我现在明白你有多好心了，你只是不希望我因为我们楼下的朋友而悲伤。"

"的确如此，范妮。"

"他们的过世没什么不寻常的，对吧？"

"是的，范妮。"我撒了谎，"只有愚蠢、不再美丽和悲伤。"

---

①全名为查尔斯·奥古斯都·林德伯格（1902—1974），历史上首位完成单人不着陆横跨大西洋飞行的飞行员。

"天哪,"她说,"你说起话来就像《蝴蝶夫人》里面的上尉。"

"所以我在学校才会挨揍。"

我朝门外走去。范妮深吸了一口气,最后说:"如果我发生了什么意外,我不是说真的会发生,但如果发生了,就去冰箱里看看。"

"看哪儿?"

"冰箱,"范妮神神秘秘地说,"现在别看。"

可我已经拉开了冰箱的门。我借着灯光看向里面,我看到了许多果酱、调味汁、果冻和蛋黄酱。过了好一会儿,我才关上了冰箱门。

"你不该现在就看的。"范妮抗议道。

"我不想等。我现在就想知道。"

"这下我可不会告诉你了,"她生气地说,"你不该偷看的。我刚刚还想承认说,或许它来到我这儿是我自己的错。"

"它,范妮?什么它?"

"所有那些我以为你带来的坏事。但这或许是范妮的责任,或许是我的过错,或许是我把那东西从街上吸引过来的。"

"噢,究竟是不是你?"我朝她前倾身体,大喊起来。

"你不再爱我了吗?"

"我当然爱你。见鬼,我想带你离开这儿,但你不肯走。你指控我在厕所里下了毒,现在又让我去看冰箱里。耶稣上帝啊,范妮。"

"现在上尉对蝴蝶夫人发火了。"但她的双眼开始泛出泪水。

我没法再待下去了。

我打开门。

我敢肯定，古铁雷斯夫人已经在那里站了好一会儿。她双手拿着一盘热气腾腾的玉米卷——她待人处事总是这么得体——等在那儿。

"我明天给你打电话，范妮。"我说。

"你当然会啦，范妮也会好好活着的！"

我想知道，我心想，如果我闭上眼睛，假装是个盲人……

我还能找到亨利的房间吗？

我敲了敲亨利房间的门。

"谁啊？"亨利在上锁的门里说。

"是谁说了谁啊？"我说。

"是谁说了谁说了谁啊？"他说着，笑出了声，随后想起自己很痛苦，"是你啊。"

"亨利，让我进去。"

"我很好，只是摔下了楼梯，只是差点摔坏了。就让我锁着门躺在这儿好了。我明天就会出来。多谢你为我担心，你是个好孩子。"

"发生了什么，亨利？"我对着紧锁的房门发问。

亨利走了过来。我能感觉到他靠着门板，就像在忏悔室里说话。

"他把我绊倒了。"

有只兔子在我胸膛里跑来跑去，然后变成了一只大老鼠，继续奔跑。

"是谁，亨利？"

"是他。那个狗娘养的绊倒了我。"

"他说了什么吗？你确定那儿真的有人吗？"

"我是怎么知道楼上走廊的灯是亮着的？我？我能感觉到。热度。他所在的那部分走廊很暖和。而且当然了，他还在呼吸。我听到了他在藏身之处吸走空气，又轻轻吐出的声音。我经过的时候，他什么也没说，但我能听到他的心跳声，怦，怦，又或许那是我自己的心跳。我本想偷偷溜过去，免得让他看到我。盲人总觉得自己的世界一片黑暗，所以其他人也都一样。接下来的事你很清楚。嘭！我躺在楼梯最下面，不知道自己是怎么跑到那儿去的。我开始大喊吉米、萨姆和彼得罗的名字，然后我自言自语说：'你真是个蠢货，他们都不在了，如果你不去找别人求救，那你也会跟他们一样。'我开始以最快的速度叫出名字。整栋公寓的门纷纷打开。他们出现的时候，他消失了。听起来简直像是赤脚待在门外。我闻到了他呼吸的气味。"

我吞了口唾沫，靠着房门，问："那是什么样的气味？"

"让我想想再说。现在亨利要睡觉了。我很高兴自己是个盲人。我讨厌看到自己像一袋脏衣服那样滚下楼梯。晚安。"

"祝你晚安，亨利。"我说。

我转身的同时，这艘大号汽艇般的公寓楼在黑暗中绕过了风之河流的一处弯道。我觉得自己仿佛在凌晨一点钟回到了谢普谢德先生的电影院里，潮水拍打和摇晃座位下方的木板，银色与黑色的硕大身影在银幕上滑动。整座公寓楼颤抖起来。电影院是一回事。这座暮色笼罩的老旧庞大房屋的问题在于，那些影子脱离了银幕，在某些夜晚等待于楼梯间旁边，躲藏在盥洗室里与拧松的灯泡下，让所有人只能像亨利那样盲目地四下摸索，寻找离开的路。

就像我现在这样。我站在楼梯最顶端，身体僵硬。我听到前方传来搅动空气的呼吸声。但那只是我自己的吸气和吞咽声撞上墙壁，然后弹回我脸上的回音。

看在基督的分儿上，我心想，别把自己绊倒了，然后走了下去。

我走出范妮的公寓时，那位司机开的1928年产杜森博格豪车正等着我。车门关上，车子发动，而在前往威尼斯的半路上，前方的司机摘下帽子，放下头发，然后变成了……

审问者拉蒂根。

"怎样？"她冷冷地说，"她还在不安吗？"

"她非常非常不安，但这不是我害的。"

"不是？"

"不是，该死的。在下一个转角那儿停下，然后他妈的让我下车！"

"作为北伊利诺伊州的腼腆男孩，你还真会说话，海明威先生。"

"好吧，见鬼，拉蒂根小姐！"

这话奏效了。我看到她的肩膀耷拉了一点儿。如果她再不谨慎点儿，就会失去我的支持，而且她很清楚。

"康斯坦丝。"她放低嗓音，建议道。

"康斯坦丝，"我说，"别人淹死在浴盆里，酗酒过度，或者从楼梯摔下，或者被警察带走，这些都不是我的错。你刚才为什么不肯进公寓？你是范妮的多年好友了。"

"我担心看到你和我一起出现，会让她的脑袋不堪重负，就这么飞走，而我们永远没法把它装回去。"

她让豪车从相当歇斯底里的70降到了令人紧张的60或者62。但她紧抓着方向盘，仿佛那是我的肩膀，而她正在摇晃我。

我说:"你最好让她彻底搬出来,再也别回去。她会一整周都睡不着觉,光是疲劳也许就能害死她。而且没人能靠蛋黄酱永远活下去。"

康斯坦丝将车速降到了55。

"她让你不太好过?"

"只是跟你一样,说我是'死亡的朋友'而已。我好像变成了所有人的替罪羊,正在到处送出黑死病跳蚤。无论那栋公寓楼里有什么都行,但我不是散播者。除此之外,范妮还做了一件蠢事。"

"什么?"

"我不知道,她不肯告诉我。她在生自己的气。也许你可以想办法从她那儿套出话来。我感到非常不安,这一切恐怕是范妮自己惹出来的。"

"怎么说?"

豪车降到了40迈。康斯坦丝透过后视镜看着我。我舔了舔嘴唇。

"我只能猜测。她说是冰箱里的什么东西。她说如果她发生了什么意外,就去看冰箱里。上帝啊,多蠢的话啊!也许你今天深夜可以回去一趟,看看那个该死的冰箱,弄清楚范妮究竟把什么东西带进了那座公寓楼——以及为什么那么做——然后还因此吓得半死。"

"午夜时分的耶稣,"康斯坦丝喃喃说着,闭上了眼睛,"黎明时分的马利亚。"

"康斯坦丝!"我大喊道。

因为我们刚刚盲目地闯过了红灯。

幸好上帝出了手,为我们铺平了前路。

她在我的公寓前方停下车子,自己也下了车。我打开房门,她把脑袋探了进去。

"所以这就是那些天才作品诞生的地方,是吗?"

"地球上的一小块火星。"

"那边是卡尔的钢琴吗?我听说曾经有乐评人想把它付之一炬。还有一群顾客在某天包围了那家店,大叫大嚷,展示自己滑稽的发型。"

"卡尔还好吧。"我说。

"你最近照过镜子没有?"

"他努力过了。"

"只努力了你脑袋的这一面。下次你过来的时候,提醒我一下。我父亲干过一阵子理发师,他教过我。我们干吗站在门口?见鬼,是担心邻居说闲话吧。这就对了。无论我怎么说,这似乎都是事实。你是货真价实的雏儿,对吧?我十二岁以后就没见过你这么害羞的男人了。"

她把脑袋探到房间的更深处。

"上帝啊,这么多垃圾。你从来都不收拾吗?这算什么,一次读十本书,其中一半是漫画?你放在打字机旁边的是巴克·罗杰斯用的粉碎枪吗?你把包装盒扔了?"

"对。"我说。

"好一个垃圾堆。"她得意地说,似乎想把这当成赞美。

"我拥有的这些全都属于你。"

"这张床太小了,干什么都不够用。"

"恐怕得有个参与者一直待在地板上才行。"

"天啊,你用的打字机是哪年生产的?"

"1935年安德伍德标准打字机,老旧但优秀。"

"就像我一样,是吗,孩子?你要不要邀请这位上古名人进房间去,帮她摘下耳环?"

"你还得回去范妮那儿确认她的冰箱呢,记得吗?另外,如果你要留下来过夜,这儿只有勺子。"

"这么多餐具,却没叉子?"

"没有叉子,康斯坦丝。"

"你打过补丁的内裤太让人难忘了。"

"我又不是大卫像的大卫。"

"见鬼,你连拉尔夫都不是。晚安,孩子。我该去看范妮的冰箱了。多谢!"

她给了我一个让我鼓膜爆裂的吻,然后驱车离开。

我头晕目眩地爬上床去。

我不该这么做的。

因为我随后就做了那个梦。

每天晚上,那场小小的雨都会来到我的门外,停留片刻,轻声低语,然后离开。我不敢开门去看。我担心自己会看到克拉姆利站在那儿,全身湿透,双眼火红。或者是谢普谢德,他会像老电影那样闪烁和抽动,海藻从他的眉毛和鼻子垂下。

每天晚上我都会等待,等雨停下,我才会安睡。

然后那个梦就会到来。

我是住在北伊利诺伊一座绿色小镇的作家,正坐在和卡尔人去楼空的理发店里那把椅子相似的理发椅里。然后有人拿着电报冲进店里,声称我刚刚以10万美元卖掉了一份电影剧本!

我在椅子里挥舞电报,幸福欢呼的时候,发现店里的每个男人和男孩，以及那位理发师的脸都变成了冰川，变成了永久冻土。而当他们假装出祝贺的笑容时，他们的牙齿变成了冰锥。

突然间，我成了局外人。他们嘴里吹来的风让我身体发冷。我彻底改变了。我不可原谅。

理发师急匆匆地——匆忙得过了头——剪完了我的头发，仿佛我是不可触碰的贱民，而我用汗湿的双手攥着电报，回到家里。

那天深夜，从离我在小镇上的屋子不远的森林边缘，我听到有头怪物在森林的另一边叫喊。

我从床上坐起身，身体覆盖了一层晶莹的寒霜。那怪物的咆哮声越来越近。我睁开双眼，想要听得更真切些。我张开嘴巴，让双耳放松。怪物的尖叫声更近了，此时已经穿过半个森林。它横冲直撞，碾碎野花，吓跑兔子，让大群鸟儿尖叫着飞向星辰。

我没法动弹，也叫不出声来。我感觉自己的脸上血色尽褪。我看到了不远处那张办公桌上的那封庆贺电报。怪物发出一声象征毁灭的可怕呼喊，再次前冲，仿佛在前进途中用它弯刀似的骇人牙齿砍倒了一棵棵树木。

我跳下了床，抓住那封电报，跑到正门那里，将门猛地打开。那头怪物就快跑出森林了。它嘶吼，它尖叫，它用威胁敲打着夜晚的风。

我将那封电报撕成了十几片，丢到草丛上，朝着碎片大喊。

"回答是不！留着你们的钞票吧！留着你们的荣誉吧！我要留在这儿！我不会走的！不，"然后又一遍，"不！"，然后是最后而绝望的一遍，"不！"。

那头恐龙怪物的最后一声吼叫逐渐停止，然后是一阵可怕的沉默。

月亮从云层后面钻了出来。

我等待着,汗水在我脸上结成了冰。

那头怪物吸了口气,然后呼出,接着转过身,迈着笨重的脚步离开,重新穿过森林,逐渐远去,最后彻底消失,被人遗忘。电报碎片在草地上飞舞,仿佛飞蛾的翅膀。我关上窗户,拉好百叶窗,悲伤地松了口气,回到床上。就在黎明之前,我睡着了。

此时此刻,我躺在威尼斯的床上,从那个梦中醒来,走到门口,看向外面的运河。我该对着黑水、对着雾气、对着海岸喊些什么?谁能听得到呢?什么样的怪物会听到我承认过失,或者我的严词拒绝,或者我关于自身清白的抗议,又或者是我关于自身的善良与怀才不遇的论断?

走开!我该这么大喊吗?我没有做错任何事。我不能死。而且看在上帝的分儿上,别去打扰其他人了。我该说出或者喊出这种话吗?

我张开嘴想要尝试,但在黑暗里聚集的灰尘却钻进了我的口腔。

我只能伸出一只手,做出手势,做出乞求的姿势,做出徒劳的表意动作。拜托,我心想。

"拜托。"我低声说。接着我关上了门。

与此同时,街对面我专用电话亭里的电话响了起来。

我不能接,我心想,是他,那个冰人。

电话还在响。

是佩格。

电话还在响。

是他。

"安静!"我尖叫起来。

电话铃声停止了。

我的体重将我压倒在床上。

  克拉姆利站在门口,连连眨眼,说:"看在上帝的分儿上,你知道现在是几点吗?"

  我们站在那里,面面相觑,仿佛是两个将彼此打得晕头转向,不知道该躺倒在哪儿的拳击手。

  我想不出该说什么,于是我说:"我受到的招待委实太过糟糕①。"

  "口令对了。莎士比亚。进来吧。"

  他带着我穿过房子,来到煮着咖啡的那只大壶所在的地方。

  "我最近为了我这部杰作忙到很晚。"克拉姆利朝他在卧室的打字机点点头。一张长长的黄色纸页挂在上面,仿佛灵感女神的舌头。"我用的是法律专用纸,上面能多打点字儿。我觉得如果是一张正常尺码的纸,我打完就不会想继续下去了。耶稣啊,你的脸色真差。做噩梦了?"

  "最可怕的那种。"我跟他说了那家理发店、卖了 10 万美元的电影剧本、夜色里的怪物、我的叫喊,还有抱怨着离开的巨兽,而我永远活了下来。

  "耶稣啊,"克拉姆利倒了两大杯浓稠得好比沸腾岩浆的液体,"你连做的梦都比我做的精彩!"

---

①出自《哈姆雷特》第二幕第二场的台词。

"这个梦是什么意思?我们永远也赢不了吗?如果我继续穷困下去,一本书也出版不了,我就会输。但如果我卖掉稿子,付梓出版,银行里有了钱,是不是一样会输?其他人会恨你吗?朋友们会原谅你吗?你比我年纪更大,克拉姆利,告诉我吧。为什么梦里那头怪物会来杀我?为什么我非得把钱还回去?这一切究竟是什么意思?"

"见鬼,"克拉姆利嗤之以鼻,"我又不是精神病医生。"

"A. L. 史兰克会知道吗?"

"用他那套乱涂乱画的占卜?没门儿。你打算写下那个梦吗?你总是建议别人——"

"等我冷静以后吧。几分钟之前,我往这边过来的时候,我想起我的医生曾经提议带我去验尸解剖室参观。感谢上帝,我当时拒绝了。否则我受到的招待才叫真的糟糕呢。我工作过度了。我该怎么把那只狮笼赶出我的脑袋?我该怎么抚平金丝雀老女士的床单?我该怎么劝说理发师卡尔从乔普林那件事里回来?我今晚远在城镇这一边,手里没有武器,又该怎么保护范妮?"

"喝你的咖啡吧。"克拉姆利提议说。

我从口袋里掏出卡尔和斯科特·乔普林的合影,后者的脑袋依然不知所踪。我把发现这张相片的地方告诉了克拉姆利。

"有人偷走了贴在这张相片上的脑袋。卡尔发现了这点,明白有人盯上了他,于是匆忙离开了镇子。"

"这可不是谋杀案。"克拉姆利说。

"一样的。"我说。

"就跟猪会飞、火鸡会跳踢踏舞一样。'下一个案子',就像他们在法庭上常说的那样。"

"有人给萨姆喝了太多酒,害死了他。有人把浴缸里的吉米翻了个身,害他淹死了。有人报警把彼得罗带走了,这也等于杀了他。有人站在金丝雀女士身旁,就这么直接吓死了她。有人把那个老人推进了狮笼。"

"我拿到了他更详细的验尸报告,"克拉姆利说,"他的血液里满是杜松子酒。"

"没错。有人灌醉了他,殴打他的头部,把他拖进运河,把已经死掉的他塞进笼子里,然后离开,走回自己的车子或者在威尼斯某处的公寓那边,全身湿透。可谁又会注意一个在暴风雨天没带伞的湿淋淋的男人呢?"

"住口。不,让我换个更脏的词儿,闭嘴。小家伙,你这场旧货大甩卖甚至换不来一个评判甜甜圈①外加爪哇咖啡。人总会死的。意外总会发生的。动机,该死的,我要动机。'昨晚我看了眼楼上,那儿有个不存在的小个子男人。他今天还是不存在。上帝啊,我真希望他快点离开!'你翻来覆去只有这通胡言乱语。想想看吧,如果这个所谓的杀手是存在的,那么据我们所知,去过所有现场的人就只有一个——你。"

"我?你该不会觉得——"

"不,冷静点儿。别用那双粉红兔子似的大眼睛看我。耶稣啊,我们去找点儿东西。"

克拉姆利走到厨房一侧的书架前(他家的每个房间都有书),然后取下了厚厚的一本。

他把那本《莎士比亚戏剧集》丢在厨房的桌子上。

"毫无意义的恶意。"他说。

---

①原文为 judge doughnut。doughnut 可缩写为 donut,常被用来玩 "donut (do not) judge me"(意为 "不要评判我")的文字梗。

"什么?"

"莎士比亚的作品充满毫无意义的恶意。你也是,我也是,每个人都是。毫无意义的恶意。你有没有想到什么?这代表有个人,有个混蛋在四处转悠,干着坏事,而且毫无理由,至少是我们想不到的理由。"

"没有人会毫无理由就四处转悠做混账事。"

"上帝啊,"克拉姆利哼了一声,"你真幼稚。我们在警局处理的半数案子都是类似枪击红灯结果杀死了行人,或者殴打自己老婆,或者朝朋友开枪的那种,而且他们连理由都记不清。动机是存在的,肯定存在,只是埋得太深,得用上硝化甘油才能炸出来。如果有个你这样的人试图用你的啤酒推理和威士忌逻辑去找,那就不可能找到他。没有动机,没有根系,没有线索。他就这么走来走去,不受酒精牵累,无人妨碍,除非你能把踝骨接上小腿骨,再接上膝盖骨,再然后是股骨。"

克拉姆利高兴地坐了下来,把咖啡重新倒满。

"你有没有想过,"他说,"墓地里是没有厕所的?"

我张大了嘴。"天哪!我从来没想过这个!墓碑之间不需要什么卫生间。除非!除非你要写埃德加·爱伦·坡式的故事,有具尸体半夜爬出坟墓,还需要解手。"

"你打算写这个故事?耶稣啊,这下我开始给别人点子了。"

"克拉姆利。"

"又来了。"他叹了口气,把椅子往后推了推。

"你相信催眠吗?相信心灵回归吗?"

"你回归得够多了……"

"拜托,"我吞了口口水,"我快发疯了。让我回归吧。让我回到从前!"

"老天啊，"克拉姆利站起身来，喝光了咖啡，从冰箱里拿出啤酒，"除了疯子王国，你还想被送到哪儿去？"

"我遇见过那个杀手，克拉姆利。现在我想再遇见他一次。我当时努力装作没注意到他，因为他喝醉了。他就在我身后，乘着最后一班开往大海的红色列车。就在同一天晚上，我在狮笼里发现了那个死去的老人。"

"口说无凭。"

"他说过可以作为证据的话，但我忘记了。如果你能帮我想起那段事，让我回到那个暴雨之夜的电车上，仔细听他说的话，我就会知道他是谁，杀戮就会停止。你不想阻止杀戮吗？"

"当然想，等我用催眠的狗把戏让你想起过去，你再用汪汪声报出答案以后，我就去逮捕那个凶手，是吗？跟我走一趟吧，坏家伙，我的作家朋友在催眠疗程里听到了你的声音，这就是如山铁证。手铐在这儿，自个儿戴上！"

"去你的，"我站起身，把自己那杯咖啡一饮而尽，"我会催眠自己的。话说回来，这就是一切问题的根源，对吧？自我暗示？给我压力的一直是我自己？"

"你没受过训练，你不知道该怎么做。坐下，看在基督的分儿上。我会给你找个好催眠师。嗨！"克拉姆利的笑声带着几分疯狂，"催眠师A.L.史兰克怎么样？"

"上帝啊，"我打了个寒战，"这种话就算开玩笑也别提。他会用叔本华、尼采和伯顿的《忧郁的剖析》把我沉到水下，让我永远没法浮出水面。这事必须由你来，埃尔莫。"

"我必须把你赶出去，再让我自己上床去。"

他礼貌地把我带到门口。

他坚持要开车送我回家。一路上，他凝视着前方的黑暗未来,开口道:"别担心,孩子。不会再发生别的事了。"

克拉姆利错了。

但当然了,他的错误没有立刻得到证明。次日早上6点,我醒了过来,因为我觉得自己听到了三十多声步枪响声。

但那只是码头上的那些歼灭者,那些充当牙医的工人在忙着拔出硕大的牙齿。为什么,我心想,这些毁灭者要一大早就开始毁灭?至于那些枪声,多半只是他们的笑声。

我冲了个澡,跑出门去,正好遇到从日本飘来的一道雾堤。

电车站的那几个老人就站在我前方的沙滩上。自从他们的朋友史密斯先生——在卧室墙上写下自己名字的那位——失踪以后,这还是我第一次在那里看到他们。

我看到他们注视着码头死去,能感觉到他们身体里的木料在分崩离析。他们唯一表现出的动作是咀嚼牙龈,仿佛要吐出嘴里的烟草。他们的双手垂在身体两侧,不时抽动。我知道,他们也知道,等码头消失后,迟早会有沥青搅拌机嗡嗡响着涂抹铁路轨道,再有人用钉子封死售票处,扫去最后一块打孔碎片。如果我是他们,我会在今天下午就出发前往亚利桑那州,或者某个阳光明媚的地方。但我不是他们。我只是我自己,比他们年轻半个世纪,指节上没有锈迹,骨头也不会在那些巨大的钳子每次拔出、制造出另一片虚无的时候就嘎吱一下。

我走了过去,站在其中两位老人中间,想说点儿什么有意义的话。

但最后,我只能重重地叹一口气。

这是他们能够理解的语言。

听到我的叹息,他们沉默了很久。

随后,他们点了点头。

"好吧,你又给我惹了个大麻烦!"
在去往墨西哥城的路上,我的声音变成了奥利弗·哈迪[①]那样。

"奥利,"佩格用斯坦·劳雷尔[②]的声音喊道,"快飞来这里,把我从瓜纳华托的木乃伊手里救出来!"

斯坦和奥利。奥利和斯坦。从一开始,我们就把彼此的关系称为"劳雷尔和哈迪浪漫史",因为我们从小就狂热地爱着这个组合,而且相当擅长模仿他们的声音。

"你怎么不做点儿能帮到我的事?"我用哈迪先生的声音大喊。

佩格用劳雷尔的声音语无伦次地回答:"喔,奥利,我……我是说,看起来,我……"

然后是一阵沉默,我们呼吸着彼此的绝望、渴求和悲伤爱意,一次又一次,一英里又一英里,佩格宝贵的一美元又一美元。

"你负担不起的,斯坦,"最后,我叹了口气,"阿司匹林管不到的地方开始疼了。斯坦,亲爱的斯坦利,再见吧。"

"奥利,"她哭着说,"亲爱的奥利,再见了。"

就像我说的……克拉姆利错了。
那天晚上,11点刚过1分钟的时候,我听到了灵车停在我公寓前面的声音。

[①]美国喜剧演员。
[②]英国喜剧演员,奥利弗·哈迪的喜剧搭档。

我当时还没睡着。从它抵达时的轻柔嘶嘶声,还有它准备等我到来就再次出发的低沉嗡嗡声,我认出了那是康斯坦丝·拉蒂根的豪华轿车。

我站起身,没有询问上帝或是任何人,然后机械地穿上衣服,根本没看自己穿的是什么。不知为什么,我穿的是深色裤子、黑色衬衫和一件老旧的蓝色轻便短上衣。只有中国人才会为了死人穿一身白色。

我握着前门把手足有一分钟,这才找到拉开门走出去的力气。我没有爬上后座,而是坐在了前面。康斯坦丝正在那里盯着前方翻滚着冰冷白浪的海岸。

泪水沿着她的脸颊流下。她什么也没说,只是安静地发动了那辆豪车。很快我们就沿着威尼斯大道的中央平稳地飞驰起来。

我害怕向她提问,因为我害怕听到答案。

走到半路的时候,康斯坦丝开了口。

"我早就有预感了。"

她只说了这些。我知道她没给任何人打电话。她只是必须亲眼去确认。

事实证明,就算她真的打了电话,一切也太迟了。

晚上11点30分,我们停在了那栋公寓楼的前方。

我们坐在那里,而康斯坦丝依然凝视前方,泪水沿着脸颊流下。

她开口道:"上帝啊,我感觉自己仿佛有380磅重。我没法动弹。"

但我们最后不得不动弹。

进到公寓楼里,爬到台阶中部的时候,康斯坦丝突然跪了下来，闭上眼睛，划了个十字，喘息道："噢，求你了，上帝啊，求你了，求你让范妮活下来。"

我扶着她走完那段楼梯，沉醉在悲伤之中。

在楼梯顶端的黑暗里，有一股向内吸入的庞大气流在我们抵达的同时开始拉扯我们。在一千英里外，这片黑夜的遥远尽头，有人打开了公寓北侧的门，然后又关上。出去透气？还是为了逃跑？一道影子在阴影里移动。那扇门如同炮响般的砰声在片刻后传到我们这里。康斯坦丝的身体晃了晃。我抓住她的手，拖着她前进。

我们穿过愈加古老、愈加冰冷也愈加黑暗的天气，继续前行。我开始奔跑，用嘴巴发出奇怪的声音，以及咒语，想以此保护范妮。

没事的，她会在那儿的，我这么想着，念出带着魔力的祈祷，还有她的唱片、卡鲁索相片、占星图、蛋黄酱罐子、她的歌声，还有……

她会平安无事的。

门开着，门板也没有脱离铰链。

她躺在房间中央的油毡地板上，仰面朝天。

"范妮！"我们异口同声。

起来！我们想要这么说。你这样躺着没法呼吸！你有三十年没睡过床了。你必须一直坐着，范妮，永远坐着。

她没有起来。她没有说话。她也没有唱歌。

她甚至没在呼吸。

我们跪在她身边，低声恳求，或是在内心祈祷。我们跪在那儿，像两个礼拜者，两个忏悔者，又或是两个医治者。我们伸出双手，仿佛能起到什么作用，仿佛只要伸手触碰，就能让她起死回生。

但范妮只是躺在那儿，盯着天花板，好像在说："奇怪，天花板怎么在那边？为什么我没法开口说话？"

整件事既简单又可怕。范妮跌倒了，也可能是被推倒了，然后就站不起来了。她于午夜时分躺在这儿，直到体重将她压垮，令她窒息。不需要花什么力气，就能让她保持这个姿势，无法翻身。你不需要用双手掐住她的脖子。什么都不用刻意去做。你只需要站在她身边，确定她不会侧过身体，设法喘过气来，再自行站起。你就这么看着她一分钟，两分钟，直到最后她的声音逐渐停止，双眼渐渐呆滞无神。

噢，范妮，我呻吟道。噢，范妮，我悲叹道，你对自己做了些什么？

我听到了一声无比微弱的低语。

我猛然转头。我看向那边。

范妮转过曲柄的留声机仍然在运转，缓缓地、慢慢地。它仍然在转动。这代表就在 5 分钟之前，她转动留声机的曲柄，放了一张唱片在上面，然后……

在黑暗中给敲门的人打开了门。

留声机的转盘仍在转动，但唱针下面没有唱片。那张《托斯卡》不见了。

我眨了眨眼睛，然后……

一阵急促的敲打声响起。

康斯坦丝站起身，哽咽着跑了过去。她跑向通往阳台的门，在那里可以俯瞰堆满垃圾的空地、邦克山的景致，以及对街那间整夜都会传来欢笑声的台球房。没等我阻止她，她就走出了纱门,来到阳台的栏杆处。

"康斯坦丝,不要!"我大喊。

但她只是想去那儿呕吐。她弯下腰,俯下身,把胃里的东西全都吐了出来,就像我很想做的那样。我只能站在那里看着她,看向我们不久前还在山脚的那座高山。

最后,康斯坦丝停了下来。

我转过身,然后出于我自己无法想象的理由,绕过范妮,穿过房间,打开了一扇小门。微弱的冷光在我的脸上闪烁。

"基督啊!"康斯坦丝在我身后的门口大喊,"你在做什么?"

"范妮对我说过,"我说着,嘴唇发麻,"如果她发生任何事,就去看冰箱里。"

仿佛来自墓穴的寒风吹过我的脸颊。

"所以我在看。"

可当然了,冰箱里什么都没有。

或者说什么都有。果冻、果酱、各种蛋黄酱、沙拉酱、泡菜、辣椒、芝士蛋糕、蛋糕卷、白面包、黄油、冷切拼盘,还有一袋北极牌熟食。范妮肉体的全部成分,以及它设计和稳定堆砌的方式都一览无余。

我看了又看,试图从中找出范妮想让我看到的东西。噢,基督啊,我心想,我究竟该留意什么?其中某样东西会是答案吗?我差点儿伸手把那些果酱和果冻全都推到地板上。但我在半途中停下了拳头。

它不在那儿,就算它在,我也看不见。

我发出骇人的濒死呻吟,然后重重关上了门。

那部留声机——里面没有了《托斯卡》——终于放弃,停止了转动。

得有谁去报警,我心想,谁能去?

康斯坦丝又去了阳台上。

只有我了。

等这一切结束的时候,已经过了凌晨3点。警察来过了,询问了每个人,记下了名字。整个公寓的人都被叫醒,就好像有人在地下室里放了一把火。等我走出公寓正门时,灵车仍旧停在那里,人们冥思苦想着怎样把范妮搬出屋子,运下楼梯,再送上车离开。我希望他们不会想到范妮开过玩笑的那个钢琴箱,就是放在巷子里的那个。他们完全没想到。但范妮也因此在房间里留到了黎明时分,直到他们开来更大的灵车和更大的拖车为止。

把她单独留在楼上一整夜实在很过分。但警察不允许我留下。说到底,这只是一起自然原因造成的单纯死亡而已。

当我穿过这栋公寓楼的每一层,走向楼下的时候,那些房门开始合拢,灯光也随之熄灭,就像那场大战刚刚结束后的那些夜晚。康茄舞的最后一支队伍疲惫地退入房间,返回街上,而我只能孤零零地翻过邦克山,前往会在雷声中带我回家的终点站。

我看到康斯坦丝·拉蒂根蜷缩在她豪华轿车的后座上,安静地躺在那儿,盯着空气。她听到我打开后车门的声音,开口说道:"你去方向盘后面。"

我从前门上车,坐到了方向盘后面。

"送我回家。"她轻声说。

我在那儿呆坐了好一会儿,最后才说:"不行。"

"为什么不行?"

"我不会开车。"我说。

"什么?"

"我从没学过开车,也没有学的必要。"我在唇间活动的舌头沉重得就像铅,"作家什么时候买得起车了?"

"老天啊!"康斯坦丝说着努力撑起身子,爬下车,就像个宿醉未醒的人。她摸索着缓缓绕了过来,挥了挥手道:"坐过去。"

她好不容易发动了车子。这次我们以大约每小时10英里的速度行驶,仿佛周围雾气弥漫,而她只能看到前方10英尺的路。

我们一直开到了大使酒店。她转进酒店前的车道,一路向前。满是气球与滑稽帽子、临近散场的周六夜派对出现在我们眼前。在我们的头顶,椰树林酒店餐厅的灯熄灭了。我看到几位音乐家正带着乐器匆忙离开。

每个人都认识康斯坦丝。我们签名入住,几分钟后就拿到了酒店侧面那座小屋的钥匙。我们没有行李,但似乎没人在乎。侍者带我们穿过花园前往住处,途中不时看向康斯坦丝,仿佛在犹豫要不要搀扶她。等我们进到房间里,康斯坦丝说:"50美元小费能不能让你找到钥匙,打开铁门,让我们去后面的泳池游一会儿?"

"拿钥匙要走很远的路,"侍者说,"可要在这么晚的时间游泳……?"

"我习惯了。"康斯坦丝说。

5分钟后,游泳池里的灯亮了起来。我坐在那里,看着康斯坦丝游了二十个来回,时不时从一头潜泳到另一头,一口气都没换。

又过了10分钟,她离开泳池,气喘吁吁,满面通红。我用一条大毛巾裹住她,然后把她抱在怀里。

"你从什么时候开始哭的?"过了好一会儿,我问。

"笨蛋,"她说,"我刚刚才哭的。如果不能在海里哭,那游泳池也好。如果你没有游泳池,那就去淋浴间。你可以大喊大叫,可以小声哭泣,不会打扰任何人,全世界都不会听到。你想过这些吗?"

"从来没有过。"我怯怯地说。

凌晨4点,康斯坦丝发现我站在小屋的盥洗室里,盯着莲蓬头。"打开它,"她柔声说,"去吧。试试看。"我走进淋浴间,用力把水打开。

上午11点,我们驱车穿过威尼斯,看着水面漂着薄薄一层绿泥的运河,经过拆了一半的码头,望着在高处的雾气中翱翔的海鸥。太阳依然没有现身,海浪静默无声,仿佛蒙住的黑色大鼓。

"该死的,"康斯坦丝说,"抛一枚硬币。人头那面我们就向北去圣巴巴拉。背面我们就往南去蒂华纳①。"

"我没有硬币。"我说。

"基督啊。"康斯坦丝在钱包里翻找,拿出一枚25美分的硬币抛向空中,"背面!"

中午的时候,我们来到了拉古纳海滩,这多亏了不知为何没注意到我们的高速公路巡警。

我们来到维克多·雨果酒吧,坐在外面可以俯瞰海滩的悬

---

①墨西哥西北部城市。

崖上,叫了两杯玛格丽塔。

"你看过《扬帆》[①]吗?"

"看过十遍。"我答。

"这儿就是贝蒂·戴维斯和保罗·亨雷德[②]在电影开头共进甜蜜午餐的地方。这儿就是20世纪40年代初的拍摄地。你现在那张椅子正好是亨雷德坐过的。"

我们在3点去了圣地亚哥,一小时后来到了蒂华纳的斗牛场外。

"你觉得你忍受得了吗?"康斯坦丝问。

"我只能试试看。"我答道。

我们撑着看完第三头公牛,在傍晚的阳光下走了出来,又喝了两杯玛格丽塔,吃了一顿丰盛的墨西哥式晚餐,然后开车往北,登上小岛,日落时分抵达了科罗纳多酒店。我们一言不发,就这么看着夕阳西下,将老旧的维多利亚式高楼和酒店侧面的白色墙壁刷上粉红色。

回家的路上,我们在德尔马的海浪里游了泳,依然沉默不语,但时不时地手牵着手。

午夜时分,我们来到了克拉姆利的丛林院落前。

"和我结婚吧。"康斯坦丝说。

"等我下辈子吧。"我说。

"噢。好吧,也不坏。明天见。"

等她离开后,我穿过了丛林小径。

"你去哪儿了?"克拉姆利站在门口问我。

[①] 1942年上映的美国电影,曾获奥斯卡最佳原创音乐奖。
[②] 分别在《扬帆》中饰演女主角和男主角。

"威格利叔叔[①]说往后跳三步。"我说。

"斯基泽克斯[②]和皮普赛斯瓦[③]说进来吧。"克拉姆利说。

我手里那个冰凉的东西是一杯啤酒。

"天哪,"他说,"你看起来真糟糕。来吧。"

他给了我一个拥抱。我还以为克拉姆利这样的人不会拥抱任何人,包括女人在内。

"当心点儿,"我说,"我可是玻璃做的。"

"我今天早上听说的,我有朋友在中央警局。很遗憾,孩子。我知道她是你的好朋友。你带着那张名单吗?"

我们来到了丛林里,这里只有蟋蟀的叫声。迷失在屋内的塞戈维亚[④]正在演奏一首挽歌,纪念许久之前的某一天,那时塞维利亚[⑤]的太阳还能连续48小时高挂天空。

我从口袋里摸出那张皱巴巴的蠢名单,递了过去:"你为什么想看这个?"

"心血来潮吧,我也不知道,"克拉姆利说,"你让我很好奇。"

他坐了下来,读起了名单:

狮笼里的老人。被杀。凶器不明。

卖金丝雀的女士。被吓死。

彼得罗·马西内罗。入狱。

吉米。在浴缸里淹死。

萨姆。被人怂恿酗酒而死。

---

①美国作家霍华德·罗杰·加里斯创作的系列儿童故事的主角,外形是一只人类打扮的长耳兔。
②漫画《汽油巷》中的主角。
③上文威格利叔叔系列故事中的反派角色。
④应指安德烈斯·塞戈维亚,西班牙古典吉他演奏家。
⑤西班牙城市。

范妮。

以及过去几小时里加上的附注。

窒息而死。

其他潜在的受害者：

盲人亨利。

安妮·奥克莉，步枪女士。

A.L.史兰克，不诚实的精神病医师。

约翰·威尔克斯·霍普伍德。

康斯坦丝·拉蒂根。

谢普谢德先生。

外加一条附注——不，把他去掉吧。

以及我自己的名字。

克拉姆利翻来覆去地看那张名单，盯着它，复述那些名字。

"小鬼，你这张名单简直是珍禽异兽展览。我怎么没在这场杂耍表演里？"

"所有这些人的性格都有缺陷。你？你是个积极主动的人。"

"我遇见你之后才这样，孩子。"克拉姆利顿了顿，脸红了，"基督啊，我怎么会变软弱了？你怎么会把自己也放在名单里？"

"我是个吓坏了的胆小鬼。"

"当然，但你也是个能主动面对问题的人，这种态度很有用。根据你的逻辑，这一点会保护你。至于其他人？他们逃得太快，会从悬崖上跌下去的。"

克拉姆利又把名单翻了一遍，拒绝对上我的目光，然后大声地念出那些名字。

我阻止了他。

"怎样？"

"什么怎样?"他问。

"是时候了,"我说,"催眠我,克拉姆利。埃尔莫,以仁慈天主的名义,动手吧。"

"耶稣啊。"克拉姆利说。

"你必须这么做,就现在,就今晚。你答应过我的。"

"耶稣啊。好吧,好吧。你坐下来。躺下。要我关上灯吗?上帝啊,给我点儿烈酒!"

我跑去拿了两把椅子,并排放在一起。

"这就是那天夜里的电车,"我说,"我坐这儿。你坐到后面去。"

我跑去厨房,给克拉姆利拿了一杯威士忌。"你得让口气变得和他一样。"

"这样就能放松了,非常感谢。"克拉姆利喝下一大口,闭上眼睛,"这是我有生以来做过的最蠢的事。"

"闭嘴,快喝。"

他喝下了第二口。我坐了下来,然后我想了起来,跳起身,拿出了克拉姆利的那张非洲风暴唱片。雨声在房间里扩散开来,就像那天红色电车外的声音。我关掉了灯,说:"好了。完美。"

"闭上嘴,闭上眼睛,"克拉姆利说,"上帝啊,我不知道具体该怎么做。"

"嘘,放轻声音。"我说。

"嘘,没错。安静。好了,孩子。睡吧。"

我专心又仔细地听着。

"放松,"克拉姆利慢悠悠地说,仿佛就在那个雨夜的电车上,坐在我的身后,"平静。无声。慵懒。放松。轻柔地绕过弯道。在雨中安静地行驶。"

他渐渐适应了节奏。我从他的声音可以听出，他开始乐在其中。

"放松。放慢呼吸。安静。午夜以后很久。雨，轻柔的雨，"克拉姆利低声说，"你在哪儿，孩子？"

"我睡着了。"我昏昏沉沉地说。

"睡着了，在旅途中。在旅途中睡着了。"他喃喃道，"你在电车上吗，孩子？"

"电车，"我喃喃地回答，"电车。雨。深夜。"

"就是这样。待着别动。火车行驶。行驶在穿过卡尔弗城的轨道上，经过电影制片厂，天色很晚，车上空荡荡的，只有你，以及……某个人。"

"某个人。"我低声说。

"某个喝了酒的人。"

"喝了酒。"我悲伤地说。

"晃啊，晃啊，说啊，说啊，嘀嘀咕咕，轻声耳语。你听到他说话了吗，孩子？"

"听到了，说话，咕哝，嘀咕，说话。"我轻声回答。

列车在黑暗的暴风雨中穿行于夜色。我舒舒服服地坐在车上，规规矩矩，又昏昏欲睡，却侧耳听着，等待着，摇晃着，闭着眼睛，垂下脑袋，双手无力地搭在膝盖上……

"你听得到他的声音吗，孩子？"

"听得到。"

"闻得到他的气味吗？"

"闻得到。"

"雨下得更大了。"

"更大了。"

"天很黑?"

"很黑。"

"车上的你仿佛沉入了水底,雨太大了,又有人在你身后,在你身后摇晃、呻吟、说话、耳语。"

"对。"

"你听得到他说了什么吗?"

"差一点儿。"

"沉得更深,呼吸更慢,继续行驶,在移动,在摇晃。听到他的声音了吗?"

"听到了。"

"他说了什么?"

"他说……"

"他说了什么?"

"他说——"

"再深一点,让自己睡着。仔细听。"

他的吐息扫过我的脖颈,带着酒精的温暖。

"什么,什么?"

"他说——"

在我的脑海里,电车尖鸣着绕过铁轨的一处弯道。火花四溅。一阵惊雷响起。

"呃啊!"我尖叫起来。然后又是一声"呃啊!",以及最后一声"呃啊!"。

我惊慌地在椅子上扭来扭去,想要逃避那种疯狂的气息,那头浑身酒气、仿佛在燃烧的野兽,还有另一些我曾经遗忘了的东西。但它现在回来了,喷在我的脸上、额头上、鼻子上。

那气味就像挖开的墓穴和屠宰场,就像在阳光下晒了太久的生肉。

我闭紧眼睛,开始干呕。

"孩子!基督啊,醒醒,上帝啊,孩子,孩子!"克拉姆利大喊着摇晃我的身体,拍打我的脸,揉搓我的脖子。他双膝跪地,拉扯我的脑袋、脸颊和双臂,不知道该抓住哪里或者摇晃哪里。"快醒醒,孩子,快啊,看在基督的分儿上,快啊!"

"呃啊!"我最后一次尖叫和挣扎,扑腾着站起身来,四下张望,坠入满是可怕生肉的坟墓。那列电车从我身上驶过,雨水浇灌在墓穴里,克拉姆利拍打着我的脸,而我吐出了一大口酸臭的食物。

克拉姆利让我站在外面花园的空气里,确保我呼吸正常,帮我擦净身体,然后走进房间打扫,又走了回来。

"耶稣啊,"他说,"这法子有效。我们的收获比预想要多,对吧?"

"对,"我有气无力地说,"我听到了他的声音。而他说出了我认为他会说的话,就是我给你那本书起的标题。但我清楚地听到了他的声音,几乎能算是熟悉他了。下次再见到他,无论在哪儿,我都能认出他。我们当时离得很近,克拉姆利,真的很近。他现在逃不了了。但现在,我有了更好的办法来指认他。"

"是什么?"

"他的体味就像一具尸体。我那天晚上没注意到,也可能是太紧张所以忘记了。但那种印象回来了。他已经死了,或者说离死不远了。死在街上的狗儿闻起来就像他。他的衬衫、他的裤子、他的外套,都发霉又老旧。他的肉体更糟糕。所以——"

我走进房子,来到克拉姆利的书桌旁。

"终于,我的书有了个新标题了。"我说。

我打字。克拉姆利在旁边看着。那些文字出现在纸上。我们同时念了出来。

"死亡的下风口。"

"这标题不错。"他说。

然后他关掉了黑夜中的雨水声。

次日下午,人们为范妮·弗洛里娜举行了一场葬礼。克拉姆利请了一小时的假,开车送我去了那座小山上的漂亮老式墓园,那里可以看到圣莫尼卡山脉的风景。我惊讶地看到了墓园外的那排车子,更加惊讶地看到那支撑着鲜花的长长队伍。这些花儿会送到墓园里,放进敞开的墓穴边。那儿至少有两百人,还有好几千朵花儿。

"太惊人了,"克拉姆利说,"瞧瞧这一大群人。看到那边那个人了吗?还有他后面那个。金·维多[①]?"

"维多,的确。另一位是莎尔卡·菲尔特尔[②]。她很久以前给嘉宝[③]写过电影剧本。另一个人是福克斯先生,路易斯·B.梅耶[④]的律师。还有那位是本·戈茨[⑤],他是米高梅伦敦分公司的负责人。还有……"

"你为什么不告诉我,你的朋友范妮认识这么多大人物?"

"为什么范妮不告诉我?"我说。

[①]美国电影导演、制片人和编剧。
[②]波兰裔犹太女演员和好莱坞编剧。
[③]应指著名女演员、奥斯卡终身成就奖得主葛丽泰·嘉宝,她与菲尔特尔是好朋友。
[④]好莱坞米高梅电影公司创始人之一。
[⑤]美国演员、导演。

范妮，亲爱的范，我想着，这真像你会做的事，从来不说，从来不吹嘘这些年有这么多人登上过那栋公寓的楼梯，找你聊天、叙旧，听你唱歌。天哪，范妮，为什么你不肯让我知道？我会很乐意听的。我不会告诉别人的。

我看着那些聚集在成堆花束附近的面孔。克拉姆利有样学样。

"你觉得他会在这里吗，孩子？"他轻声问。

"谁？"

"那个你声称杀害了范妮的人。"

"我见到他就能认出来。不，我听到他的声音就能认出来。"

"可然后呢？"克拉姆利说，"以他几天前在电车上喝了个烂醉的罪名逮捕他？"

我露出的表情肯定沮丧得可怕。

"我只是想给你泼点儿冷水。"克拉姆利说。

"朋友们。"有人说。

人群顿时变得寂静无声。

这真是最好的那种送葬仪式——如果这东西也有所谓好坏的话。没人会要求我发言，他们干吗要做那种事？但另外十来个人各自花费了一两分钟，甚至3分钟，讲述了1920年的芝加哥，或者20世纪中期的卡尔弗城。当时草地、田野和米高梅的虚假文明还在建造之中。每年有十到十二个夜晚，那辆红色电车都会停在电影制片厂后面的轨道上，而路易斯·B.梅耶和本·戈茨以及其他挤在里面打扑克的人会乘上电车前往圣贝纳迪诺，去那里的电影院观看吉尔伯特[①]、嘉宝或者诺瓦罗[②]的

[①]即约翰·吉尔伯特，默片时代好莱坞十分受欢迎的男演员。
[②]即拉蒙·诺瓦罗，墨西哥裔美国电视与电影演员。

最新电影，回家时手里攥满了试映评论卡，上面写着："烂透了！""太棒了！""差劲！""不错！"然后再将这些评论卡和扑克里的 K、Q、J 和黑桃牌整理在一起，好弄清他们究竟拿着怎样的手牌。电车会在半夜时分重新停在制片厂后方，而他们会放下手里的卡片或者扑克，走下电车，身上散发着禁令威士忌①的气味，脸上带着或欢快或阴沉、毅然决然的笑容，看着路易斯·B 东倒西歪地走向他的豪华汽车，第一个回家。

他们都在那儿，他们话语全都真诚而清晰。没人说谎。他们说出的每个字都透出真切的悲伤。

在那个炎热的下午，有人碰了碰我的手肘。我转过身，吃了一惊。

"亨利！你怎么到这儿来的？"

"当然不是走路过来的。"

"你是怎么在这一大群人里找到我的？"我轻声说。

"只有你用的是象牙牌香皂，其余人都是香奈儿和老香料②。我不介意听，但我的确不想亲眼看到。"

葬礼继续。福克斯先生——路易斯·B.梅耶的律师是下一个致辞者。他了解法律，但很少会去看他们拍的电影。此时此刻，他正在回忆芝加哥的早年生活，当时范妮……

有只蜂鸟飞过这片鲜艳的色彩。不久后，一只蜻蜓嗡嗡作响地飞过。

"腋窝。"亨利轻声说。

我吓了一跳，等待片刻，然后耳语道："腋窝？"

"在公寓外的那条街上，"亨利轻声说着，双眼对着他看不

---

①指 1920 年禁酒令发布后，由政府批准生产的"医药用"威士忌。
②宝洁公司的一个男士洗护用品品牌，生产沐浴露、须后水和止汗露等。

到的天空，从嘴角挤出那些字眼，"在里面，走廊里。在我的房间外。在范妮的房间外。那种臭味。他。那个人。"他顿了顿，点点头，"腋窝。"

我的鼻子抽了抽。我的眼睛开始涌出泪水。我动了动双脚，想要离开，想要去看、去找。

"这是什么时候的事，亨利？"我轻声问。

"那个晚上。范妮永远离开的那个晚上。"

"嘘！"有人在旁边说。

亨利闭上了嘴。等换人发言的那段时间里，我轻声问："在哪儿？"

"穿过了那条街，"亨利说，"就在那晚的早些时候。强烈，非常强烈的臭味。然后，我觉得仿佛有对腋窝进入了身后的走廊。我是说，那种气味浓烈到占满了我的鼻窦，就好像有只灰熊在朝你呼气。你闻过那种味道吗？我在穿过马路的途中愣住了，就像是被棒球棍打了一记。我心想，体味那么重的人肯定对上帝、对狗儿、对人类、对全世界都心怀怨恨。他会踩在猫身上，而不是绕过去。那种无法无天的人。就像我说过的，腋窝。腋窝。这能帮上你们的忙吗？"

我全身僵硬，只能点头。亨利说："那种臭味是几天前的晚上出现在走廊周围的，然后越来越强烈，也许是因为那个愚蠢的杂种越来越近了。我现在知道了，我是被臭味先生绊倒的。我现在想明白了。"

"嘘！"有人说。

有个演员开了口。然后，一位牧师、一位犹太教拉比，以及来自中央大道第一浸信会教堂的霍尔·约翰逊唱诗班列队先后穿过墓碑之间，集结在一起，唱起了《美好的早晨》《甜蜜的告别与再会》，以及《亲爱的上帝，请让我喜悦地离去》。我在30年代后期听过他们的嗓音：他们歌唱着罗纳德·考尔曼越过雪山之巅、深入香格里拉的景象①，或站在《青草地上》里天主那片田野上方的白云上。等他们热情洋溢的歌唱结束时，我的心中已经充满了喜乐，死亡也披上了阳光与时间的崭新外套。蜂鸟飞回来吸食花蜜。蜻蜓俯冲而下，掠过我的脸庞，然后飞走。

"那——"在离开墓地的路上克拉姆利说（亨利走在我们之间），"就是我想要的被世界传颂的方式。上帝啊，我很乐意成为那段合唱里的主角。如果能被人像那样歌颂，谁还需要什么钱！"

但我却盯着亨利。他感受到了我的目光。

"问题在于，"亨利说，"他总是回到现场。那个'腋窝'。你肯定觉得他应该满足了，对吧？但他饥渴又卑鄙，不会停手。吓唬人对他来说就像强手杰克②。伤害是他的格言。痛苦是他的谋生之道。他打算解决老亨利，就像他解决其他人那样。但我不会再摔倒了。"

克拉姆利听着这些话，脸上带着几分严肃。

"如果那个'腋窝'再来……"

"我会立马打电话给你们。他在房间周围转来转去。我发现他在摆弄范妮上锁的房门。那扇门根据法律挂上了锁，贴上了封条，对吧？他在摆弄那扇门，于是我大声赶走了他。他肯定是个胆小鬼。没有武器，只会走来走去，伸出脚，好让盲人一跤摔下整段楼梯。'腋窝！'我当时大喊，'走开！'"

---

①指1937年上映的悬疑冒险电影《消失的地平线》，由英国演员罗纳德·考尔曼主演。
②美国零食品牌，主要产品包括糖浆口味的焦糖爆米花和花生。

"记得联系,"克拉姆利说,"要我们送你吗?"

"多谢,公寓里的某位丑陋的女士把我送来了这儿,也会带我回去。"

"亨利。"我说。我伸出了手。他迅速握住,就好像他能看到一样。

"我的气味如何,亨利?"我说。

亨利嗅了嗅,然后大笑起来,说:"他们不会像过去那样制造英雄了,但你会的。"

在坐克拉姆利的车返回海边的时候,我看到一辆豪华轿车以 70 英里每小时的速度从旁经过,和堆满鲜花的墓地之间尽可能拉开距离。我挥了挥手,高喊出声。

康斯坦丝·拉蒂根甚至没有转头看我一眼。她刚才也在墓穴旁边的某处,藏在某一侧。此时,她正驱车向着住处飞驰,生着范妮的气,因为她抛下了我们所有人,或许也在生我的气,因为我莫名其妙带来了死亡,而死亡又拿出了账单。

她的豪车消失在一大团灰白色的废气里。

"鸟身女妖和复仇女神刚刚尖叫着飞过去了。"克拉姆利评论道。

"不,"我说,"那只是一位失落的女士,正飞奔着寻找藏身之处。"

在接下来的三天里,我试过给康斯坦丝·拉蒂根打电话,但她不肯接。她在沉思和愤怒。不知为何,她莫名其妙地把我当成了那个站在走廊里做出种种坏事的家伙的同伙。

我试着给墨西哥城打电话,但佩格彻底失联了,这点我敢肯定。

我在威尼斯四下游荡,看着、听着、闻着,希望能够找到那个可怕的声音,寻到那股濒死之人——或是早已死去之人——的可怕臭味。

就连克拉姆利也不知所踪。我睁大眼睛,但他既不在我前方,也不在我身后。

在打不通电话、找不到凶手、对命运满心愤怒又因为那场葬礼满心挫败的情况下,我做出了从未做过的事。

晚上 10 点左右,我信步来到空荡荡的码头上,这才意识到自己身在何处。

"嗨。"有人说。

我从架子上扯下一支步枪,没有检查它是否装了子弹,也没有确认射击路径上是否有人,就这么开了一枪,又一枪,再一枪,整整十六次!

乓,乓。然后是乓乓。然后是乓乓。有人在大喊大叫。

我一枪都没打中靶子。我这辈子从来都没有用过枪。我不知道我想射中什么,但我还是开了枪。

"尝尝这个,你这狗娘养的。尝尝这个,你这畜生!"

乓,乓,然后是乓乓。

子弹已经打空,但我还在不断地扣动扳机。我突然明白这只是徒劳。有人从我手里拿走了步枪,是安妮·奥克莉。她盯着我,仿佛从没见过我一样。

"你知道自己在做什么吗?"她问。

"不知道,而且我不在乎!"我环顾四周,"你怎么这么晚还没关门?"

"没别的事可做。我睡不着。你怎么回事,先生?"

"等到下周的这个时候,这个该死的世界里的每个人都会死。"

"但你不相信?"

"我不相信,但我有这种感觉。给我换把枪。"

"你其实不想再开枪了。"

"不,我想。而且我没有钱可以付你,你得相信我!"我大喊道。

她盯着我看了很久,然后递给我一支步枪。"干掉他们,小牛仔。杀光他们,小坏蛋。"

我开了十六枪。这一次我误打误撞击中了两次靶子,虽然我根本看不到,我的眼镜起了雾。

"够了吗?"安妮·奥克莉站在我身后,轻声问道。

"不够!"我大喊,然后我放低了声音,"够了。你干吗站在射击场外面?"

"我怕站在里面会被枪打中。有个疯子刚刚没有瞄准就打空了两把步枪。"

我们面面相觑。我不禁笑了起来。

她听到我的声音,开口道:"你是在笑还是在哭?"

"听起来像什么?我得做点什么。你跟我说说吧。"

她盯着我的脸看了很久,然后转了一圈,关掉了那些奔跑的鸭子、蹦跳的小丑和每一盏灯。射击场后部的一扇门开了。她的侧影出现在那里。

"如果你还想射击什么的话,这边有靶子。"说完,她转身离开。

足足半分钟过后,我才意识到她希望我跟过去。

"你经常这样吗？"安妮·奥克莉问。

"抱歉。"我说。

我在她那张床的一头，她在另一头，听我讲述远在天边、令我痛苦的墨西哥城和佩格，还有佩格和墨西哥城。

"我人生的故事，"安妮·奥克莉说，"在于和我上床的男人要么又蠢又无聊，要么不停谈论其他女人，要么抽烟，要么在我洗澡的时候开车走人。你知道我的真名是什么吗？卢克雷蒂娅·伊莎贝尔·克拉丽丝·安娜贝尔·玛丽亚·莫妮卡·布朗。这是我妈给我取的名字，而我又选了个什么名字呢？安妮·奥克莉。问题是，我很蠢。男人们在10分钟以后就没法忍受我了。我真的很蠢。我读完一本书，一个小时过后就忘记了！什么都记不住。我太啰唆了，是吗？"

"有一点儿。"我温和地说。

"你可能会觉得，有些男人会喜欢像我这样蠢的女人，但我总会让他们厌烦。一年中有三百个夜晚，都有不同的蠢男人躺在你现在躺着的位置。还有总在海湾里响起的该死雾角声，你听到过吗？某些夜晚，就算有哪个傻瓜跟我上了床，每当雾角响起的时候，我也会觉得特别孤独，而他会查看自己的钥匙，看向房门……"

她的电话响了。她抓起话筒，听了听，然后说："活见鬼。"她朝我晃了晃话筒，"找你的。"

"不可能，"我说，"没人知道我在这里。"

我接过电话。

"你在她那儿做什么？"康斯坦丝·拉蒂根说。

"没做什么。你是怎么找到我的？"

"有人打来了电话。没说名字，只有声音。那人让我确认你的情况，然后挂了电话。"

"噢，上帝啊。"我身体发冷。

"滚出来，"康斯坦丝说，"我需要你的帮助。你的陌生朋友来找过我。"

"我的朋友？"

大海在射击场下咆哮，房间和床都在颤抖。

"就在岸边，已经连续两晚了。你得过来赶走他……噢，天哪！"

"康斯坦丝！"

在漫长的寂静里，我能听到康斯坦丝·拉蒂根窗外的海浪声。接着，她用陌生的麻木语气说："他又来了。"

"别让他看到你。"

"那个混蛋就在下面的海岸线上，就在昨晚的地方。他只是盯着这栋房子，似乎是在等我。那混蛋是裸着的。他以为这位老女士疯狂到了会跑出去找他的地步？基督啊。"

"关好窗，康斯坦丝，关上灯！"

"不。他正在后退。或许是我的声音传过去了。或许是他以为我正在报警。"

"你是该报警！"

"他不见了，"康斯坦丝深吸一口气，"过来这边，孩子。快。"

她没挂断电话。她只是把话筒放下，然后走开了。我能听到她的便鞋踩在瓷砖地板上，发出打字机打字似的声音。

我也没有挂断电话。不知为什么，我也只是把话筒放了下来，仿佛它是连着我和康斯坦丝·拉蒂根的一根脐带。只要我不切断连接，她就不会死。我仍然能够听到夜晚的潮水在电话另一端涌动的声音。

"就像所有其他男人那样,你也要走了。"有个声音说。

我转过身。

安妮·奥克莉坐在床上,蜷缩在被单里,就像一头被人遗弃的海牛。

"别挂电话。"我说。

在我过去那边并且拯救一条性命之前,我想着,不要挂上电话。

"真蠢,"安妮·奥克莉说,"这就是你要去那儿的原因。因为你蠢。"

我鼓起莫大的勇气,在黑夜的海岸边奔跑,跑向康斯坦丝·拉蒂根的家。我想象某个恐怖的死人正在另一个方向朝那边飞奔。

"耶稣啊!"我喘息着说,"如果我遇到他会怎样?"

"呃!"我尖叫了一声。

我全速撞上了一个结实的身影。

"感谢上帝,是你!"有人喊道。

"不,康斯坦丝。"我说,"感谢上帝,是你。"

"有什么好笑的?"

"这个,"我拍了拍周围那些色彩鲜艳的大枕头,"这是我今晚睡上的第二张床。"

"真有意思。"康斯坦丝说,"介意我打断你的鼻梁吗?"

"康斯坦丝,佩格才是我的女朋友。我只是觉得很寂寞。你好几天都没给我打电话了。安妮邀请我来一场枕边谈心,只是这样而已。我没法说谎。我的脸会让我暴露的。你看吧。"

康斯坦丝看着我,大笑起来。

"基督啊,就像新鲜的苹果派。好啦,好啦,"她靠回垫子里,"我刚才吓坏你了?"

"你应该边跑边喊出声的。"

"能见到你我太高兴了,孩子。抱歉我没有打电话给你。我曾经几小时就能忘掉葬礼的事,现在需要好几天才行。"

她按下一个开关。灯光黯淡下来,16毫米电影放映机亮了起来。两个牛仔在白墙上将彼此击倒在地。

"你在这种时候还能看下去电影?"我问。

"这样我才能振作起来,然后假如那位裸男先生明晚再次出现,我就出去打爆他的蛋蛋。"

"别开这种玩笑,"我望向落地窗外空荡荡的海岸,只有白色海浪在黑夜边缘拍打的声音传来,"你觉得是不是他打电话把我在安妮那里的事告诉你,然后再出现在外面沙滩上的?"

"不。那不像是他的声音,肯定是两个不同的人。基督啊,我猜不出来,但另一个人,不穿衣服的那个,肯定是某种露阴癖患者,也就是暴露狂,对吧?可他为什么不直接跑来这儿,折磨这位老女士,或者杀了她,或者折磨以后再杀呢?反而是另一个人,打电话的那个,让我心惊胆战。"

我知道,我心想,我听过他的呼吸声。

"他的声音就像一头真正的野兽。"康斯坦丝说。

是的,我想。在很远的地方,我听到那辆巨大的红色电车在雨中尖啸着绕过弯道,那个声音在我身后响起,反复念着克拉姆利那本书的标题。

"康斯坦丝。"我开了口,但又阻止了自己。我本想告诉她,我在许多个夜晚之前见过海岸边的那个陌生人。

"我在南边还有几栋房产,"康斯坦丝说,"明天我打算去那边看看。晚点儿给我打电话,好吗?在此期间,你愿意帮我调查一些事吗?"

"什么都行。好吧,几乎什么都行。"

康斯坦丝看着影片里的威廉·法纳姆打倒他哥哥达斯廷,把他拽起来,然后再次打倒在地。

"我想我知道海岸上那位裸男先生是谁了。"

"是谁?"

她的目光顺着海岸线望去,仿佛他的鬼魂依然停留在那里。

"我过去认识的一个狗娘养的家伙,脑袋像个卑鄙的德国将军,"她说,"身体就像有史以来的每一个青春洋溢的夏日男孩。"

那辆小型摩托车停在旋转木马所在的建筑外。有个穿着短泳裤的年轻男人骑在上面,身体晒成古铜色,涂过防晒油,魅力十足。他戴着一顶沉重的头盔,黑色的面罩盖住了下巴以上的脸,让我看不见他的相貌。但我从没见过如此令人惊叹的肉体。这让我想起了多年前的一天,我见到了一位阿波罗似的美男子走在海岸上,身后跟着一群潮水般的年轻男孩。他们不知道自己为何受到吸引,只是跟随着他的美丽,爱慕着他,却不知道这是爱慕,不敢宣之于口,又努力避免在随后的人生里回想这一刻。这个世界的确存在这样的美人儿,所有男人、所有女人和所有孩子都会跟随在他们身后,这一切纯粹、奇妙而又干净,不带任何罪孽,因为什么都不会发生。你只是看到,然后跟在后面,等到海滩上的时光结束,他离开那里,而你也离去,脸上挂着充满惊喜的微笑,一小时后你抬起手,发现笑容仍挂在你脸上。

在整个夏天的整片海滩上,你只会看到这种肉体出现在年轻男人或者年轻女人身上一次,也可能是两次——如果众神刚好在打盹儿,事后也没有生起嫉妒之心的话。

眼下这位阿波罗骑着他的摩托车,透过他毫无特色的黑色面罩看着我。

"你是来看老头子的吗?"玻璃面罩后面传来圆润、低沉而洪亮的笑声,"很好!来吧。"

他停好车子,在我面前走上了楼梯。他就像一头羚羊,一步三级地跨上楼梯,消失在楼上的一个房间里。

我跟在他身后,一步一级,感觉自己老了。

等我走到那个房间的时候,听到了淋浴的声音。片刻过后,他走了出来,一丝不挂,身上的水滴闪闪发亮,头盔仍旧戴在他头上。他站在浴室门口,像看镜子一样看着我,显得心满意足。

"好了,"他在头盔里说,"你对我所钟爱的那个最美丽的年轻人有何看法?"

我满脸通红。

他大笑起来,脱掉了头盔。

"天哪,"我说,"真的是你!"

"是我,那个老头子。"约翰·威尔克斯·霍普伍德说。他低头看了眼自己的身体,微笑着说:"也可以是年轻人。你更喜欢我们中的哪一个?"

我用力吞了口唾沫。我只能强迫自己加快语速,因为我想在他关门把我锁在屋里之前把话说完,然后跑下楼去。

"这一切都取决于，"我说，"你们中的哪一个曾于深夜时分，站在康斯坦丝·拉蒂根家门外的海滩上。"

在这个奇妙的时间点，楼下那座圆形建筑里的汽笛风琴开始奏响，旋转木马也开始转动。那声音听起来就像一头龙吞下了一整队风笛手，此时正努力将他们吐出来，没有秩序可言，也没有旋律可谈。

就像想要时间去考虑下一步行动的猫儿那样，年老又年轻的霍普伍德将他晒黑的背部对着我，这是个本该充满诱惑的举动。

我在金色的景致面前闭上了眼睛。

这给了霍普伍德一点儿时间，让他决定接下来要说的话。

"你为什么会觉得，我会在乎像康斯坦丝那样的老母马呢？"他说着，把手伸进盥洗室，拿出一条毛巾，擦拭自己的肩膀和胸口。

"你曾是她一生的挚爱，她也曾是你一生的挚爱。就在所有美国人都喜爱那对恋人的那个夏天，对吧？"

他转过身，确认我露出了多少对应语气的讽刺表情。

"是她让你跑来这儿，警告我不要再接近的，对吗？"

"或许吧。"

"你能做多少俯卧撑？你能在泳池里游60圈？还是说你能在不流汗的前提下一天骑40英里的自行车？你能举起多少重量？你在一下午的时间里，睡多少个人？"我发现他并没有说是"女人"。

"不能、不能、不能、不能，或许两个，"我说，"这就是对你所有问题的回答。"

"那么，"匈奴人赫尔穆特转过身，显露出安提诺斯那样健美的肉体，与他散发金光的背面相衬，"你就没有资格威胁我，对吧①？"

他的嘴就像剃刀割开的伤口，鲨鱼那样明亮的牙齿显露出来，伴随嘶嘶声和咀嚼声。

"我会去海滩上转转。"他说。

盖世太保走在前头，夏日的阳光男孩们跟在不远处，我心想。

"我可没承认什么。或许有几个晚上我去过那边，"他朝着海岸点点头，"或许没有。"

他的笑容简直能割伤你的手腕。

他把毛巾丢给我。我接住了。

"帮我擦下背，好吗？"

我把毛巾丢开。它落到他的头上，遮住了他的脸。有那么一瞬间，那个可怕的匈奴人消失了。取而代之的是太阳之王阿波罗，他的臀部像众神的苹果那样光彩照人。

毛巾下面传来了他平静的声音：

"面试结束了。"

"有过这么回事吗？"我问。

我下楼的时候，如同龙在呕吐的汽笛风琴声正在响起。

威尼斯影院的华盖上一个字都没有。所有文字都不见了。

我将那片空无读了五六遍，感觉自己的胸腔里有某种东西在翻滚和死去。

我四处走动，尝试推开每一扇门，发现它们全都上了锁。

---

①原文为德语。

我朝售票亭里看去,那里也被废弃了。然后我看了看巨大的海报框,就在几个晚上之前,巴里摩尔、钱尼和瑙玛·希拉还在那里微笑。现在,什么都没了。

我后退几步,最后一次阅读那片空无,沉默不语。

"那次双片连放你还喜欢吗?"我背后的一个声音问道。

我转过身,谢普谢德先生就在那儿,面带微笑。他递来一大卷电影海报。我知道那是什么。那是诺斯费拉图[①]学院、卡西莫多研究院、达达尼昂和罗宾汉研究生院颁发给我的学位证书。

"谢普谢德先生,你不能给我这些。"

"你是个浪漫的傻瓜,对吗?"

"当然,但……"

"拿着拿着。再会,再见。但另一种再会和再见在远处。我们在码头那边见![②]"

他把证书留在我手里,小跑着走掉了。

我在码头尽头找到了他。他指着下方,看向我。我皱起眉头,然后抓住码头栏杆,看向外面。

水下是那些步枪,这么多年头一次沉默下来。它们躺在约莫15英尺深的海底,但海水很清澈,因为太阳出来了。

我数了数,大约有十来支细长、冰冷的蓝色金属武器躺在那儿,周围有鱼群游过。

"又是告别,嗯?"谢普谢德循着我的目光看去,"一个接一个,一个接一个,就在今天一大早。我跑过来大喊说:'你在做什么?!''我看起来像在做什么?'她说,然后一把接一把,越过栏杆丢下去。'他们要关掉你那儿,他们今天下午也要关掉我

[①] 1922年上映的德国恐怖片《诺斯费拉图》中的吸血鬼主角。
[②] 原文为荷兰语。

这儿，所以见鬼去吧。'她说，然后一把接一把。"

"不会吧，"我说着，停了下来，用目光搜寻码头下面和更远处的海水，"她没那么做吧？"

"她最后有没有跳进海里？没有，没有。她只是在这儿站了很长时间，跟我一起，望着大海。她说，它们不会在这儿逗留很久。再过一周就不见了。会有一群蠢家伙潜到水下，把它们拿上来，对吧？我还能说什么呢？是啊。"

"她离开的时候说了什么吗？"

我无法将目光从潮水里闪闪发亮的长步枪上挪开。

"她说要找个地方给奶牛挤奶。但不要公牛，她说，不要公牛。挤奶和搅拌黄油，我最后听到的就是这些。"

"希望她能如愿。"我说。

步枪的周围突然聚集起了一大群鱼儿，它们似乎是来看热闹的。但这儿没有开枪的声音。

"它们的安静，"谢普谢德说，"是件好事，对吧？"

我点点头。

"别忘了这些。"谢普谢德说。

那些证书刚才从我手里滑落了下去。他捡起它们，递给我。它们是我与魅影以及钟楼怪人在黑暗的放映厅过道里跑来跑去的童年时代的证明。

在回去的路上，我遇见了一个小男孩，他站在那里凝视过山车的残骸。它们躺在海岸上，仿佛散落的骨头。

"为什么那只恐龙死在了海滩上？"他说。

这是我先想到的。我讨厌那个男孩，因为在他眼里，那座坍塌的过山车和我眼里一样，都是一头在潮汐中死去的巨兽。

不！我很想对他大吼。

但最后，我只是温和地说："噢，天哪，孩子，我也希望自己知道。"

我转过身，蹒跚走开，抱着一捆看不见的步枪，沿着码头离去。

那天晚上，我做了两个梦。在第一个梦里，A.L.史兰克的西格蒙德·弗洛伊德·叔本华塔罗牌店被巨大而饥饿的蒸汽挖掘机砸成了碎片，于是海潮里漂浮着萨德侯爵与托马斯·德·昆西，还有马克·吐温生病的女儿们，以及在某个倒霉日子的萨特。他们全都淹没在黑暗的海水里，盖过了射击场那些步枪的闪光。

第二个梦是我看过的一部关于俄罗斯王室的新闻短片。那些人在自己的坟墓旁站成一排，接连中弹，像默片里那样抽搐、跳起、倒下、飞出，接连不断，就像脱离瓶口的软木塞，落入墓穴里。令人呼吸困难的是里面恐怖的笑声。残忍。愉悦。砰！

然后轮到了萨姆、吉米、彼得罗、金丝雀女士、范妮、卡尔、狮笼里的老人、康斯坦丝、史兰克、克拉姆利、佩格，还有我！

砰！

我猛然醒来，全身冷汗。

街对面加油站里的电话响了。

又停了。

我屏住了呼吸。

电话又响了一声，然后又停了。

我等待着。

电话再次响起,只有一声,然后又停了。

噢,上帝啊,我想,佩格不会这么做。克拉姆利也不会。响一声就停?

电话又响了一声,然后沉默下来。

是他。孤独的死亡先生。他打来电话,是想告诉我那些我不想知道的事。

我坐起身来,身体的毛发竖立,就像是卡尔用他的大黄蜂电推子推过我的脖子,让我紧张不已时那样。

我穿好衣服,跑向海岸线。我深吸了一口气,朝南望去。

在这片海岸的远处,康斯坦丝·拉蒂根那座摩尔式城堡的每扇窗后都灯火通明。

康斯坦丝,我想,范妮不会喜欢这样的。

范妮?

然后我真的跑了起来。

我从海浪里走出,就像死亡本人。康斯坦丝家里的每一盏灯都亮着,每一扇门都敞开着,仿佛是她打开了门,让大自然、让整个世界、让夜晚和风趁她不在的时候打扫这里。

她不在。

我甚至不用进到她家里,就知道她不在,因为她的一长串脚印延伸到了涨潮线那边。我停下脚步,找到了脚印进入水中、从此再也没有出来的位置。

我并不惊讶。我惊讶于自己并不惊讶。我走到她敞开的前门那里,没有呼喊,或者说我差点儿去喊她的司机过来,然后为自己可能显得有多傻而大笑。我走了进去,什么都没碰。留声机正在阿拉伯式的客厅里播放。那是雷·诺布尔 1934 年在伦敦指挥演奏的舞曲，作曲家是诺埃尔·科沃德。我让音乐继续播放。放映机开着，没头没脑地转动卷盘。影片早已播放完毕，灯泡的白光照着前方的空白墙壁。我没打算关掉它。一瓶酪悦香槟①正在冰镇和等待，就好像她跳进海里之前，打算将深海的某位金色神灵一同带回来。

有只枕头上的盘子里放着一些奶酪，外加正在调酒器里变得越来越淡的马提尼酒。那辆杜森博格停在车库里，而脚印仍旧留在沙滩上，只通往一个方向。我给克拉姆利打了电话，庆幸自己仍未流泪，只是感到麻木。

"克拉姆利？"我对着话筒说。

"克拉姆利。克拉姆。"我说。

"黑夜之子，"他说，"你又赌错马了？"

我把自己的位置告诉了他。

"我现在没什么力气走路，"我突然坐了下来，紧握着电话，"来接我。"

克拉姆利和我在海边碰了头。

我们站在那里，抬头看着那座灯火通明的阿拉伯城堡，它就像是沙漠中央的节日帐篷。面对海岸的那扇门仍旧大开着，音乐从里面传出，那叠唱片似乎想要永远演奏下去。先是《丁香时光》，然后是《戴安娜》，接下来是《难道她不甜美吗？》，紧接着是《听我的尼罗河之歌》，以及《异教徒恋曲》。我觉得拉蒙·诺瓦罗随时都会出现在这里，跑进屋子，然后满头乱发、眼神疯狂地跑出来，冲向岸边。

---

①法国著名香槟品牌，创办于1743年。

"但那儿只有我和克拉姆利。"

"嗯?"

"我不知道自己把想法说出口了。"我道歉说。

我们费力地向上走去。

"你碰过什么吗?"

"只有电话。"

来到门口的时候,我让克拉姆利进去。他在里面转了一圈,又走了出来。

"司机去了哪儿?"

"这是我没有告诉你的另一件事。从来没有什么司机。"

"什么?"

我把康斯坦丝·拉蒂根和她那些角色扮演的事告诉了他。

"她就是自己的全明星阵容,是吗?耶稣啊。说些更响亮更有趣的。"

我们回到外面,站在有风吹过的门廊上,看着渐渐被风吹散的脚印。

"可能是自杀。"克拉姆利说。

"康斯坦丝不会自杀的。"

"基督啊,你对人的判断太武断了。你为什么不能成熟一点儿?你喜欢对方,不代表他们没有你在就没法做出任何重大决定。"

"有人在海岸上等着她。"

"给我证据。"

我们沿着康斯坦丝的那排脚印一直来到海浪边上。

"他就站在那儿,"我指了指,"连着两个晚上。我看到过他。"

"真棒。水漫到脚踝。所以凶手没有留下足迹。你还有什么要给我看的吗,孩子?"

"有个人在一小时前打来电话,吵醒了我,让我沿着海滩过去。有人知道她的房子里空无一人,或者即将空无一人。"

"电话,是吗?还是很棒。现在水漫到你的脚踝,没有脚印。整个故事就这样?"

我的脸颊肯定红了。他看出我没有说出全部的实情。我不想承认自己没接电话,而是在可怕预感的驱使下跑到了海滩上。

"至少你是诚实的,作家。"克拉姆利看着梳理着海岸的白色海浪,然后看向那串脚印,接着是那栋房子,在午夜时分洁白、冰冷、空无一人的房子。"你知道诚实的含意吗?诚实来源于'整数'这个词①,也就是数字。诚实代表言行一致。这与美德无关。希特勒就是诚实的。零加零加零还是零,不会改变。电话、水下的脚印、盲目的预感和愚蠢的信念。那些深夜的射击声开始为我揭示天机了。是这样吗?"

"不,该死的。我知道一个真正的、活着的嫌疑人。康斯坦丝认出了他。我也去见过他。只要弄清他今晚在哪儿,你就能确认凶手!你——"

我的声音开始失控。我不得不摘下眼镜,擦去上面细小的盐渍,让自己能看清东西。

克拉姆利拍拍我的脸颊,然后说:"嗨,别这样。你怎么知道这个人——不管他是谁——不是把她带到海里,然后——"

"溺死了她!"

"然后和她一起游泳,相谈甚欢。他们向北游了100码,然后她跟他去了他的住处。她没准儿明天早上面带微笑,拖着沉

---

① "诚实"和"整数"的原文分别为 integrity 和 integers。

重的身躯回家。"

"不可能。"我说。

"怎么,是我破坏了其中神秘而浪漫的氛围吗?"

"不。"

但他看出了我的不确定。

他碰了碰我的手肘道:"你还有什么没说的吗?"

"康斯坦丝提起过,她在离这儿不远的地方有一些房产,沿着海岸走过去就是。"

"你确定她昨晚没有跑去那儿?如果你所言不假,万一她只是吓着了,然后搬家了呢?"

"她的豪车还停在这儿。"

"人会走路的,你也清楚。你就总在走路。吓坏了的女士完全可以向南走上一英里,踩着一英寸深的水。我们无从印证。"

我看向南方,试图寻找某位沿着海滨逃跑的美丽女士。

"问题在于,"克拉姆利说,"我们没法查下去。没有人的房子。正在播放的老旧唱片。没有遗书,没有暴力痕迹。我们只能等她回来。如果她不回来,就还是不算案子,因为没有犯罪事实。我和你赌一桶啤酒,她会——"

"等到明天,我会带你去旋转木马楼上的公寓。等你看到那个陌生人的脸——"

"上帝啊。你指的是我想到的那个人吗?"

我点点头。

"那个仿佛空想出来的人物?"克拉姆利问,"那个同性恋?"

就在这时,海水里传来了一声响亮的扑通。

我们都吓了一跳。

"耶稣啊,那是什么?"克拉姆利说着,看向午夜时分的海面。

康斯坦丝，我心想，是她回来了。

我盯了很久，最后说："是海豹。它们确实经常会来这里玩儿。"

一连串微弱的扑通和哗啦声渐渐消失，某种海洋生物在黑暗中远去。

"见鬼。"克拉姆利说。

"放映机还在客厅里运转，"我说，"留声机还在播放。厨房里的烤箱也开着，正在烤东西。所有房间的灯都亮着。"

"在这该死的地方失火之前，我们得去把那些东西关掉。"

我们沿着康斯坦丝·拉蒂根的足迹，回到了她那座白光笼罩的城堡。

"嘿，"克拉姆利轻声说，盯着东方的地平线，"那是什么？"

那里有一道淡淡的寒光。

"黎明，"我说，"我还以为它再也不会来了呢。"

康斯坦丝·拉蒂根留在沙滩上的脚印被黎明的风抹去。谢普谢德先生沿着海岸一路走来，不时回头张望，腋下夹着几罐胶片。在远处，就在此时此刻，他的影院被巨大的钢牙怪兽摧毁了——那是房地产商从海里召唤出来的怪兽。

谢普谢德看到我和克拉姆利站在康斯坦丝·拉蒂根的前门廊时，朝我们眨了眨眼睛，再朝沙滩和大海眨了眨眼睛。我们不用跟他说什么，因为都写在了我们苍白的脸上。

"她会回来的，"他一遍又一遍地说，"她会回来的。康斯坦丝不会离开的。上帝啊，我以后该和谁一起放映电影呢？谁呢？她会回来的，一定会！"他的双眼溢出了泪水。

我们把他留下来看管那座空荡荡的堡垒，开车返回了我的住处。在路上,克拉姆利警探吐出一连串谩骂,动用了"多管闲事""放达勒姆公牛的屁①""垃圾"以及"当心一脚踩进陷阱里"之类的刺耳词语,并否决了我的提议:我提议跑去那栋该死的旋转木马公寓,询问陆军元帅埃尔温·隆美尔,或是他那位像尼金斯基②一样打扮得花枝招展的漂亮伙伴。

"或许一两天之后吧。如果那个愚蠢的老女人没有从卡特琳娜岛游回来的话。那样我就可以开始四处询问了。可现在呢?我可不要为了找马去铲马粪。"

"你生我气了吗?"我问。

"生气、生气,我为什么要生气?生气?基督啊,你确实把我逼疯了。可生气?这里有一美元,你可以去旋转木马那儿坐个十次。"

他匆匆把我丢在公寓门口,然后疾驰而去。

在公寓里,我看着卡尔的旧钢琴。盖住它白色象牙琴键——就像一口白牙——的床单滑落了下来。

"别笑。"我说。

那个下午发生了三件事,两件好事、一件坏事。

有封来自墨西哥的信件送到了。里面是一张佩格的相片。她用棕色和绿色的墨水给自己的眼睛上了色,帮助我回忆它们的样子。

卡尔给我寄了张明信片,邮戳是希拉本德③。

"孩子,"上面写道,"你有没有一直给我的钢琴调音?我在

---

① Bull Durham(达勒姆公牛)是一个卷烟品牌,常在口语中当作 Bullshit(放屁)使用。
② 20 世纪上半叶的传奇芭蕾舞艺术家。
③ 亚利桑那州马里科帕县的一座城镇。

本地酒馆里兼职折磨客人。这座镇子到处都是秃子。有我在这儿，他们不知道自己有多走运。昨天我给警长剪了头发，他限我24小时内离开镇子。我得去给汽车加油，明天出发去锡代利亚①。祝你开心。你的朋友，卡尔。"

我把明信片翻了过来。背面印着一张相片，上面是一条背上有黑白条纹的希拉毒蜥。卡尔画了一幅坐在那里的蹩脚自画像，仿佛那只动物是一架乐器，而他只弹奏黑键。

我大笑起来，朝北走向圣莫尼卡码头，思索着该对那个在旋转木马上方过着双重生活的古怪男人说些什么。

"陆军元帅隆美尔，"我大喊，"你为什么要杀康斯坦丝·拉蒂根？又是怎么杀的？"

但没有人听我说话。

旋转木马沉默地转动着。

汽笛风琴开着，但音乐已经奏完了最后一段，此时正在不断空转。

旋转木马的所有者没有死在售票亭里，只是喝得酩酊大醉。他是醒着的，但似乎没有听到这片沉默，也不知道那些木马正伴着这台硕大机器嘴里的那块"瑞士干酪面包卷"的拍打声不断飞奔。

我不安地审视这些，正想爬上楼梯的时候，注意到旋转木马的场地里有一张随风飘动的纸片。

我等着旋转木马又转了两圈，然后抓住一根黄铜杆，翻了进去，以醉汉似的步伐穿行于铜杆之间。

---

① 密苏里州中西部的一个城市。

那些碎纸片在木马升起、下落与经过时带起的风中飘动,但哪儿也去不了。

我在碎纸片下面的圆形地板上发现了一枚图钉。或许有人把这张便条钉在了一只木马的额毛上。有人发现了它,读过了它,撕碎了它,然后离开了。

约翰·威尔克斯·霍普伍德。

我花了整整3分钟的时间捡起这些碎片,感觉就像旋转木马的旅途本身那样绝望,然后翻了出去,尝试把这些碎片拼到一起。在随后的15分钟里,我先是找到了一个可怕的词,又找到一个骇人的词,接着是一个带着诅咒意味的词,最后是"死亡"和"末日"。任何读到这东西的人,任何人,也就是说,年轻朝气的肉体里有一具格格不入的老迈骨骼的人,都可能会在这些针对腹股沟的连番打击下萎靡不振。

我没法拼齐所有碎片,因为有好几片缺失了。但重点在于,读到这张便条的人是个老人,是个丑陋的人——真正丑陋的那种。他爱着自己的身体,因为有了那张脸,谁还会喜欢他?这些年来一个都没有。这让他想起那些制片厂在1929年将他扫地出门,攻击他蹩脚的德国腔、摔断的手腕、奇怪的男友和那些又老又病的女人。"在深夜的酒吧里,等你灌够了廉价杜松子酒回家以后,他们说出你的名字,然后嘲笑你。现在你又引发了死亡。她昨晚跳进海里游泳却没有回来,而我看到你站在沙滩上。他们会说这是谋杀的。晚安,可爱的王子。"

就是这样。有人张贴了这件可怕的武器,对方也发现了。

我收起那些碎片,走上楼去,感觉自己比几天前老了九十岁。

我轻轻一推,霍普伍德房间的门伴随着低语声打开。

里面到处都是衣服,堆在地板上,放在几只手提箱边,就好像他试图收拾东西，却陷入了恐慌，于是选择轻装离开。

我透过公寓的窗户向外看。在码头上，他的自行车仍然锁在一根灯柱上，但他的摩托车不见了。这证明不了什么。他也许是开车去了海边，而不是步行。

基督啊，我想，万一他遇见了安妮·奥克莉，然后他俩又遇见了卡尔呢？

我将一个小废纸篓倒在他窗边的简易书桌上，发现了几张撕碎的亮黄色贝弗利山式样的信纸，抬头印有康斯坦丝·拉蒂根的姓名缩写C.R.。下面是打字机打出的文字：

午夜。等待。沿着海岸线夜跑六个晚上。或许，只是或许，可以重温旧日时光。

然后是打上去的首字母缩写——C.R.。

那种字体像是她的阿拉伯客厅里某张书桌上的打字机打出来的。

我触碰那些碎片，心想，这是康斯坦丝写给霍普伍德的吗？不。她应该会告诉我的。肯定是另一个人在一周前把这封信寄给了霍普伍德。然后他像头公马一样沿海岸线慢跑，又在海浪中等待康斯坦丝笑着朝他走来。他会不会是厌倦了等待，于是将她拖下了海，溺死了她？不，不会的。他肯定看到了她潜入水里，再也没有出来。他在惊恐之下跑回了家，然后发现了什么？最后的那张便笺，上面写着骇人的字眼和可怕的羞辱，对他提出不公正的指控。于是他有了离开这座镇子的两个理由：惊吓和那些侮辱。

我瞥了眼电话，叹了口气。打电话给克拉姆利也没用。没有犯罪事实，只有我塞进夹克口袋里的碎纸片。它们就像飞蛾的翅膀，脆弱但有毒。

即使熔化所有的枪，我心想，折断所有利刃，烧掉所有的断头台，恶毒的意志依然能写下杀人的信件。

我在电话旁边看到了一小瓶古龙水。我将它拿起，想起了盲人亨利和他的记忆力，还有他的鼻子。

在楼下，旋转木马仍旧无声地转动。马儿们跳过看不见的障碍，奔向永远无法企及的终点线。

我看了眼售票亭里喝醉了的售票员，颤抖了几下，然后转过身，离开了完全听不到乐声的旋转木马场。

奇迹在午饭之后出现了。

《美国水星》杂志寄来了一封快递邮件，提议买下我的一个短篇故事，表示如果我不介意的话，他们就会寄来一张300美元的支票。

"介意？"我尖叫道，"介意！老天爷啊，他们肯定是疯了！"

我把脑袋伸向空荡荡的街道，朝着房屋、天空和海岸大喊。

"我的稿子卖给《美国水星》杂志了！300美元！我有钱了！"

我探出身子，将那封信塞进小小橱窗里那些明亮的玻璃假眼下面。

"瞧啊！"我大喊，"如何？看啊。"

"有钱了！"我嘀咕和喘息着跑向酒品店，把那封信拍在店主的脸上。"瞧啊！"我在威尼斯电车售票处里四处挥舞信封。"嘿！"我猛地停下了脚步。因为我发现自己跑进了银行，以为自己手里拿着的是支票，还打算把那封信存起来。

"有钱……"我红着脸退了出去。

在公寓里，我突然记起了那场噩梦。

那头恐怖的怪物人立而起,想要抓住并吃掉我。

白痴!蠢货!你应该喊的是"坏稻谷",而不是"好稻谷"。

那天晚上,小型暴雨难得地没有淋湿我的门垫。早上的时候,我的门前既没有访客,也没有海藻。

我说出的真相——我莽撞的呼喊——不知怎的把它吓跑了。

真是越来越奇怪了,我心想。

因为没有尸体,所以第二天也没有葬礼,只有一场康斯坦丝·拉蒂根的追悼会,似乎是一群名人签名和电影剧照爱好者组织的。于是,康斯坦丝·拉蒂根的海边阿拉伯城堡前面聚集了一群到处乱转的"临时演员"。

我站在离人群很远的地方,看着几位上了年纪的救生员费力地将一架轻便式管风琴抬过沙滩,却忘了带上凳子。那位负责演奏的女士只能站着弹奏,错漏百出,额头挂着满是盐分的汗水,又上下摆动脑袋,指引众人进行悲伤的合唱。海鸥飞了下来,却发现没有食物的气味,于是再次飞走。有位冒充的牧师发出贵宾犬那样的吠叫,吓得矶鹬群匆忙逃跑,沙蟹挖向更深处去躲藏。我咬紧牙关,状态始终介于狂怒和狂笑之间,因为五花八门的怪人——来自谢普谢德先生的夜场银幕,又或是来自午夜时分的码头下的海水——蹒跚着走向海浪,将枯萎的花环丢进潮水。

该死的,康斯坦丝,我心想,赶快游回来,阻止这场该死的怪胎秀吧。但我充满魔力的想法失败了。随水漂回的只有花环,被不想要这些东西的潮水吐在沙滩上。有几个人试图把它们丢回去,但那些该死的东西依旧随水归来,天还开始下雨了。人们慌乱地寻找报纸,想要挡在头上。救生员们哼哼着将那架该死的管风琴抬过沙滩,而我独自站在雨中,有张报纸盖住我的脑壳,头条新闻耷拉在我的眼前。

著名默片影星失踪。

我弯下腰去,把那些花环踢进海浪。这一次,它们没有回来。我脱掉衣服,只剩泳衣,然后抱起一捧花环,游到尽可能远的地方,然后才放开了手。

回来的时候,我差点儿溺水,因为我的脚被其中一只花环缠住了。

"克拉姆利。"我轻声说。

但我不清楚自己念出他的名字,是在诅咒还是祈祷。

克拉姆利打开门。他满面红光,但不是因为啤酒。又有什么事发生了。

"喂!"那位警探喊道,"你去哪儿了?我一直在打你电话。基督啊,来看看老人家的收获。"

他跑到自己的工作室,以戏剧化的方式指着书桌,桌上堆着的手稿有半英寸高,上面写满了文字。

"嘿,你这狗娘养的。"我说着,吹了声口哨。

"就是我!狗娘养的克拉姆利。我是克拉姆利·狗娘养的,你好啊。"

他从打字机上扯下一页纸。

"想读读看吗?"

"没必要,"我大笑起来,"写得很好,对吧?"

"根本不可阻挡,"他也回以大笑,"就像决堤的大坝。"

我坐了下来,看着他在照亮脸庞的阳光里幸福地吸了吸鼻子,问道:"这一切是什么时候发生的?"

"两天前,午夜时分,一点还是两点,我不确定。我就躺在这里,咬着牙齿,盯着天花板,没有看书,没听广播,没喝啤酒。外面的风吹着,树摇晃着。突然间,那些该死的点子就像热盘子上的蛆虫一样蠕动起来。于是我站起身,走过去,坐了下来。等我反应过来的时候,我已经在拼命打字,停都停不下来。到了黎明时分,桌子上已经堆起了一座大山,或者说是小山,里面满是让我大笑和流泪的文字。你瞧。到了早上6点,我回到床上,就这么躺在那里,看着这堆稿子,不停大笑,高兴得就像和全世界最美妙的女士谈了一场全新的恋爱。"

"确实。"我轻声说。

"有趣之处在于,"克拉姆利说,"启发我的东西。或许是屋外的风。有人在门廊上留下了海藻当名片?可老警探有没有冲出去连连开枪,还大喊'别动!'呢?见鬼,当然没有。没有大叫,没有开枪。我只是敲着打字机,发出新年或者万圣节那样的嘈杂声。你知道接下来发生了什么吗?你猜猜?"

我的身体发冷。一大片鸡皮疙瘩浮现在我的脖颈上。

"风停了,"我说,"你房子外面的脚步声也停了。"

"什么?"克拉姆利惊讶地问。

"再也不会有什么海藻了。他,不管他是谁,都不会再回来了。"

"你是怎么知道的?"克拉姆利吃惊地问。

"我也是这么做的。你在不知情之下做出了正确的选择,和我一样。我大喊大叫,然后他就对我避而远之了。噢,上帝啊,上帝啊。"

我把《美国水星》杂志买了我稿子的事告诉了克拉姆利,也说了我像傻子那样在镇上跑来跑去,朝天空大喊,然后我家门口就没有在凌晨3点下雨了,或许永远都不会了。

克拉姆利坐了下来,就好像我刚刚给了他一个铁鞋撑。

"我们就快成功了,埃尔莫,"我说,"我们吓跑了他,虽然是无意的。他跑得越远,我们对他的了解就会越多。好吧,也许会越多。至少我们知道,他会被大喊大叫的傻瓜和在清早5点笑着疯狂打字的警探吓到。继续打字吧,克拉姆利。你会平安无事的。"

"辣根。"克拉姆利说。但说出口的同时,他大笑起来。

他的笑给了我勇气。我从口袋里掏出那封吓坏了霍普伍德的匿名诽谤信,再加上那封当初将霍普伍德吸引到海边的、写在日光黄的纸页上的温暖情书。

克拉姆利摆弄着那些碎纸片,几乎再次沉入他那件玩世不恭的旧浴袍里。

"两封信用的打字机不一样,都没有签字。见鬼,任何人都有可能打出这两封信来。如果老霍普伍德真是我们认为的那个性爱狂,他读到那封黄色的信以后,就会相信它真是拉蒂根写的。见鬼,他跑到海边,像个乖孩子那样等着她过来,跟他鬼混。但你知道,我也知道,拉蒂根这辈子都没写过这种便条。她的自负堪比一辆载重十吨的卡车。她从来没有在好莱坞的大房子里、在街头、在海边有求于人过。所以留给我们的可能性还有哪些?她会在奇怪的时间游泳。我会沿着海边跑步锻炼,所以看到过她一晚接一晚地去游泳。任何人——即使是我——都能趁她在两百码外的海湾里和鲨鱼嬉戏的时候溜进屋子,动用她的打字机和信纸,然后再溜出来,把那封充当前戏的便条寄给霍普伍德那个狗杂种,然后等待烟花炸裂。"

"然后?"我问。

"然后,"克拉姆利说,"或许整件事都出了岔子。被那个暴露狂骚扰的拉蒂根陷入恐慌,想要逃离,却被卷入了激流。这时霍普伍德上了岸,在那里看着,等待着,在发现她没有游回来的时候吓破了胆,于是逃跑了。到了第二天,他收到了第二张便条,真正的世界末日到来了。他知道有人看到他站在海滩上,可以指认他就是所谓杀害拉蒂根的凶手。于是——"

"他已经离开镇子了。"我说。

"有这个可能。也就是说,我们还得在没有船桨的情况下,把埃及艳后的驳船划到坦皮科①的10英里外。我们还有什么能追查下去的线索?"

"有个人一直打电话过去,还从理发师卡尔的旧相片上偷走了斯科特·乔普林的脑袋,把卡尔吓得连夜逃出了镇子。"

"算一条。"

"有个人站在走廊里,灌醉了一个老人,把他塞进了狮笼,或许还从老人的口袋里偷走了一团车票打孔的碎片。"

"也算一条。"

"有个家伙吓死了金丝雀女士,还从她的鸟笼下面偷走了剪下的头条新闻。在范妮停止呼吸以后,同一个人偷走了她的《托斯卡》唱片作为纪念。然后他写信给老演员霍普伍德,彻底吓跑了他。他或许还从霍普伍德的公寓里偷走了什么东西,但我们永远也不会知道了。另外,如果你去确认的话,或许会发现他拿走了康斯坦丝·拉蒂根的一瓶香槟,就在我那天晚上赶到那儿之前。那家伙没法控制自己。他是个名副其实的收集者——"

克拉姆利的电话响了起来。他拿起听筒,听了听,然后递

---

① 墨西哥东部海港城市。

给了我。

"腋窝。"有个柔和的声音说。

"亨利!"克拉姆利把耳朵贴在我手里的听筒上。

"腋窝又回来了,四处捣乱,就在一两个小时前。"亨利说。他远在另一个国度,远在洛杉矶的那座公寓里,代表着正在飞快消亡的过去。"得有人阻止他。谁能去呢?"

亨利挂了电话。

"腋窝。"我从口袋里拿出霍普伍德的春季古龙水,放到克拉姆利的书桌上。

"不对,"克拉姆利说,"无论公寓里那个混蛋是谁,都不是霍普伍德。那个老演员向来闻起来就像是一花圃的金盏花和一英亩的星尘。你想让我去闻闻你朋友亨利门口的气味吗?"

"不,"我说,"等你赶到那儿的时候,腋窝先生应该已经回到了这儿,等着在你或我的门口闻来闻去。"

"只要我们一直打字和大喊、一直大喊和打字的话就不会,你忘了吗?嘿,你当时喊了些什么?"

我更详细地把《美国水星》杂志花大钱买了我故事的事情告诉了克拉姆利。

"耶稣啊,"克拉姆利说,"我觉得自己就像个爸爸,而我的儿子刚被哈佛大学录取。再告诉我一遍,孩子。你是怎么做到的?我该怎么做?"

"每天早上对着你的打字机呕吐。"

"好。"

"中午的时候收拾干净。"

"好!"

海湾里的雾角开始吹响,用长而灰暗的声线一遍又一遍地说，康斯坦丝·拉蒂根再也不会回来了。

克拉姆利开始码字。

而我喝起了啤酒。

那天夜里，1点10分的时候，有人出现在了我家门口。噢，耶稣啊，我想着，快醒过来，拜托，别再来了。

我的门传来一声刺耳的乒，然后是一声响亮的乒，接着又是一声沉重的乒。外面有人想要进来。

上帝啊，胆小鬼，我心想，去做个了结吧。现在总算可以……

我跳了起来，猛地推开了门。

"你穿着那条又脏又破的紧身短裤真好看。"康斯坦丝·拉蒂根说。

我抱住她大喊："康斯坦丝！"

"不然还他妈能是谁？"

"可……可是我参加了你的葬礼。"

"我也一样。见鬼，汤姆·索亚①的时间到了。海滩上有那么多漂亮妞，还有那台烂管风琴。快把屁股塞进裤子里。我们该离开这里了。抓紧时间。"

康斯坦丝启动了一辆老旧的福特V8，车速快得让我感觉像是飞了起来。

沿着海边向南行驶的途中，我一直在用哀伤的口气说："你还活着。"

"举办葬礼，让你哭鼻子，"她大笑着看向前方空旷的公路，

---

①马克·吐温小说《汤姆·索亚历险记》的主角。

"耶稣上帝啊,我愚弄了所有人。"

"可是为什么,为什么?"

"噢,见鬼,亲爱的,那个杂种每天晚上都在海边走来走去。"

"你没有写信,我是说,写信邀请他——"

"邀请?耶稣啊,你真没品位。"

她在已经封闭的阿拉伯堡垒后面停下了车,点起一支香烟,朝窗外喷了口烟,目光炯炯。

"警报解除了吗?"

"他不会再回来了,康斯坦丝。"

"很好!他每天晚上看起来都比之前更好。等你一百一十岁的时候,重要的就不是那个人本身,而是他的打扮。另外,我想我知道他是谁。"

"你想得没错。"

"所以我决定彻底解决这件事。我在这儿往南的一栋小屋里存了些食物,再把这辆福特车停在那儿。然后我就回来了。"

她跳下那辆旧福特,带我走到她宅子的后门那里。

"那天晚上,我打开了所有的灯,放起音乐,准备好食物,打开了所有的门和窗户。当他现身的时候,我跑下楼,追赶他,大喊着'把你打到卡特琳娜岛去',然后跳进了水里。他目瞪口呆,所以没有跟上来,或许试着跟上,又在半途中放弃了。我游到200码外,这才躺下放松。我看到他站在岸上等着我回去,半小时过后,他又没命地逃了。我真的吓坏了他。我游去了南边,在我靠近普莱亚德尔的那栋廉价老旧的小屋附近冲了浪。我在门廊上吃了块火腿三明治,喝了香槟,感觉好极了。从那时起我就躲在那儿。抱歉让你担心了,孩子。你还好吧?快给我个吻,但不要动手动脚。"

她吻了我一下,打开门锁。我们穿过房子,推开通往海滩的前门,让风吹起窗帘,把沙粒撒在瓷砖上。

"耶稣啊,住在这儿的人到底是谁?"她惊诧地问,"我就是个回到自己家里的鬼魂。我不再是它的所有者。你有没有过这样的感觉:度假回来的时候,所有的家具、书本、收音机都像是被冷落的猫儿,充满了怨念?它们想要杀死你。感觉到了吗?这儿就是间停尸间。"

我们穿过一间间屋子。那些家具上蒙着的白布落了灰尘,永不停息的风也令人不安。

康斯坦丝从前门探出身子,大喊道:"好了,狗娘养的。我赢了!"

她转回身来,说:"我们再去找些香槟,然后锁上门。这地方让我觉得毛骨悚然。我们该走了。"

只有空荡荡的海岸和空荡荡的房子目送我们驱车离开。

"这样如何?"康斯坦丝·拉蒂根迎着风大喊。她打开了福特车的车顶。我们一路行驶在温暖又冰冷的夜里,我们的头发随风飘动。

我们停在一片沙滩上,旁边是一栋小屋和坍塌了一半的停泊处。康斯坦丝下了车,将衣服脱到只剩胸罩和短裤。前院的沙子里有一个小火堆留下的余烬。她用引火物和纸点火。等它重新燃起后,她将串着热狗的烤肉串架在上面,然后坐了下来,敲打我的膝盖,就像个乳臭未干的傻瓜。她喝着香槟,揉乱了我的头发。

"你看到那块浮木了吗?那是 1918 年拍摄《钻石舞码头》

的时候留下的。查理·卓别林曾经坐在那边的一张桌子旁边。D. W. 格里菲斯①在更远一点的地方。我和德斯蒙德·泰勒坐在那边那头。华利·比里②？嗯，不说这个了。趁热放嘴里。吃吧。"

她突然停住了嘴，目光投向沙滩的北面。

"他们不会跟来的，对吧？他或是他们或是什么人。他们不会看到我们的，对吧？我们永远安全了？"

"永远。"我说。

带着咸味的风吹动了火焰。迸发的火花在康斯坦丝·拉蒂根的绿色眼眸里闪闪发亮。

我转过头去。

"我还有最后一件事情必须去做。"

"什么？"

"明天，5点钟左右，我要去清理范妮的冰箱。"

康斯坦丝放下酒，皱起了眉头。

"为什么你要做这件事？"

我必须想个借口，免得破坏这个香槟之夜的气氛。

"我的朋友艺术家斯特里特·布莱尔每年秋天都会凭他的烤面包拿到县集市的蓝丝带奖。在他死后，人们在他家的冰箱里发现了六条面包。他的妻子给了我一条。那条面包我吃了一周，每天早晚用真正的黄油各涂一片来吃。上帝啊，那味道太美妙了。这也是向那个出色的人道别的绝佳方式。当我把黄油涂上最后一片面包的时候，他就永远安息了。或许这就是我想要范妮那些果冻和果酱的原因。可以吗？"

康斯坦丝显得有些不安。

---

① 指大卫·沃克·格里菲斯，著名美国电影导演。
② 指华莱士·比里，美国演员，曾获奥斯卡最佳男主角奖。

"好的。"最后,她说。

我又拔出一个软木塞。

"这杯是为什么而喝?"

"为我的鼻子,"我说,"我那该死的感冒总算痊愈了。六盒舒洁纸巾与世长辞了——因为我的鼻子。"

"为你可爱的大鼻子干杯。"她说着,喝下了那杯酒。

那天晚上,我们睡在屋外的沙滩上,感觉很安全,因为那些葬礼花环还在拍打往南两英里的已故康斯坦丝·拉蒂根的阿拉伯式故居旁边的海岸,而卡尔的钢琴还在往南三英里的我的公寓里微笑,我破旧的安德伍德打字机还在等我用一页纸从火星人手里拯救地球,再用下一页从地球人手里拯救火星。

午夜时分,我醒了过来。我发现自己旁边空无一人,但康斯坦丝刚才和可怜的作家蜷缩在一起的地方依然温暖。我站起身,听到了她在海浪中乱窜和欢笑的声音,与浪花间海豹的叫声混合在一起。等她跑回来以后,我们把剩下的香槟喝光,一觉睡到了中午。

那天是个无可指摘的好日子,适合躺在原地畅饮果汁。但最后,我不得不开了口。"我不想毁了昨晚的气氛。天哪,看到你活着真是太好了。但事实是,一件事解决了,另一件还没有。海滩上的魔鬼先生逃跑了,因为他以为是他害你淹死了。总之,他从没打算做出除轻装潜水——以及1928年那样的午夜嬉戏——之外的事情。只是看起来,他的行为害你淹死了。

"于是,他离开了,但诱使他前来的那家伙还在。"

"耶稣啊。"康斯坦丝轻声说。她盖着眼珠的眼皮像蜘蛛那样打战。最后,她精疲力竭地叹了口气,说:"所以一切还没有结束?"

我将她沾满沙子的手攥在自己手里。

在沉默中思考良久后,她开了口,双眼依然紧闭:"和范妮的冰箱有关系吗?我在仿佛五个世纪以前的那天晚上没机会看那个冰箱。你看过了,却什么都没找到。"

"这就是我想再去看看的原因。麻烦在于,法律禁止任何人进入她的公寓。"

"你想让我把锁撬开?"

"康斯坦丝。"

"我会过去,清理走廊,赶走鬼魂。你用球棒殴打它们,然后我们一起弄开那把锁,把范妮的蛋黄酱舀出来。在第三个罐子的最底下,我们会找到答案,找到解决之道——如果那只罐子还在,如果它没有变质或者被人拿走的话……"

一只苍蝇嗡嗡飞过,碰到了我的眉毛。有个老旧的创意蠢蠢欲动。

"这让我想起了几年前某本杂志上的故事。女孩跌进了冰河里,被冻住了。两百年后,冰融化了,可她还在,依然美丽,依然年轻,一如她被冻住的那天。"

"范妮的冰箱里可没有什么美丽的女孩。"

"对,那里面的东西很可怕。"

"等你找到它,再把那东西拿出来的时候,你会杀了它吗?"

"九次,我猜。没错。九次应该就够了。"

"《托斯卡》里那该死的第一首咏叹调,"康斯坦丝晒黑的脸庞有些发白,"是怎么唱的来着?"

刚好黄昏的时候,我走下了她停在公寓楼前的车子。走廊里的夜色显得更加深沉。我盯着这一幕看了很久。我的双手搭在康斯坦丝·拉蒂根的跑车门上,颤抖不止。

"想要老妈陪你进去吗?"她问。

"天哪,康斯坦丝。"

"抱歉,孩子。"她拍拍我的脸颊,给了我一个吻,让我的眼皮像窗帘那样猛然抬起。然后她递给我一张纸,推了推我,说:"这是我那栋小屋的电话,登记的名字是特丽克西·弗里甘扎,那个什么都不在乎的女孩,记得她吗?不记得了?笨蛋。如果有人把你从楼上踢下去,你就大喊。如果你找到了那个混蛋,就跳一支康茄舞,把他从二楼走廊扔下来。要我等在这儿吗?"

"康斯坦丝。"我抱怨道。

下山的时候,她遇到了一个红灯,但她直接闯了过去。

我上了楼梯,踏入一条永远黑暗的走廊。这里的灯泡几年前就被偷走了。我听到了有人跑动的声音。脚步很轻,像是个孩子。我停了下来,侧耳聆听。

脚步声越来越小,从公寓后部的楼梯跑了下去。

风吹过了走廊,也带来了那些气味。那是亨利和我提过的气味,来自在阁楼挂了一百年的衣服和穿了一百天的衬衫。我感觉就像站在午夜时的一条小巷里,那里有队猎犬抬起腿来,吐舌哈气,露出愚蠢的笑容。

那股气味促使我连蹦带跳地跑了起来。我来到范妮房间的门前,停了下来,心脏狂跳。我难以呼吸,因为那种气味太强烈了。他不久前还在这儿。我本该追上去,但那扇门妨碍了我。我伸手一推。

门板在微弱的刮擦声中向内打开——铰链该上油了。

有人破坏了范妮门上的锁。

有人想要里面的某件东西。

有人进去搜索过了。

现在,轮到我了。

我迈步向前,一脚踏入了关于食物的不快回忆。

这里的空气充斥着熟食的味道。这是个温暖的小窝,一头庞大、和善又古怪的大象曾在这里阅读、歌唱和进食,就这么持续了二十年。

我很想知道,那些小茴香、冷盘肉和蛋黄酱的气味要过多久才能彻底在这栋公寓楼的楼梯井里消散。但现在……

房间里乱七八糟。

他进了房间,推倒了书架、衣柜和桌子。所有东西都被丢到了油毡地板上。范妮所有的歌剧乐谱都散落在他搜寻时踢到墙边或摔落在地的碎唱片之间。

"耶稣啊,范妮,"我小声说,"幸好你看不到这一切。"

所有能够被搜寻和破坏的东西都被破坏了。就连范妮端坐了半个世代的王座也被掀翻,就像被推翻在地的她那样。

但有个地方他没去寻找,那也是我最后察看的地方。我跟跄着穿过这片废墟,抓住了冰箱门,然后拉开。

冰凉的空气叹息着绕过我的脸颊。我盯着里面,就像许多个夜晚之前那样,渴望看透眼前的一切。走廊里站着的那个人,夜班电车上的那个陌生人,到底是来这里寻找什么,然后又空手而回的?

一切都跟从前别无二致。果酱、果冻、沙拉酱、发蔫的生菜——这是一座充满色彩与香气,富饶而寒冷,让范妮敬拜至今的神龛。

但突然间,我倒吸一口凉气。

我伸出手,把那些瓶瓶罐罐和奶酪盒子推到后面去。这些东西始终放在一张折叠起来的薄纸上,直到刚才,我都以为它的作用就只是防止滴水而已。

我把它抽了出来,借着冰箱里的灯光端详,《雅努斯,绿色嫉妒周报》。

我没关冰箱门,跌跌撞撞地走回去,扶起范妮的旧椅子,一屁股坐在上面,等待我的心跳恢复平缓。

我翻开染成绿色的报纸。背面是一些讣告和个人广告。我往下看去,什么也没发现,继续往下看,然后看到了——

一个小小的、用红色墨水圈出来的方框。

这就是他所寻找的,想要永远带走的东西。

我为什么会知道?因为框里的文字是:

这些年你去了哪里?我的心在哭泣,你的呢?为什么你没写过信也没打过电话?如果你能像我记得你一样记得我,我会快乐起来的。我们拥有过许多,却全都失去了。现在,趁一切不算太迟,趁你仍然记得,想办法回来吧。

打我电话!

落款是:

某个很久以前爱过你的人。

在旁边的空白处有某人写下的几个字,字迹潦草:

某个很久以前,全心全意爱过你的人。

午夜的耶稣,清晨的马利亚啊。

我难以置信地读了六遍。

我任凭那张纸掉到地上,踩过它,走到冰箱前凉快了一下。

然后我走了回来，将那段该死的留言读了第七遍。

它堪称杰作，优美而充满诱惑，却是装上诱饵的陷阱。这就像罗夏墨迹测验，就像手相术，就像是任何人都能算出和获胜的数字游戏。无论是男人、女人、老人、年轻人、深肤色、浅肤色、高个子还是瘦子，听啊，看啊！这指的就是你。

它适用于任何爱过却失去的人，可以指代整座该死的城市、整个州和全宇宙里的每一个灵魂。

任何读到这段话的人，都会忍不住拿起电话，拨出号码，等待，最后在深夜低声道：

"我就在这儿。拜托，来找我吧。"

我站在范妮公寓的油毡地板中央，试图想象她站在这里，她脚下的"甲板"随着她重心的变化嘎吱作响。留声机里的《托斯卡》奏出悲伤的乐声，而冰箱敞开着，显露出那些被奉为神圣的调味品。她的目光移动，心脏剧烈跳动着，就像一只困在巨大鸟笼里的蜂鸟。

基督啊，天启第五骑士肯定就是这种报纸的编辑。

我确认了其余的广告。每个广告附带的联系电话都一样。你必须打那个号码，才能得到那些广告的联系方式，而那个号码属于《雅努斯，绿色嫉妒周报》的出版人。愿那些家伙永远待在地狱里。

范妮这辈子从没买过这样的报纸。这是有人给她的，又或者……我停止了思考，看向门口。

不！

有人留下了这张报纸，并用红色墨水圈起了这个广告，确保她会看到。

某个很久以前，全心全意爱过你的人。

"范妮!"我沮丧地哭泣起来,"噢,你这该死的、该死的傻瓜。"

我蹚过《波西米亚人》和《蝴蝶夫人》的唱片碎片,然后想起了什么,又跌跌撞撞地走回去,用力关上了冰箱门。

三楼的情况也没好到哪儿去。亨利的房门大开着。我从没见过那扇门打开。亨利向来有关门的习惯。他不希望被人占据视力方面的优势。可现在……

"亨利?"

我走了进去,那间小公寓非常整洁,难以置信地干净而且整齐,一切井然有序、洁净如新,但空无一人。

"亨利?"

他的手杖放在地板正中,旁边放着一条黑色的细绳,上面打了许多个结。

这些看起来散乱而临时,就好像亨利在打斗中丢下了这些,或者是逃跑时遗留下来……

他在哪儿?

"亨利?"

我拿起绳子,看着上面打的结。两个结,一段空当,三个结,一长段空当,然后是三个、六个、四个和九个结。

"亨利!"我抬高了嗓门。

我跑去敲响了古铁雷斯夫人的门。

打开门看到我的时候,她激动不已。她看到我的脸,眼泪顿时流了下来。她伸出她散发着玉米薄饼香味的手,抚摸我的双颊。"啊,小可怜,小可怜。快进来,噢,小可怜,坐下。坐吧。想吃东西吗?我给你拿点儿。坐下,不,不,坐下。咖啡好吗?"她给我端来了咖啡,擦了擦眼睛,"可怜的范妮。可怜的人。找我什么事?"

我展开那张报纸,递给她看。

"我不读英语①。"她说着,后退几步。

"用不着读,"我说,"范妮上来打电话的时候,有没有带过这张纸?"

"没有,没有!"她想起了什么,顿时脸色一变,"我真蠢!有的。② 她来过,但我不知道她给谁打了电话。"

"她那通电话打了很久吗?"

"很久?"她花了几秒钟时间,在脑内翻译我说的话,然后用力点点头,"是的。很久。她笑了很久。噢,她一直笑了又说,说了又笑。"

那是她在邀请夜晚、时间和永恒先生过来,我心想。

"她当时就拿着这张纸吗?"

古铁雷斯夫人翻来覆去地看那张纸,仿佛那是某种中国的智力游戏。"也许,是的,也许不。是这张,或者另一张。我不知道。范妮已经和上帝同在了。"

我转过身,感觉自己有380磅重,然后朝门靠了过去,手里拿着那张折起的报纸。

"我多希望当初我在场,"我说,"拜托你,能借我用一下电话吗?"

出于直觉,我没有拨出《绿色嫉妒周报》的号码。我数着绳结,拨通了盲人亨利用那根绳子记录下来的数字。

"雅努斯出版社,"有个鼻音很重的声音说,"绿色嫉妒。请

---

①原文为西班牙语。
②原文为西班牙语。

不要挂断。"

听筒掉到了地上。我听到了沉重的双脚曳步穿过冰冷起皱的纸堆的声音。

"对上了!"我大喊起来,吓到了古铁雷斯夫人,让她后退了几步,"号码对上了。"我对着手里的《绿色嫉妒周报》大喊。出于某些理由,亨利用绳结记下了雅努斯出版社的号码。

"喂,喂!"我大喊。

我听到了几声癫狂的尖叫,远在《绿色嫉妒》的办公室里,就好像一大箱狂暴的吉他将一个疯子困在其中,并对他施加电击。作为对乐声的反击,一头犀牛和两只河马在公厕里跳起了方丹戈舞。有人在这场灾难中打字。另一个人正在吹奏口琴,为一位鼓手伴奏。

我等了4分钟,然后狠狠挂上了电话,怒气冲冲地走出古铁雷斯夫人家。

"先生,"古铁雷斯夫人问,"你为什么如此心烦?"

"心烦,心烦,谁能不心烦呢!"我大喊道,"基督啊,每个人都不回电话,我又没钱跑去那个该死的地方,无论它在好莱坞的哪里。现在回拨电话也没用,那该死的电话打不通,时间又快耗尽了。亨利又他妈不知道去了哪儿。他死了,见鬼!"

没有死,古铁雷斯夫人本该这么说,他只是睡着了。

但她没有说话。我感谢她的沉默,随后冲进了走廊,不知道自己该做什么。我甚至没钱去乘坐那辆通往好莱坞的红色电车。我……

"亨利!"我对着楼梯井下面大喊。

"怎么?"有个声音在我身后响起。

我猛地转身。我大喊起来。这儿一片漆黑,什么都看不到。

"亨利。是你……？"

"是我，"亨利说着走了出来，站在仅有的光线下，"如果亨利决定藏起来，他就会真的藏好。老天爷啊，腋窝先生来了。我觉得他知道我们知道他对这个烂摊子的了解。我才刚刚走出公寓，就听到他在我观察窗外的走廊上游荡，于是我丢下手里的东西，飞快溜走。我把不太重要的东西留在了地板上。你找到了吗？"

"找到了。你的手杖，还有那根用绳结计数的绳子。"

"你想知道那些绳结和那串数字的事？"

"对。"

"在范妮永远离开的前一天，我听到走廊里有哭声。她就站在那里，在我的门口。我打开门，把所有的悲伤放了进来。我很少看到她上楼，爬楼梯会让她痛不欲生。'我真不该这么做，是的，真不该这么做。'她说，'全都是我的错。'她一遍又一遍地说。'看看这些垃圾，亨利，收下这些垃圾，拿着。我真是太蠢了。'她说，然后她给了我几张旧唱片和几张报纸。'这些是特别的。'她说。于是我谢过了她，试图弄明白她究竟为什么会穿过走廊，哭喊着说自己是个傻瓜。然后我把那些旧报纸和唱片收了起来，直到范妮接受悼念和歌颂，永远地离开我们以后很久，我才想起这回事。然后在今天早上，我用手摸过那些蠢报纸，心想：'这是什么？'接着我打电话给古铁雷斯夫人，问她：'这是什么？'说墨西哥语和英语的古铁雷斯夫人看了又看，然后发现了那些文字。你也看到了，就是用墨水圈起来的部分。五张不同日期的报纸上写着同样的话，还有同样的一串数字。于是我开始想，为什么范妮当时哭得那么厉害，这串数字又是什么。于是我编好了绳结，然后打了过去。你打过这个号码没有?"

"打过了,亨利,"我说,"我在范妮家里找到了同样的报纸。为什么你不早告诉我这些?"

"为什么呢?听起来很蠢。女人喜欢的那套东西。我是说,你读过内容吗?古铁雷斯夫人读过了,磕磕绊绊,但大声读了出来。我当时笑了。上帝啊,我心想,简直是垃圾,真正的垃圾。只是现在,我的看法有了变化。谁会读这样的垃圾,并且深信不疑呢?"

"范妮。"最后,我说。

"现在告诉我吧。你拨通那个号码以后,对面的某个狗娘养的蠢货过来说了一句话,然后就再也没回来过,对吧?"

"那个狗娘养的。"

亨利开始领着我返回他大开的公寓门那边。我跟在后面,就好像我才是盲人。

"他们怎么那样做生意?"他很好奇。

我们来到了他的门口。我说:"我猜当你不在乎的时候,人们就会向你扔钱。"

"是的,这向来是我的问题。我太在乎了,所以从来没有人扔任何东西给我。见鬼,嗯,反正我有很多钱。"

他停下了脚步,因为他听到了我吮吸牙齿的声音。

"这声音,"他说着,无声地点点头,露出微笑,"来自想要借走我的毕生储蓄的那种人。"

"前提是你跟我一起去,亨利。帮我找到那个伤害了范妮的家伙。"

"腋窝?"

"腋窝。"

"这只鼻子属于你了。带路吧。"

"为了节省时间,我们需要叫出租车的钱,亨利。"

"我这辈子都没坐过出租车。为什么我现在要叫出租车?"

"我们必须在那家报社关门之前赶过去。我们越早弄清我们需要知道的事,就越是安全。我不想再用一整晚去担心这间公寓里的你,或者海滩上的我自己了。"

"腋窝可不好惹,对吧?"

"你最好当作是这样。"

"来吧,"他在房间里转了一圈,微笑着说,"我们来找找盲人藏钱的地方。到处都是。你想要80美元?"

"用不了那么多。"

"60?40?"

"20、30就够了。"

"噢,见鬼,那好,"亨利吸了吸鼻子,停了下来,大笑几声,从裤子后袋里掏出了一叠厚厚的钞票。他一张张地剥开,说:"这儿是40美元。"

"我得过段时间才能还你。"

"如果我们能抓住那个推倒范妮的人,你就不用还了。拿着吧。把手杖给我。关上门。来吧!我们去找那只接完电话就跑去度假的傻兔子。"

在出租车里,亨利对着自己看不到的味道与气味的来源面露笑容。

"真够时髦的。我从来没闻过出租车的味道。很新鲜,速度也很快。"

我忍不住问他:"亨利,你是怎么存下这么多钱的?"

"我看不到、摸不到,甚至闻不到,但我会赌马。我有些赛道上的朋友。他们会听我说话，然后我就能躺着赚钱了。比起那些有视力的傻瓜，我赢得多，输得少。这些钱越存越多。赚太多的时候，我就去找个别人口中的丑女人，就在这栋公寓附近的那些小屋里。他们说她们丑，可我不在乎。瞎子就是瞎子，而且……所以就这样了。我们到哪儿了？"

"已经到了。"我说。

我们的车停在了好莱坞某个破败街区的一栋大楼后面的巷子里，就在好莱坞大道的南边。亨利深深地吸了口气。"不是腋窝，但恐怕是他的近亲。当心。"

"我很快就回来。"

我走出车子。亨利坐在后座上，把手杖放在膝盖上，平静地闭着眼睛。

"我会好好听着计价器，"他说，"确保它不会走得太快。"

黄昏已经过去了很久，当我沿着小巷走过去的时候，天已经全黑了。我抬头看着一座建筑的后楼梯处一块半明半暗的霓虹灯招牌，招牌上画着面朝两个方向的伟大神灵雅努斯。他其中一张脸的半边在雨中褪了色，剩下半边很快也会步其后尘。

就算是众神，我心想，今年也过得很不顺。

我爬上楼梯，途中给好几位年轻男女让了路。他们面容衰老，像挨揍的狗儿那样佝偻着身体，抽着烟。我请求原谅，连连道歉，但似乎没人在乎。我来到了楼梯最顶上。

这几间办公室似乎从内战以后就再也没打扫过，到处都是揉成一团的纸，散落在每一英寸、每一英尺和每一码的地板上。成百上千张发皱发黄的旧报纸被堆在窗口、书桌上。三个废纸篓都空着。掷出这些纸团的人想必失败了上万次。我蹚过漫过脚踝的纸团潮水,踩过干巴巴的雪茄、烟蒂以及——从那些小小身躯发出的噼啪声来判断——蟑螂。我在某张堆满雪一样纸片的办公桌上发现了一部废弃的电话,然后拿了起来,放到耳边。

我觉得自己听到了从古铁雷斯夫人窗下经过的车流声。太疯狂了。她应该早就挂断了电话才对。

"多谢你的等待。"我说。

"嘿,老兄,有什么事?"有人问。

我挂上电话,转过身去。

那是个又高又瘦的男人,鼻尖上有一粒清澈的水珠。他蹚过纸团的潮水,走了过来。他用带着尼古丁色的双眼打量着我。

"我半小时前打了电话过来,"我朝那台电话点点头,"我刚刚才挂断。"

他盯着电话,挠了挠头,终于听懂了。他挤出一个无力的微笑,然后说:"见鬼。"

"我也是这么想的。"

我忽然觉得,他以从不回复电话为傲。新闻还是自己编比较好。

"嘿,老兄。"他说着,又换了个新想法。他是那种必须先把家具都搬出去,才能把母牛牵进房间的思想家。"你该不会碰巧是绒毛[①]吧?"

"不,我只是'呆瓜羽毛'。"

"呃?"

"记得《两只黑乌鸦》[②]吗?"

---

① 俚语中代指"警察"。
② 美国20世纪二三十年代流行的一部黑脸喜剧。

"啊?"

"1926。两个涂成黑脸的白人谈论'呆瓜羽毛',绒毛,桃子上的绒毛。当我没说。这是你写的吗?"我拿出那张《雅努斯,绿色嫉妒周报》,就是最底下有让人极度悲伤的广告的那一页。

他看着它,眨眨眼,说:"活见鬼。这是合法的,是客户要求。"

"你从来没想过自己为什么要登这种广告吗?"

"嘿,老兄,你说得就像我们从来看都不看就只管印上去似的。这是个自由的国度,对吧?让我瞧瞧!"他拿过那张报纸,凝视着它,嘴唇翕动,"噢,当然。是这条。很有意思,对吧?"

"你明白有人可能会仔细看这段玩意儿,然后相信他说的话吧?"

"这种事是难免的。嘿,听着,你干吗不赶紧下楼去,离开我的生活?"他把那张纸塞回给我。

"我不走,除非我拿到这个怪人住处的电话号码。"

他不知所措地眨了眨眼,然后大笑起来,说:"这是私人信息,不能外泄。如果你想给他写信,当然可以。我们可以转寄邮件,或者由他亲自来取。"

"这件事很重要。有人死了。有人……"我的耐心耗尽了,于是扫视地板上这片纸的海洋,然后不假思索地拿出一盒小火柴。

"看起来这儿有失火风险。"我说。

"什么失火风险?"

他扫视这些年堆积起来的纸团、空啤酒罐、丢在地上的纸杯,还有陈年的汉堡包装纸。他的脸上浮现出强烈的自豪。当他看到在窗台上忙着制造青霉素的那五六夸脱牛奶盒,以及旁边那几条赋予此地真正格调的男式紧身短裤时,他的目光几乎舞动起来。

我划了根火柴,引来了他的注意。

"嘿。"他说。

我吹灭了第一根火柴,表现自己的风度。见他不为所动,我又划了第二根。

"如果我把它丢到这里的地板上,后果会怎样?"

他第二次扫视这片地板。那些废纸将他的脚踝重重包围。如果我丢下这根火柴,火在5秒钟之内就能烧到他那儿。

"你不会丢下火柴的。"他说。

"我不会吗?"我吹灭了火柴,又划了第三根。

"你真他妈太有幽默感了,不是吗?"

我把火柴丢到了地上。

他惊叫着跳了起来。

我在火焰蔓延开来之前踩灭了它。

他深吸一口气,又重重地吐出。

"你他妈赶紧滚出去!你——"

"等等。"我最后划了根火柴,然后蹲了下来,守住火苗,让它逐渐接近半吨重的废纸团、旧名片和拆开的信封。

我用火苗碰碰这儿,再碰碰那儿,纸页开始燃烧。

"你他妈到底想干什么?"

"一个电话号码。这就够了。我不知道地址,所以我没法找到那个人,也没法跟踪他。但我需要那个号码,该死的,否则我就烧掉这儿。"

我意识到自己的声音提高了大约10分贝,近乎疯狂。范妮在我的血液里挣扎。另外那些死去的人在我的呼吸里尖叫,想要离开。

"立刻交给我!"我大喊。

火焰蔓延开来。

"该死,兄弟,把火踩灭。我会给你那串该死的数字的。该死,别乱动,跳上去!"

我跳到火上,四处狂踩。烟雾升起,火熄了,与此同时,那位有两副面孔的编辑在他的名片盒里找到了那个号码。

"给你,该死的,那个狗屁号码就在这儿。佛蒙特加4-5-5-5。记住了吗? 4-5-5-5!"

我划着了最后一根火柴,直到他把那张名片塞到我的鼻子下面。

"好了吧!"那编辑尖叫道。

我吹灭了火柴。我的肩膀在突如其来的释然中沉了下去。

范妮,我心想,我们现在能抓到他了。

我肯定是把想法说出了口,因为那个编辑脸色发紫,唾液溅到了我的身上。"你到底有什么目的?"

"自杀。"我说着,走向楼下。

"希望如此!"我听到他大喊道。

我打开了出租车的门。

"计价器疯了似的狂跳,"亨利在后排的座位上说,"幸好我是有钱人。"

"我马上回来。"

我向出租车司机招了招手,示意他跟我来到一处有公用电话亭的街角。

我犹豫了好一会儿,害怕拨通那个号码,害怕有人会真的接起电话。

我很想知道，在晚饭时间该和一个杀人犯说些什么？

我拨出了这个号码。

某个很久以前爱过你的人。

谁会回应这么愚蠢的广告？

在恰到好处的夜晚，我们每个人都会。那个声音来自过去，让你想起熟悉的触碰、耳畔温暖的气息，还有雷击那样短暂而强烈的激情。想起那个凌晨3点的嗓音时，我心想，我们之中又有谁能不脆弱呢。又或者，当你午夜梦回之时，发现有人在哭，而那个人就是你。你的眼泪流到了下巴上，而你甚至不记得自己在夜里做过噩梦。

某个爱过你的人……

她在哪儿？他在哪儿？还活在什么地方吗？不可能的。已经过去太久了。爱我的那个人不可能还活在世上的某个地方。可那又怎样？干吗不打个电话过去试试呢？

我打了三次电话，然后回到出租车里，和亨利一起坐到后座上，听着计价器的跳动声。"别担心，"他说，"计价器不会让我心烦的。有很多马儿在等我，还有很多钱在等我。再去打一次电话，孩子。"

他口中的孩子去了。

这一次，似乎在某个遥远的国家，有个自称殡葬人的人接起了电话。

"你好？"有个声音说。

最后，我喘息着问："你是谁？"

"这么说起来，你又是谁？"那个声音显得很警觉。

"你怎么这么久才来接电话？"我听到电话那头有车辆经过

的声音。

那边是城市某条小巷里的电话亭。基督啊,我心想,他跟我一样。他在用离他最近的收费电话亭充当办公室。

"噢,如果你没什么正经事要说的话……"电话那头的声音说。

"等等。"我说。我就快能分辨出那个声音了,我心想,让我再多听一会儿。"我在《雅努斯》上看到过你的广告。你能帮帮我吗?"

电话那头的声音放松下来。我的慌张让他很满意。"我可以在任何地点、任何时间帮助任何人,"他轻松地说,"你也是孤独者之一吗?"

"什么?"我大喊道。

"你也是——"

他说了"孤独者"。这就对了。

我仿佛回到了克拉姆利的住处,回到了过去,回到了那辆在寒冷雨夜里驶过弯道的电车上。电话里的声音就是半辈子以前那场夜间暴风雨里的声音,念叨着它关于死亡与孤独、孤独与死亡的话语。首先是关于那个声音的记忆,然后是克拉姆利敲打我的脑袋,接着是此时此刻电话里那个真实的声音——缺失的拼图只剩下了一块。我仍旧无法说出那个声音的名字。它那么接近、那么熟悉,我就快想起来了,但……

"大点儿声。"我高喊起来。

电话另一头迟疑了片刻。在那个瞬间,我听到了自己这半辈子听过的最动听的声音。

风在吹拂遥远的电话那一头,但不止如此——海浪滚滚而来,越来越响,越来越近,直到我几乎能感觉到它在我的脚下翻涌。

"噢,耶稣啊,我知道你在哪儿了!"我喊道。

"不可能。"那个声音说,然后挂断了电话。

但还不够快。我狂乱地盯着手里的电话,然后紧紧攥住。"亨利!"我大喊。

亨利把身体探出出租车,盯着空气。我钻进车里,倒在座位上。"你还愿意跟我一起去吗?"

"不去的话,"亨利说,"我还能去哪儿?跟司机说吧。"

我说了地址。车子开了起来。

出租车停了下来,摇下车窗。亨利探出头去,脸像一条黑船的船头。他嗅了嗅。

"我上次来这儿还是小时候。是海洋的气味。另一种气味是腐烂的味道?在码头。这是你住的地方吗,写手?"

"你是指伟大美国小说家?当然。"

"我希望你写的小说比这儿好闻。"

"如果我能活下来的话,也许可以。我们能让出租车在这儿等着吗,亨利?"

亨利舔舔手指,剥下三张 20 美元的钞票,放在出租车的前排座位上。

"这些能让你不那么紧张吗,孩子?"

"这些,"出租车司机接过那些钱,"能让我等到半夜。"

"到时候一切应该都结束了。"亨利说,"孩子,你知道自己在做什么吗?"

我还没来得及回答,码头下就有一道海浪涌来。"听起来就像纽约地铁,"亨利说,"别让它撞到你。"

我们让出租车等在威尼斯码头边上。我试图搀扶亨利在夜色里前行。

"你不需要搀扶我,"亨利说,"只要提醒我哪里有电线、绳子或者松动的砖块就够了。但我的手肘容易紧张,不喜欢被人碰。"

我让他骄傲地自己前进。

"在这里等着,"我说,"往后退3英尺。站在那儿,这样就没人能看到你了。等我回来的时候,我只会说一个词'亨利',然后你就把闻到的气味告诉我,好吗?再然后你就转过身,回出租车那边去。"

"当然可以,我还能听见引擎转动的声音。"

"让那辆出租车送你去威尼斯警局。你去找埃尔莫·克拉姆利。如果他不在那儿,就让他们打电话到他家。如果整件事有所进展,就让他陪你过来,越快越好。前提是真有进展。毕竟我们今晚也可能用不上你的鼻子。"

"但愿能用上。我带来了手杖,准备殴打那家伙。你能让我打他吗,就一下?"

我犹豫片刻。"就一下,"我说,"准备好了吗,亨利?"

"狐兄弟[①],他藏好了。"

感觉就像兔兄弟的我迈步走开。

夜晚的码头就像大象的坟场,到处都是黑色的骨头,厚重的雾气笼罩其上。而这些骨头被奔涌而来的海水埋葬,在海水退去时显现,又再次遭到埋葬。

[①] 非裔美国人之间流传的民间故事中的动物角色,曾出现在 1946 年的迪士尼动画电影《南方之歌》(*Song of the South*)中。下文的"兔兄弟"是他一直追赶的狡猾猎物。

我小心翼翼地穿过商店、鞋盒式公寓与打烊的纸牌室之间，一路上留意这里或是那里的电话。它们伫立在没有灯光的电话亭里，等待明天或是下周被人拿起。

我沿着木板路前进，穿过湿气与干燥木头发出的叹息声、沙沙声与翕动声。这条路吱嘎起伏，就像即将沉没的船只，而我从写着"危险"的警告旗帜与告示牌旁边经过，跨过链条，发现自己来到了这座码头的边缘，回头看着用钉子钉死的房门，以及放下并固定好的帆布门面。

我钻进最后一座电话亭，在口袋里翻找，咒骂了几声，直到找出亨利给我的那些5美分硬币。我将一枚硬币丢进投币孔，拨出了雅努斯的编辑给我的号码。

"4-5-5-5。"我低声说完，然后等待。

就在这时，我那只米老鼠手表早就磨损不堪的表带断了。手表掉到了电话亭的地板上。我咒骂着将它捡起，放到电话下面的架子上。然后我仔细聆听。我能听到电话铃声在远处的另一头响起。

我任由话筒落下，没有挂断。我走出电话亭，闭眼倾听。起初，我能听到的只有那道从我脚下经过、晃动木板的巨浪。它过去了。最后，竖起耳朵的我终于听到了。

远在码头中点的位置，有台电话在响。

是巧合吗？我心想，到处都有电话会响。但一百码外的这台电话，是我刚才拨出的号码吗？

我将一半身体挥进电话亭，拿起听筒，把它挂了回去。

在远处风声呼啸的黑暗里，另一台电话的铃声停止了。

这还是证明不了什么。

我又把那枚硬币放进去，重新拨出号码。

做个深呼吸，然后……

远在半光年之外，那个玻璃棺材里的电话又响了起来。

这让我吓了一跳，胸口发痛。我感觉到自己张大眼睛，吸进一口冰冷的空气。

我让电话继续响着。我站在自己的电话亭外，等待夜色中的某人跑出巷子，或者钻出潮湿的帆布，或者从"砸倒牛奶瓶"的游戏场地后面走出来。某个人——就像平时的我那样——会过来接听。某个人——就像平时的我那样——会在凌晨两点钟一跃而起，跑进雨里，和墨西哥城的阳光对话，那里的人生仍在前进，仍旧生机勃勃，似乎永远不会死去。某个人……

整个码头仍旧笼罩在黑暗里。没有一间小屋亮起灯来。没有一块帆布沙沙作响。电话还在响。海浪在木板下漫步，等待着某个人——任何人——前来接听。电话还在响。还在响。我很想跑过去自己接起电话，只为了让它停下。

耶稣啊，我心想，去把你的硬币拿回来，拿回……

然后那件事发生了。

一道光突然出现，又迅速熄灭了。有东西在那台电话的对面蠢蠢欲动。电话还在响。电话还在响。有人站在黑暗中听着铃声，犹豫不决。我看到了一抹白色，知道那个人的目光肯定正在码头搜寻，惊恐而谨慎。

我身体僵硬。

电话铃响了。那道影子终于动了起来，那张脸转了回去，静静聆听。电话还在响。那个影子突然跑了起来。

我跳回电话亭，及时抓起听筒。

咔嗒。

我听到呼吸声从遥远的另一端传来。然后，最后，是一个男人的声音。

"喂?"

噢,上帝啊!我心想,一模一样。就是我一小时前在好莱坞听过的那个声音。

某个很久以前爱过你的人。

我肯定是把这个念头大声说了出来。

长长的停顿,等待,然后是从另一端传来的倒吸凉气声。

"喂?"

那声音穿透了我的耳朵,然后是我的心。

我现在认出那个声音了,我心想。

"噢,基督啊,"我嘶声道,"是你!"

我的话肯定也穿透了他的脑袋。我听到他狠狠地吸了一大口气,再狠狠地吐了出去。

"你这该死的,"他大喊道,"下地狱去吧。"

他没挂电话。他就这么丢下了仿佛变得炽热的话筒,砰,而它在那副绞索的扯动下旋转不止。我听到了他匆忙离开的脚步声。

等我离开电话亭的时候,四面八方的码头都空荡荡的。短暂出现光线的那个地方一片漆黑。我强迫自己走向,而非跑向一百码外的那间电话亭。这条木板路上只有一张旧报纸的几块碎片不时翻飞。我看着那只垂落的话筒敲打着冰冷的电话亭玻璃。

我拿起话筒,侧耳聆听。

我听到自己那块10美元的米老鼠手表在电话另一头,在仿佛一百英里远处的另一间电话亭里嘀嗒作响。

如果我运气够好,能够活下来,我就能拯救米老鼠。

我挂上电话,转身看着那些矮小的建筑、小屋、店面、倒闭的游乐场所,想知道自己是否会做出某些疯狂的事。

我的确做了。

我走了大约 70 英尺,来到一间小商店的门口,站在它面前,侧耳听着。有人在里面走来走去。或许他正在黑暗中套上便服,准备出门。我听到了沙沙声,以及某人愤怒的自言自语——某人在低声说话,告诉自己该去哪儿找袜子、去哪儿找鞋子,那条该死的领带又去了哪儿。又或许只是码头下的潮水在编造着没人会去核实的谎言。

低语声停下了。他肯定感觉到我站在门外。我听到了脚步声。我笨拙地后退,发现自己的双手空无一物。我甚至没想过带上亨利的手杖防身。

门以惊人的速度打开了。

我瞪大眼睛。

在狂热之中,我同时注意到了两件事。

在远处,昏暗灯光笼罩下的一张小桌上,放着一堆黄色、棕色和红色的克拉克棒、雀巢轻脆巧克力棒,以及动力室巧克力棒的包装纸。

还有……

那个矮小的身影,那个小个子男人,正用满是震惊的双眼看着我,仿佛刚刚从长达四十年的梦境中醒来。

那正是 A. L. 史兰克。

塔罗牌解读者、颅相学家、廉价商店的精神病医生、白天和夜晚的心理学家、占星师、禅宗/弗洛伊德/荣格数字命理学家,以及彻头彻尾的人生失败者就站在那里,手指下意识地抠着衬衫的纽扣,试图用那双在某种药物的影响下变得呆滞——也可能是被我笨拙的虚张声势所震慑——的眼睛看清我。

"下地狱去吧。"他再一次平静地说。

随后,他的脸因为临时挤出的笑容抖动了几下。他补充道:"进来吧。"

"不。"我轻声说。然后我抬高了嗓门:"不。你出来。"

风向不太对头,但这次也可能是太对头了。上帝啊,我这么想着,退后两步,但随即站稳脚跟。在其余那些日子,风是往哪边吹的?我怎么会没注意到?因为,我心想,那个简单得要命的事实是,我伤风了整整十天,根本闻不到东西。根本闻不到。

噢,亨利,我心想,你和你永远高抬、永远好奇的鹰钩鼻,与你内在的敏锐洞察力紧密相关。噢,聪明的亨利在夜晚9点穿过他看不见的街道,嗅着没洗过的衬衣和内衣的气味时,死亡正从另一个方向大步走来。

我看着史兰克,感觉自己的鼻孔抽了抽。汗水,代表挫败的第一种气味。尿味,代表憎恨的第二种气味。然后,那是怎样的混合?洋葱三明治、没刷过的牙齿、自我毁灭的气息。这一切如同暴风雨云,如同滚滚洪流那样,从那个人身上涌来。就好像我正站在空无一物的海岸上,足有90英尺高的潮水作势要碾碎我——我心里涌现的病态恐惧就给我这种感觉。尽管全身冒汗,我却感到口干舌燥。

"进来吧。"A.L.史兰克犹豫着又说了一次。

就在这一刻,我本以为他会弓身后退,就像一只小龙虾。但他随即看到了我先是瞥向他店铺对面的那间电话亭,接着瞥向码头那头放着我的米老鼠手表的那间电话亭,然后他明白了。没等他再次开口,我就朝阴影里喊出了声。

"亨利?"

黑暗中有片黑色动了动。我感觉到亨利的鞋子刮擦着木板,而他用温和而轻松的嗓音答道:"怎么?"

史兰克的目光猛地从我转向阴影中的亨利。

我终于有了说这句话的机会:

"腋窝?"

亨利深吸一口气,然后吐出。

"腋窝。"他说。

我点点头,说:"你知道该做什么。"

"我能听到计价器在走。"亨利说。

我用眼角余光看到他迈开步子,然后又停了下来,抬起了手。

史兰克缩起身子。我也一样。亨利的手杖飞过空气,伴随着一声清晰的咔嗒落在木板地面上。

"你也许用得上它。"亨利说。

史兰克和我站在那儿,看着码头上的那件武器。

出租车驶离的声音驱使我向前扑去。我拿起手杖,举在胸前,仿佛它真的能抵挡刀子或者手枪。

史兰克看着消失在远处的出租车尾灯。

"这到底是在搞什么鬼?"他说。

在他身后,叔本华、尼采、斯宾格勒、卡夫卡全都挂着他们疯狂的手肘,躺在尘埃里,轻声说:"是啊,这是在搞什么鬼?"

"等我去拿一下鞋子。"他的身影消失了。

"别拿别的东西。"我大喊道。

这话让他笑得喘不过气来。

"我还能拿什么?"他高声回答,在暗处四下翻找。他站在门口,给我看他两只手里各拿着的一只鞋。"没有手枪,也没有刀子。"他套上鞋子,但没系鞋带。

我简直不敢相信接下来发生的事。威尼斯上空的云层决定在此时散开,露出一轮满月。

我们同时抬头看去,想要确认这兆头是坏还是好,又是对哪一方而言的坏或好。

史兰克的目光转向海岸线和码头。

"他看着这么多的沙子,顿时泪流不止。"他说。听到这句话,他自己也轻声抽噎起来:"来吧,小牡蛎,木匠这么说着,把它们捧在手心里。快乐地散步,愉快地聊天,沿着金色的海岸。①"

他开始朝前走。我没有动。"你不打算锁门吗?"

史兰克转过头,以最不起眼的幅度朝那些书点点头。它们就像黑色羽毛、灰金色眼眸的秃鹫那样,聚集在书架上,等待着带给它们生命的触碰。它们就像个看不见的唱诗班,颂唱着我很早以前就该听过的狂野曲调。我的目光一次次扫过书堆。

上帝啊,为什么我从没正眼看过它们?

那片厄运群居的可怕断崖;那支由失败组成的队伍;那场名副其实的末日天启:战争、污秽、疾病、瘟疫、经济萧条;那阵噩梦的倾盆暴雨;那口谵妄与迷惑的深坑,疯狂的老鼠与疯癫的耗子在那里永远看不到光线,也永远无法离开。那支堕落与癫痫的警察行列在书架悬崖的边缘起舞,而一堆又一堆等

---

① 出自刘易斯·卡罗尔的《爱丽丝漫游奇境记》里的一首长诗《海象与木匠》,讲述的是海象和木匠诱骗一群天真的牡蛎爬上海滩,然后吃下肚的故事。

着取而代之的恶心与反胃的队伍正在更高处的黑暗中等待。

如果只是单独的作家、单独的书,那没问题。这儿一本爱伦·坡,那儿一本萨德,只能算是调味品。但这里可不是图书馆,而是一座屠宰场、一座地牢、一座高塔,囚禁了上百个戴着铁面具的人。他们无声地说着胡话,直至永远。

为什么我从未认真看过和了解过它们?

因为龙佩尔斯迪尔钦①在把守这里。

我盯着史兰克,不禁觉得他随时会抓住自己的脚,把自己从中撕开,让两半身体落在地上!

他太滑稽了。

这令他显得更可怕了。

"那些书,"最后,史兰克开了口,打破了沉默的魔咒,但他没有看向书本,而是抬头盯着月亮,"它们从来没有在乎过我。那我为什么要在乎它们?"

"可是……"

"另外,"史兰克说,"真有人会想偷走《西方的没落》吗?"

"我还以为你爱这些藏书!"

"爱?"他眨了眨眼睛,"上帝啊,你看不出来吗?我讨厌一切。这世上根本没有我喜欢的东西,你怎么举例都行。"

他大步朝亨利和出租车离开的方向走去。

"好了,"他说,"你来不来?"

"来的。"我说。

"那是武器吗?"

---

①德国民间传说中的一名侏儒妖。格林兄弟将故事整理发表,收录进了《格林童话》中。

我们缓缓前行，不时试探彼此。我惊讶地发现自己握着亨利的手杖。

"不，只是根触须，我想。"我说。

"属于一只非常大的虫子？"

"属于一只非常瞎的虫子。"

"没了它，他能找到路吗？这么晚的时间他又要去哪儿？"

"去跑个腿。很快就回来。"我撒了个谎。

史兰克简直是测谎仪。听到我这句话，他几乎高兴得扭起了身子。他加快了脚步，然后又停了下来，打量着我。

"我猜他是用鼻子找路的。我听到了你的问题，还有他的回答。"

"腋窝？"我说。

史兰克在他的旧衣服里缩起身子。他的双眼先是看向自己左边，然后又看向自己右边腋下，顺着满是汗渍与老旧褪色的衣服向下看去。

"腋窝。"我又说了一遍。

那就像一颗击中心脏的子弹。

史兰克摇晃了几下，随即站稳。

"我们为什么要一直走？这又是要去哪儿？"他气喘吁吁地问。我能感觉到那颗在他油腻的领带下像兔子那样跳动的心脏。

"我以为是你在带路。我只知道一件事。"我迈开步子，这次比他快上半步，"盲人亨利一直在寻找没洗过的衬衫、脏内衣和体臭。他找到了这些，然后指认给我看了。"

我没有重复那个可怕的词语。但我每说一个字，史兰克的身体都仿佛缩得更小。

"为什么一个盲人想找我？"最后，史兰克问。

我不想就这么直接说出一切。我必须检验和试探。"因为《雅努斯，绿色嫉妒周报》。"我说，"我透过你的窗户，在你的住处看到了那份报纸。"

这是个纯粹的谎言，但正中要害。

"确实，确实。"史兰克说，"但那个盲人，还有你——"

"因为，"我深吸一口气，又缓缓吐出，"你就是搞定先生①。"

史兰克闭上眼睛，飞快地转动着思绪，犹豫了一下，大笑起来。

"搞定先生？搞定先生！太荒谬了！你为什么这么想？"

"因为——"我继续朝前，迫使他一路小跑着跟在后面。我走到聚集在前方的雾气那边，接着说："在许多个夜晚前，亨利闻到了有人穿过街道的气味。同样的气味出现在他那栋公寓的走廊里，今晚又出现在这儿。那种气味就是你。"

小个子男人的心脏再次像兔子那样颤动，但他知道这不代表他有罪。这什么都证明不了！

"为什么，"他喘息着说，"我要去城里那些我做梦都不想去住的破公寓里转悠？为什么？"

"因为，"我说，"你在寻找孤独者。而我这个该死、愚笨、愚蠢的傻瓜，比亨利还瞎的我，帮助你找到了他们。范妮是你要找的人。康斯坦丝是你要找的人！我最后还是当了死亡的帮凶。基督啊，我的确是伤寒玛丽。我把疾病——也就是你——带到了各处。至少你一直跟着我——为了找到孤独者。"我像鼓点那样急促地呼吸了几下，"孤独者。"

---

① 1918 年的美国无声电影《搞定先生》中的男主角，因为其解决问题的能力而得此称谓。

几乎在我说出那个词的同时,史兰克和我都有种急病发作的感觉。我说出真相的举动就像掀开了一座熔炉的盖子,高温的热气涌出来烧灼着我的脸、舌头、心脏和灵魂。至于史兰克?我正在描述他无人怀疑过的人生,还有他的渴望。他尚未解释和承认这一切,但我知道自己终于拽出了隔热的石棉,让火焰显露在光天化日之下。

"最后那个词是什么?"史兰克问,他站定在约莫10码开外,宛如一尊雕像。

"孤独者。你用过这个词。你上个月就是这么描述他们的。孤独者。"

的确如此。在一次呼吸的时间里,有支灵魂的送葬队伍从旁经过,迈着无声的步伐,穿行于雾气中。范妮、萨姆、吉米、卡尔以及其余那些人。我始终没法给他们贴上合适的标签。我始终没看到将他们所有人联系在一起并将他们合而为一的那件事。

"你这是胡说八道,"史兰克说,"是猜测、编造、谎言。和我没有任何关系。"

但他低下了头,看着自己的外套在细瘦手腕上卷起的袖口,以及透过外套渗出的深夜时分的汗渍。他那身衣服仿佛在我的注视下不断缩小。他衣服下面肤色苍白的身体也在不断扭动。

我决定主动出击。

"基督啊,你光是站在那儿都臭不可闻。你是对所有人的冒犯。你憎恨一切,所有,这个世界上的任何事物。这是你刚才自己告诉我的。所以你用你的肮脏、你的口臭去攻击世界。你的内衣就是你真正的旗帜,于是你把它高挂在旗杆上,让风也带上臭气。A. L. 史兰克——末日天启的所有者!"

他在笑。他欣喜若狂。我这番侮辱对他来说是恭维。我在关注他。我唤醒了他的自负。我不知不觉地设下了圈套，还装上了诱饵。

现在该怎么办？我心想，看在上帝的分儿上，我现在究竟应该说些什么？我该怎么拖住他？该怎么解决他？

但他重新走在了前面。侮辱赋予了他动力，而我为他油腻的领带别上的毁灭与绝望的勋章更让他神采奕奕。

我们走啊走，走啊走，走啊走。

上帝啊，我心想，我们要这么走多久？要这么说多久？要这么继续多久？

这就像一部电影，我心想，某个难以置信的场面不断持续——某人解释，其他人反驳，某人再度解释。

这不可能。

可能的。

他不确定我知道什么，我也不确定我知道什么。我们都想知道对方有没有武器。

"而且我们都是胆小鬼。"史兰克说。

"而且我们都害怕试探对方。"

木匠走在前头，牡蛎跟随在后。

我们走啊走。

这个场景并非来自那种有太多对话的好电影或者坏电影。在这个场景里，夜色越来越深，月亮消失又重现，雾气渐浓，而我在和哈姆雷特的父亲的白痴精神病医生的朋友的鬼魂对话。

史兰克，我心想，这名字真贴切。在这里退缩，在那里退缩，你就会变成史兰克①！开端是什么？离开大学，欣喜若狂，挂出开业的招牌，然后某一年发生了大地震。他还记得吗？就在那一年，他的双腿和心智受了损，然后他就像在没有雪橇的情况下滑下长长的山坡，落入事业的低谷，而且他没有女人，没法减轻那种冲击，没法化解他的噩梦，没法阻止他在午夜的哭号与黎明的憎恨。然后在某个早晨，他爬下床，发现了自己身在何处。

加利福尼亚，威尼斯，最后一条贡多拉船早已离开，灯火早已熄灭，而运河里满是残留的石油与老旧的马戏团马车，只有潮水在铁笼的栏杆后面咆哮……

"我有一份小小的名单。"我说。

"什么？"史兰克问。

"《日本天皇》。"我对他说，"一首歌可以解释你的动机。你的目标很崇高，你想要尽快实现。你想让惩罚与罪行匹配。②孤独者，所有的孤独者，你把他们放到你的名单上，就像那首歌里唱的那样，不会有人怀念他们。他们的罪过在于放弃，或者从未尝试。他们的罪过在于平庸、失败或是迷失。而他们的惩罚，上帝啊，就是你。"

他得意洋洋，步伐就像一只孔雀。

"所以呢？"他在前面说，"所以呢？"

我给舌头装满子弹，朝他开了一枪。

"我想，"我说道，"斯科特·乔普林被'砍下'的脑袋就藏在附近的某个地方。"

---

①史兰克的原文为 Shrank，与 shrink（意为"收缩、退缩"）的过去时 shrank 发音相同。
②《日本天皇》是一部著名喜歌剧，于1885年在伦敦首演。"我的目标很崇高，/我想要尽快实现——/让惩罚与罪行匹配。"是剧中著名的唱词。

他不由自主地移动右手，靠近自己油腻的上衣口袋。他假装只是要抚平那里，却发现自己愉快地盯着那只手，于是扭开目光，继续前进。

一发即中。我喜形于色。克拉姆利警探，我想，要是你在这儿该多好。

我又开了第二枪。

"出售金丝雀。"我用微弱的嗓音——就像那位老女士窗前纸板上褪色的铅笔字——说，"裕仁天皇即位。亚的斯亚贝巴。墨索里尼。"

他的左手伴随难以察觉的自豪，向上衣左口袋抽动了一下。

基督啊！我心想，他随身带着她的旧鸟笼底下的头版新闻！

正中红心！

他大步向前。我跟随在后。

第三个靶子。第三次瞄准。第三次开火。

"狮笼。老人。售票亭。"

他的下巴贴近了胸前的口袋。

上帝作证，那里能找到车票的打孔碎片，来自他从未乘坐过的电车！

史兰克在雾气中费力地穿行，完全没察觉我在用捕虫网接连捕捉他的罪行。他像一个快乐的孩子，走在敌基督的田野上。他小小的鞋子轻轻敲打着地板。他喜笑颜开。

然后呢？我思绪纷乱。噢，对。

我看到吉米在公寓走廊里拿着他的廉价烈酒，满脸笑容。浴缸里的吉米翻了个身，沉到了6英寻[①]下的泥土里。

[①] 1英寻约等于1.83米。

"假牙。"我说,"上半边,还有下半边。"

谢天谢地,史兰克没有再拍他的口袋。如果他把这副死亡的笑容带在身边,我没准会发出惊恐的尖叫。他回头张望的动作告诉我,假牙留在他的小屋那边(在装满水的杯子里?)。

第五个靶子,瞄准,开火!

"跳舞的吉娃娃,喜欢打扮的长尾小鹦鹉!"

史兰克在码头上跳起了狗儿的小步舞。他的眼睛朝左肩瞟去。那儿有鸟爪印和鸟粪!彼得罗·马西内罗的其中一只鸟儿就在他的小屋里。

第六个靶子。

"阿拉伯海边的摩洛哥堡垒。"

史兰克蜥蜴般的小舌头飞快地舔了一遍嘴唇。

拉蒂根的一瓶香槟酒就放在小屋的架子上,倚着磕了药的德·昆西,还有沮丧中的哈迪。

风刮了起来。

我瑟瑟发抖,因为我突然觉得那上百张糖果包装袋——全都是我丢掉的——都被风吹向了我和史兰克。来自过去的啮齿动物的饥饿幽灵发出沙沙的响声,穿行于夜晚的码头。

我难以开口,但还是强迫自己说出最后那些悲伤的字眼。我的舌头仿佛因此折断,胸中的某个东西也仿佛爆裂开来。

"午夜的公寓。装满的冰箱。《托斯卡》。"

就像一块被人掷出、穿过这座镇子的黑色铁饼,《托斯卡》唱片的第一面撞上了什么,滚动了一阵,最后滑入 A.L. 史兰克午夜的门缝底下。

这份名单很长。我踮脚站在歇斯底里、慌乱与恐惧的边缘,为自己的洞察力、自己的厌恶、自己的悲伤而欣喜。我随时都可能跳起舞来、出手袭击或是尖叫出声。

但史兰克首先开了口,眼神就像在梦中,仿佛是普契尼轻柔的咏叹调正在他脑海中旋转低语。

"那个胖女人现在平静了。她想要平静,于是我给了她。"

我几乎记不清接下来发生的事情了。有人在大叫,那是我。另一个人也在大叫,那是他。

我甩出手臂,手中握着亨利的手杖。

凶手,我心想,杀。

手杖砸落的那一刻,史兰克后退了一步。手杖没有碰到他,而是撞上码头。冲击令手杖脱离了我的手。它掉在地上,发出一声咔嗒,然后被史兰克踢了一脚,越过码头边缘,掉进沙里。

我只能赤手空拳地扑向那个小矮子,而在他闪向一边的同时,我也突然停了下来,因为我的身体里有最后一样东西碎了。

我想要呕吐。我哭泣起来。几天前,我在淋浴时的哭泣只是个开始。此时洪水汹涌而来,我的骨头开始崩溃。我站在那里哭泣,而史兰克在震惊之中差点儿伸手拍拍我,然后低声说:"好了,好了。"

"没关系的。"他说,"她得到了平静。你应该为此感谢我。"

月亮躲到了层层浓雾后面,也给了我喘息的时间。我整个人都像在慢镜头里。我的舌头迟钝,并且几乎看不到东西。

"你的意思是,"最后,我含混不清地说,"他们都死了,而我应该为此感谢你,是吗?"

对他而言,这肯定是种可怕的解脱,因为他等待了这么多月——或者是这么多年——才第一次对人倾诉,无论是对谁,无论是在哪儿,无论是以何种方式。月亮再次现身。他的嘴唇颤抖起来，那是因为重现的月光，也是因为对坦白的渴望。

"是的。我帮助了他们所有人。"

"上帝啊！"我喘息着说，"帮助？帮助？"

我不由自主地坐了下来。他搀扶着我坐下的，站在我身前，惊讶于我的虚弱。他掌控了我和黑夜的未来。这个人能够以谋杀充当祝福，让人们远离痛苦，不再孤独，让他们在睡梦中面对死亡，保护他们不受生命的伤害，给予他们提前落幕的优待。

"但你也帮助了他们。"他用通情达理的口气说，"你是个作家，好奇心十足。我要做的就是跟着你，收集你丢下的糖果包装纸。你知道跟踪别人有多容易吗？他们从不回头看，从不。你就是这样。亲爱的，你根本想不到。你是我优秀的死亡猎犬，帮过我的次数远超你的想象。超过一年。你让我看到了你为自己的书收集的那些人。所有那些路上的碎石、风中的谷壳、岸边的空贝壳、没有点数的骰子、没印数字的纸牌。没有过去，没有现在。所以我不会让他们拥有未来。"

我抬头看他。我的体力正在恢复，悲伤也就快过去了。我的愤怒正在为我积攒杀人的力量。

"你承认全都是你做的，是吗？"

"为什么不呢？一切只是风中的臭气而已。等我们在这儿谈完，而我真的陪你去警察局时——我会的——你也没法证明我说过的这些话。它们都会消失在炽热的空气里。"

"这可未必，"我说，"你总是忍不住从每个受害者那里拿走一样东西。你神憎鬼厌的住处一定堆满了留声机唱片、香槟酒和旧报纸。"

"狗——娘——养——的！"史兰克说，然后停了下来。他大笑几声，随后又咧嘴而笑，说："很聪明。跟我学的，是吗？"

他摇晃脚跟，思考起来。

"现在，"他说，"我只能连你也杀了。"

我跳了起来。我只比他高一英尺，也算不上勇敢，但他还是向后跳开了。

"不，"我说，"你不能那么做。"

"为什么不能！"

"因为，"我说，"你不能用手碰我。你没有用手碰过他们。你从来都不会自己动手。我现在明白了，你的逻辑是让那些人自作自受，或者用间接方式毁掉他们，对吗？"

"没错！"我再次激起了他的自豪感。他忘了我还站在那儿，就这么回忆起自己光辉灿烂的过去。

"电车售票处的那个老人。你所做的只是把他灌醉了而已？或许还在河边踢了他的脑袋一脚，然后再跳进河里，确保他的尸体困在狮笼里。"

"没错！"

"出售金丝雀的老妇人。你所做的只是站在她的床前，朝她扮鬼脸？"

"没错！"

"萨姆。你给了他足以把他送进医院的过量烈酒。"

"没错！"

"吉米。你确保他喝了比平时多三倍的酒。你甚至不需要动手帮他在浴缸里翻身。他自己会翻身，然后死掉。"

"没错！"

"彼得罗·马西内罗。你给市政府写信，让他们来抓走他，还有他的几十只猫猫狗狗和鸟儿。他现在就算还没死，也离死不远了？"

"没错!"

"当然,还有理发师卡尔。"

"我偷了斯科特·乔普林的脑袋。"史兰克说。

"于是惊恐的卡尔离开了镇子。约翰·威尔克斯·霍普伍德。他和他无比庞大的自负。你用康斯坦丝·拉蒂根的信纸给他写信,让他每晚一丝不挂地来到海滩上,吓得康斯坦丝淹死在了海里?"

"就是这样!"

"然后你让霍普伍德知道,你在康斯坦丝失踪的那晚见到他出现在沙滩上,用这种方式摆脱了他。你还写了一封极其卑劣的信,把他说成了无比卑鄙的人。"

"他确实卑鄙。"

"还有范妮·弗洛里娜。你把你的广告放在她家门口。她打电话给你的时候,你跟她约了时间。你所做的只是前去那儿,闯进门里,像吓唬金丝雀女士一样吓唬范妮,让她匆忙后退,没错,然后跌倒在地,没法起身,而你就只是站在她面前,确保她站不起来,对吗?"

他没有蠢到在这时回答"是的",没有蠢到做出任何回答,因为我怒火中烧,虽然身体仍在颤抖,却从自身的疯狂里得到了力量。

"在这些日子里,你只犯了一个错误。那就是把那些报纸寄给范妮,让带着记号的那些纸留了下来。你想起了这回事,再次闯入她的家,翻箱倒柜,但没能找到。你唯一没想到去找的地方就是那台冰箱。你那份登报的布告就压在瓶瓶罐罐下面,用来防止渗水。我在那里找到了它。所以我才会来到这儿。所以我不会成为你名单上的下一个受害者。还是说你另有安排?"

"对。"

"你没有,知道为什么吗?有两个原因。首先,我不是孤独者。我不是失败者。我也没有迷失。我会成功的。我会幸福的。我会结婚,有个好妻子和一群孩子。我会写出好得要命的书,受人喜爱。这些不符合你的标准。你没法杀死我,你这该死的怪胎,因为我很正常。你看到了吗?我会好好活下去。其次,你不能碰我一根手指。你没碰过其他人。如果你碰了我,就会破坏你的完美纪录。你制造死亡的手段是让人恐惧或感受到威胁。但现在,你如果想阻止我去警察局,就必须犯下真正的谋杀罪,你这病态的杂种。"

我拖着身子离开,但他却大感不解地跑在我身后,几乎伸手拉扯我的手肘,想要争取我的关注。"没错,没错。我一年前就差点儿杀了你。但你把那些写成故事,卖给了杂志,然后遇见了那个女人,于是我决定跟踪你,收集那些人物。是的,就是这样。真正的开始是那天晚上,在那辆威尼斯的电车上,在那场暴风雨里,我喝醉了。那天晚上,你在电车上离我那么近,我伸出手就能碰到你。外面下着大雨,而你只要转过身——但你没有——就能看到我,但你没有,而且……"

我们离开码头,走在运河边的黑暗街道上,又迅速越过那座桥。林荫道上空空荡荡。没有车,也没有灯光。我跑了起来。

在横跨河道的那座桥的中央,在那些狮笼旁边,史兰克停下脚步,抓住扶手。

"你为什么不能理解我、帮助我!"他哀号道,"我想杀了你,真的!但那么做就像在杀死希望,而在这个世界上,希望的存在是必要的,即便是对我这种人而言,不是吗?"

我紧盯着他,说:"今晚以后就不是了。"

"为什么？"他喘着气说，"为什么？"他看着冰冷油腻的水面。

"因为你已经完全而彻底地疯了。"我说。

"我现在就杀了你。"

"不，"我无比悲伤地说，"你该杀的人只剩下一个，最后一个孤独者，空虚的人。那就是你。"

"我？"小个子男人尖声说。

"你。"

"我？"他尖叫道，"该死，该死，你这该死的！"

他转过身，抓住栏杆，跳了出去。

他的身体落向黑暗之中。

他沉入了像他的外套那样油腻肮脏，又像他的灵魂那样黑暗可怖的水里，被水淹没，消失不见。

"史兰克！"我大喊。

他没有浮出水面。

回来啊，我很想大喊。

但突然间，我害怕他真的回来。

"史兰克，"我轻声说，"史兰克。"我俯身看向桥下，盯着绿色的浮渣与油腻的潮水，"我知道你在那儿。"

不可能就这么结束。太简单了点儿。他肯定就在看不见的某个地方，就像一只蜷缩着的黑色蟾蜍，也许就在这座桥下，仰头看着，等待着，脸色发绿，大口呼吸着空气，安安静静。我听着。没有滴水声。没有涟漪声。没有叹息声。

"史兰克。"我轻声说。

"史兰克。"我的声音回荡在桥下的木料之间。

在海岸那边，采掘石油的巨兽在我的呼唤下抬起头，又沉了下去，与海岸那边起伏海水的长长叹息相应和。

"别等了，"我想我能听到史兰克的嘀咕声，"下面这儿很好。终于平静了。我想我会留下。"

骗子，我心想，你会在我最意想不到的时候出现。

桥面嘎吱作响。我猛然转身。

什么都没有。只有飘过空旷大道的雾气。

快跑，我心想，跑去电话亭打给克拉姆利。为什么他还没来？快跑。但我不能跑。如果我跑开，史兰克就逃脱了。

在远处，两英里之外，那辆红色的有轨电车依然颠簸前行着、呼啸着、哀号着，听起来就像我梦里那头可怕的怪兽，来这里带走我的时间、我的生命、我的未来，然后前往线路尽头的焦油坑。

我找到一小块鹅卵石，然后丢进水里。

史兰克。

它砸中水面，沉下去。寂静。

他选择了逃避。我还想为了范妮报复他呢。

还有佩格，我心想，打电话给她。

但现在不行，她也得继续等。

我的心跳个不停。我害怕水面突然翻腾，那个死人会从中冲出来。我害怕我的呼吸会让井架翻倒。我按住自己的心口，控制呼吸，让它们的节奏都慢下来，然后闭起双眼。

史兰克，我想着，出来吧。范妮就在这里，在等你。金丝雀女士就在这里，在等你。那个售票的老人就站在我身旁。彼得罗也在这里，想要回他的小动物们。出来吧。我就在这里，和所有人一起，在等你。

史兰克！

这次他肯定是听到了。

他来找我了。

他冲出黑色的运河水面,就像一颗从跳板上弹开的炮弹。

基督啊,我心想,太蠢了!你为什么要呼唤他?

他足有10英尺高,就像一头从矮人发酵而成的龙,就像曾经是骑师的格伦德尔①。

他像复仇之神那样抓向了我,伸出利爪。他就像盛满沸水的气球那样撞上了我,挥舞双手,尖叫起来。他早已忘记了他的良好意图、他的计划、他的谬见,还有他凶残的诚实。

"史兰克!"我大喊。

这一切仿佛变成了慢动作,带着可怕的意味,就好像我在一帧接一帧的画面里能够阻止他的行动,审视他身高的惊人增长,还有他燃烧着怒火的双眼,因恨意而抽痛的嘴巴,以及在狂怒中紧紧箍住我的外套、衬衣和脖子的双手。他喘息着不断念出我的名字,嘴角流出血来。覆盖焦油的水面等待着。基督啊,我不要去那儿,我心想。狮笼的门大敞四开,同样等待着。

"不!"

慢动作停止了。迅速的跌落随之而来。

在他怒火的推动下,我们向下跌落,途中大口吸入空气。

我们撞在一起,仿佛两尊混凝土雕像,然后沉入水中,以愚蠢而疯狂的激情爱着彼此,奋力攀登彼此的身体,好让对方下沉,让自己爬向空气和光明。

在落下的过程中,我似乎听到了他的哭诉和哀号:"进去、

---

① 叙事史诗《贝奥武夫》中的巨型怪物。这里说"曾是骑师",是因为骑师大都身材矮小,这样能减少对马的压力,有助于马更好地完成动作。

进去、进去!"就像个男孩在玩没有规则的粗鲁游戏,而我弄错了玩法。"进去啊!"

但现在,我们沉入了水下。我们旋转不停,就像两条扑向彼此脖子的鳄鱼。从上面来看,我们肯定像是一群翻腾纠缠、啃咬着同类的水虎鱼,又或是一只脱落的巨型螺旋桨,在彩虹色的石油和焦油中疯狂旋转。

而在我们溺水之处的中央,有个针尖大小的希望光点一闪而过,却在我的双眼之后再次亮起。

这就是他第一次真正的谋杀,还是说以前也有过?我本该这么想,但我是血肉之躯,不想乖乖就范。我对黑暗的畏惧胜过他对生命的惧怕。他肯定清楚这点。但我必须胜利!

罪证不足。

我们翻腾着,撞上了某个东西,让我吐出了肺里的大半空气——是那只狮笼。他又推又踢,试图让我钻进打开的笼门。我奋力挣扎。我们旋转不止,而在白色的河水与潮水里,我突然想到:

上帝啊。我已经在里面了。那个笼子。整件事要以它开始的方式结束了!克拉姆利赶来这里,找到——我!黎明时分在栏杆后面向他挥手。基督啊。我的肺仿佛装满火焰的乞求。我试图转身逃脱。我想用最后一口气喊出他的名字。我想……

一切结束了。

史兰克的手松开了一点儿。

什么?我想,什么?什么!

他几乎彻底放开了手。

我抓住他,用力推动,但他却像是个突然间没法再比画手势的假人。他就像是一具跳出坟墓的尸体,而现在想要回去。

他放弃了,我想,他知道自己必须是最后一个牺牲品。他知道自己不能杀我,我不符合他的标准。

他确实已经决心放弃。我抓住他的时候,看到他的脸色仿佛最为苍白的幽灵,而他耸了耸肩,表示我终于得到自由,可以游向水面上的黑夜、空气和生命。在暗沉的水中,我看到他的双眼接受了自身的恐惧,而他张开嘴,收缩鼻孔,放出一团像是气体的可怕光线。随后他深吸一口黑水,沉了下去,正如在追寻自身最终失败的失落之人。

我疯狂拍打笼门,将它推开,向上游去,而他被我留在笼子里,变成了一具冰冷的提线木偶。我狂乱地祈祷自己能活下去,钻进迷雾,寻找佩格,无论她在这个该死又可怕的世界的哪个角落。

我破开水面,钻进开始下雨的雾气里。将脑袋伸出水面的那一刻,我发出了饱含解脱与悲伤的大吼。在过去的一个月里,所有那些违背本意迷失了灵魂的人都在我心中发出了哀号。我感到反胃,开始呕吐,几乎再次下沉,但我还是成功游到了岸边,爬上岸去,坐在运河边缘,等待起来。

在这个世界的某处,我听到一辆车停了下来,车门重重关上,然后是奔跑的脚步声。一条长长的手臂穿过雨幕,一只大手抓住我的肩膀,摇晃起来。克拉姆利的脸——就像一块玻璃后面的青蛙——出现在我的视野里,仿佛电影里的特写镜头。他看起来就像个震惊不已的父亲,正朝溺水的儿子弯下腰来。

"你没事吧?你还好吧?你没事吧?"

我点点头,气喘吁吁。

亨利出现在他身后,嗅着雨水,警惕着可怕的气味,却一无所获。

"他还好吗?"亨利问。

"还活着。"我这句话发自肺腑,"噢,上帝啊,我还活着。"

"腋窝在哪儿?我得为了范妮给他一棍子。"

"我已经那么做过了,亨利。"我说。

我朝下方的狮笼点头示意。栏杆后面飘着个新的幽灵,像一团惨白的明胶。

"克拉姆利,"我说,"他有一整屋的东西可以作为证据。"

"我会去确认的。"

"该死的,你那些同事都在哪儿?"我问他。

"该死的出租车司机比我还瞎。"亨利摸索着来到河道边,在我身旁坐下。克拉姆利坐在另一边,我们都让双脚在水面上方晃荡,几乎伸进漆黑的水里。"就连警察局都找不到。他在哪儿?我也得赏他一家伙。"

我笑着喷了喷鼻息。有水从我的鼻孔流出。

克拉姆利靠近了些,仔细打量我。

"你受伤没?"

伤在了没人能看见的地方,我心想。十年后的某个夜晚,一切都会浮出水面。我希望佩格不介意听到几声渴望抚慰的尖叫。

立刻,我心想,去打电话。佩格,我会这么说,嫁给我吧。今晚就过来,回你的家。我们一起挨饿,但上帝会保佑我们活下去。嫁给我,佩格,不要让我成为孤独者。佩格。

她会回答说"我愿意",然后回到我们的家。

"我没受伤。"我对克拉姆利说。

"那就好。"他说,"没有你,谁还会读我的小说?"

我大笑出声。

"抱歉。"克拉姆利低下了头,为自己的诚实而尴尬。

"见鬼。"我抓住他的手,放到自己的颈背处,示意他帮我按摩,"我爱你,克拉姆利。我爱你,亨利。"

"见鬼。"克拉姆利柔声说。

"上帝保佑你,孩子。"盲人亨利说。

另一辆车赶到了。雨也停了。

亨利用力吸了吸鼻子,说:"我闻到了豪车的味道。"

"耶稣上帝啊,"康斯坦丝·拉蒂根说着,探出身子,"这景象真壮观。火星人领域的世界冠军、全世界最伟大的盲人,还有夏洛克·福尔摩斯的私生子。"

我们以各自的方式做出回应,累到没法保持一致。

康斯坦丝走下车,站在我的身后,低头打量我。

"一切都结束了吗?是他吗?"

我们都点点头,犹如午夜剧场的观众,无法将自己的目光从河水、狮笼和笼子里那个不断起落招手的幽灵那边移开。

"天哪,你都湿透了。你会感冒死掉的。我们得给这孩子脱掉衣服,让他暖和一下。你们不介意我把他带去我家吧?"

克拉姆利点点头。

我把手放到他的肩上,用力捏了捏。

"先喝香槟,回头喝啤酒?"我问。

"待会儿见,"克拉姆利说,"就在我的丛林庄园。"

"亨利,"康斯坦丝问,"你要一起来吗?"

"可别想甩下我。"亨利说。

更多车辆陆续赶到。警察们准备潜入水中,把笼子里面的那东西弄出来,克拉姆利朝史兰克的小屋走去。我站在原地瑟瑟发抖,而康斯坦丝和亨利帮我脱下湿透的夹克,扶着我钻进那辆豪华轿车。我们沿着午夜的海岸线行驶,经过那些发出叹息声的巨大石油钻井,远离那间作为我的工作场所的奇怪小公寓,远离斯宾格勒、成吉思汗、希特勒、尼采,以及数以百计的糖果包装纸,远离已经停运的电车站。到了明天,还会有几位迷惘的老人坐在那里,等待本世纪的最后几班电车。

在这段路上,我仿佛看到骑着自行车的自己从旁经过。那时我十二岁,正在漆黑的早晨派送报纸。再往前去,我看到了年长些的自己:十九岁的我漫步回家,不时撞上路灯柱,脸颊留着唇印,沉醉于爱情。

就在我们即将抵达康斯坦丝的阿拉伯城堡的时候,另一辆豪华轿车沿着海岸公路从反方向驶来。它从旁经过,仿佛一道闪电。我很想知道,那也是我吗?是几年以后的我?还有穿着晚礼服的佩格,和我参加舞会归来?但那辆豪华轿车很快就消失不见了。未来仍需等待。

当我们把车开进康斯坦丝的沙地后院时,我明白了一个道理:简简单单的现在就是活着的最大幸福。

豪车停稳后,康斯坦丝和我等着亨利下车,而他抬起手臂,夸张地挥了挥。

"不想断腿就让开。"

我们让开了。

"让盲人来给你们带路。"

他走在前面。

我们愉快地跟在后面。

DEATH IS A LONELY BUSINESS by RAY BRADBURY
Copyright 1985 by Ray Bradbury
This edition arranged with DON CONGDON ASSOCIATES, INC.
through BIG APPLE AGENCY, LABUAN, MALAYSIA.
Simplified Chinese edition copyright:
2023 New Star Press Co., Ltd
All rights reserved.

图书在版编目（CIP）数据

死亡是一件孤独的事 /（美）雷·布拉德伯里著；夜潮音译. —— 北京：新星出版社，2023.7
ISBN 978-7-5133-5031-0

Ⅰ．①死… Ⅱ．①雷…②夜… Ⅲ．①幻想小说 - 美国 - 现代 Ⅳ．① I712.45

中国版本图书馆 CIP 数据核字 (2022) 第 162069 号

死亡是一件孤独的事
[美] 雷·布拉德伯里 著；夜潮音 译

责任编辑	吴燕慧	监　　制	黄艳
责任校对	刘义	责任印制	李珊珊
封面设计	冷暖儿		

出 版 人　马汝军
出版发行　新星出版社
　　　　　（北京市西城区车公庄大街丙 3 号楼 8001　100044）
网　　址　www.newstarpress.com
法律顾问　北京市岳成律师事务所
印　　刷　北京天恒嘉业印刷有限公司
开　　本　910mm×1230mm　1/32
印　　张　9.25
字　　数　219 千字
版　　次　2023 年 7 月第 1 版　2023 年 7 月第 1 次印刷
书　　号　ISBN 978-7-5133-5031-0
定　　价　59.00 元

版权专有，侵权必究。如有印装错误，请与出版社联系。
总机：010-88310888　传真：010-65270449　销售中心：010-88310811